CB079348

Coração sem medo

Itamar Vieira Junior

Coração sem medo

todavia

Aos meus irmãos

Para Deivid,
o fim, o meio e o começo

Meu sangue é semente
que o vento enraíza

no ventre da terra
e eu nasço de novo

e de novo e meu nome
é aquele que não morre

Ricardo Aleixo

Correnteza

I

Fazia muito tempo que Rita Preta não recordava o infortúnio que marcou sua vida de maneira definitiva, e assim continuaria não fosse a chuva repentina que transformava, à sua frente, o espaço entre a avenida e o meio-fio num pequeno riacho. Era sempre assim: imagens que despertavam memórias distantes, boiando e submergindo na corrente das lembranças. A água arrasta folhas secas, sacolas plásticas, fragmentos de objetos, papéis e até mesmo pequenos animais. A lembrança então chega renovada e repleta de detalhes. Ela aperta a bolsa contra a cintura e ajeita o guarda-chuva para se proteger do aguaceiro que prometia parar a cidade. Algumas pessoas sobem no banco do abrigo do ônibus enquanto outras se reúnem debaixo da cobertura de concreto — cuja área é insuficiente para proteger os que buscam fugir do dilúvio. Para se resguardar, dois homens se posicionam atrás da placa lateral de um anúncio de protetor solar. Eles ficam sob o vidro pontilhado de umidade condensada, resultado do calor que aquece a atmosfera.

Enquanto as pessoas se aglomeram num espaço minúsculo para não chegarem encharcadas ao seu destino, Rita Preta deixa de acenar para dois ou três ônibus em que poderia subir, com alguma dificuldade, e talvez pudesse chegar sem atraso ao supermercado onde trabalha. Tudo seguiria seu fluxo natural se não persistisse uma desconfortável angústia que a deixa paralisada por um instante. Seus olhos vagam em direção à água que continua a correr para desembocar num bueiro. O fluxo se torna então o rio da infância; um véu claro banhado pela luz que atravessava o céu de um dia nublado. O tempo a desafiar o conhecimento meteorológico dos moradores do campo sobre as chances de que uma precipitação ocorra.

O rio, caminho sinuoso por onde percorrem seres e saberes, sonhos e mistérios, como contaram certo dia os mais velhos. Rita brinca com os irmãos, e se alguém pudesse contemplá-los de longe, divisaria uma paisagem tranquila. Rita, menina, risca a terra com um galho seco. Desenha assim a vida: um barco, o rosto da mãe, a agitação dos irmãos, uma casa, um filho, depois mais filhos e o mar, aquele mesmo mar que banhava o lugar de destino de sua mãe, onde as histórias haveriam de começar e terminar, como a própria vida. As crianças saltam nas águas do rio como se trotassem um cavalo alado. No outeiro, a casa velha e Carmelita, que os observa da porta dos fundos em meio à lida. O reflexo do branco das nuvens cega as duas por um momento. Rita e a avó; pelo menos a primeira vê a matriarca apertar os olhos para se certificar de que os netos estão próximos e a seu alcance. Então a menina entrevê por um instante a silhueta da mulher diminuindo, sumindo, voltando para casa. Tudo naquele momento parece tão insignificante, e talvez por isso fosse sentido, mesmo passado tanto tempo, como a calmaria que costuma anteceder as tormentas. Ela abandona o galho, entra na água. Remove um cascalho da beira, outro do leito, e os segura com as mãos, e quando percebe seus ombros já estão submersos. É aí que seus pés flutuam e os seixos caem, devolvidos ao rio. Rita sente que precisa se segurar em algo para não ser levada. A correnteza a arrasta e a cabeça se move para tentar encontrar os irmãos. Seu corpo cresce e se afasta da margem, e os pés flutuam, se enroscam em pequenas ilhas de vegetação. A tranquilidade da paisagem dá lugar à inquietação, e o rumor que ecoa pelo ar é o do desespero, e também o de uma tromba-d'água.

As águas, as águas daquele instante, correm para sempre e sem destino.

Um pedaço de lona para nos pés de Rita Preta, e dentro de alguns minutos a chuva cessará, assim como o pequeno riacho que se formou próximo ao meio-fio irá se extinguir, deixando um rastro confuso de detritos. Mas antes que abandone as imagens e aquele estranho sentimento, velho conhecido, ela volta à memória do próprio corpo, à memória da dor que se replicou depois, incessante, enquanto tentava se segurar à terra, aos galhos, ao mato que flutuava no rio, à vida, para não ser arrastada em definitivo. Sente então que cresceu durante a batalha travada para viver, e por isso seus ossos doeram ao longo de todo o ano.

A tempestade dura poucos minutos, mas o suficiente para que o caos se instaure na cidade. Trânsito interminável, desabamentos de casas junto às encostas, um homem desaparecido depois de ser arrastado pelas águas até um bueiro. Rita precisa chegar ao trabalho antes das dez horas, mas com as ruas alagadas, os semáforos quebrados e vários carros deixados no meio do caminho, iria demorar muito mais. Ela não está tão úmida a ponto de ficar com cheiro de tapete molhado; tinha guardado a camiseta do uniforme amarelo na bolsa. Voltar para casa está fora de cogitação; a empresa está se "reestruturando", seja lá o que isso signifique, e ela precisa daquele emprego. Na bolsa, o porta-documento e, por trás de um pequeno quadrado de acrílico, aquilo que mais importava: as fotografias três por quatro de seus filhos.

Rita Preta inicia as atividades do dia no supermercado. Senta-se no caixa, conta as cédulas e moedas que recebeu do operador do cofre. Outras operadoras de caixa se alinham numa fila. Depois, encontram seus caixas numerados, sentam-se, contam o dinheiro guardado nos pequenos malotes que lhes foram entregues. Faltam seis minutos para o turno das dez. Ela não pensa mais no temporal de duas horas atrás. Também não remexe na memória para reviver o dia que mudaria a vida de sua família há quase trinta anos.

Quando a chuva desabou severa numa manhã de outubro, e precipitou a imagem dos arrastados e das perdas que continuava a reverberar feroz em sua vida, Rita Preta não sabia que estava a poucos dias de ser levada outra vez, por uma corrente violenta, à vida que as mulheres de sua comunidade temiam ter. Registrar as compras e ouvir o bipe da máquina escaneando o código de barras a trouxe para o presente. Então constata que anda exausta e enumera na mente as causas de seu cansaço: primeiro, a falta de paciência com Jorge. Ela é a amante — e essa palavra a deixa com um sentimento ambíguo difícil de definir, um estigma, sem dúvida, mas também lhe confere certa dose de excitação e liberdade. O que a abala são as promessas não cumpridas, os telefonemas não atendidos, as expectativas não correspondidas. Toda uma cadeia de pequenas frustrações. Além de passar muito tempo na estrada, viajando para transportar os grãos do oeste à baía, ele tem uma família que ocupa seu tempo: mulher, filhos, um neto. Prometera que sairiam para dançar em breve, mas havia meses os dois não iam à casa de seresta da Cidade Baixa. Além disso, a vida de encontros em hotéis baratos do centro da cidade sempre lhe soara humilhante e destituída de interesse.

Às vezes, Rita Preta tenta se conformar com seu destino, alegando que esta é sua sina. Confere um peso a essa história tendo como métrica seus relacionamentos anteriores. Ela tem muitos motivos para duvidar de seu atual romance. Foi assim com o pai de seu primeiro filho; com a transa breve que se seguiu e lhe deixou outro filho; com o delinquente, pai do terceiro, que a agredia e só deixou a casa quando ela trocou as fechaduras, e depois de lhe comprar uma passagem de ônibus de ida, sem volta, para o cafundó de onde ele tinha saído.

Detergente para louça, sacos de feijão, rolos de papel higiênico, alho triturado e o cheiro da água sanitária que tinha escorrido para fora da garrafa plástica. Tudo isso e mais um pouco passa por suas mãos ágeis e faz o dia seguir ainda mais depressa. Os ruídos mecânicos da esteira de compras, da impressora de cupom fiscal e do bipe do escaneador não são os mais desagradáveis de escutar, e, às vezes, mesmo nos dias de folga, Rita sente falta daquele trabalho repetitivo, que lhe permite pensar sem que lhe cobrem, por alguns minutos, a falta de concentração.

Naqueles instantes entre o alerta vermelho para o próximo cliente e o pagamento da compra anterior, Rita Preta aproveita para inventariar com rigor as razões de sua exaustão. Quando o faz, é inevitável pensar nos filhos. Reflete sobre seus caminhos, a maneira como crescem e a atenção que precisa lhes dispensar para manter a família sob controle.

Cid, o mais velho, é a fonte maior de sua dor de cabeça. Revelou sem dizer uma palavra que estava namorando uma jovem — uma menina, assim Rita a definia —, e ela creditava a isso o desleixo cada vez maior em relação às suas obrigações com o estudo. Ela recebia recados dos professores informando sobre as ausências do filho, as notas baixas, as brigas e o desinteresse por tudo que se relacionava à escola. Aquele desapreço a deixava furiosa, e não foram poucos os momentos, nos últimos meses, em que as tensões cresceram no ambiente doméstico, com gritos — quem grita mais alto? —, bater de portas, e o filho conduzindo a explosão de sentimentos de um adolescente que está se tornando homem. Rita está detestando — para não dizer odiando — ser mãe nessa fase. Sente-se sufocada e tenta encontrar meios de fazer com que sua autoridade prevaleça. Lança toda a culpa no pai ausente e grita impropérios aos quatro cantos sem nenhum pudor. Continua a pedir a colaboração do filho, e atribui a ele a responsabilidade pela própria vida, pelo bom futuro ou por seu fracasso.

Não há mal algum em fracassar. Ela sabe que fracassou muitas vezes.

Em contraponto, Cainho, o segundo, se movimenta num corpo que vai crescendo desajeitado. Não há reclamações sobre seu comportamento, mas Rita sente que alguma dor parece se esconder na vida do filho, sem que ela consiga compreendê-lo. Sem a companhia de amigos, sem o bulício das brincadeiras, sem praticar esportes. Somente um livro e outro; cadernos nos quais escreve quase todos os dias. Quando está furiosa, ela promete ler. Não considera possível que se escreva tanto, a ponto de negligenciar as tarefas domésticas. Ela gostaria de saber o que se passa na cabeça alheia ao tempo e à história, naquela mente que parece habitar uma dimensão impenetrável.

Juca, o terceiro, povoa a casa — ele é muitas crianças em uma, na verdade —, e Rita credita aquela energia impetuosa aos últimos anos da infância. Um rodamoinho de mudanças que a deixa exausta até mesmo quando imagina. Escapa para as ruas, escala as lajes para levantar arraias, joga bola por becos e vielas, atingindo os portões e as grades da vizinhança. Rita escuta as queixas, discute de maneira acalorada em defesa do filho. Mas em casa o ameaça, promete não deixá-lo sair, mesmo sabendo que é impossível crescer saudável confinado num cubículo. Quando as coisas melhorassem — quem sabe conseguisse ser promovida a supervisora? —, procuraria um lugar maior, uma comunidade com um campo ou uma casa com laje coberta, com um valor de aluguel que coubesse em seu orçamento, onde o filho pudesse brincar. Mas de que adianta mais espaço, se pergunta, se há muito não confia na cidade, na vila, na rua, e se mesmo em casa ela já não se sente mais segura?

Rita Preta observa as mulheres a seu lado: Nete operando o caixa 6, confusa com as compras que precisa registrar e empacotar ao mesmo tempo, enquanto a cliente conversa ao celular. Mais adiante, outra cliente se movimenta com o andador enquanto a cuidadora segura sua bolsa e vigia seus pés, temendo um passo em falso. Dois funcionários conversam em Libras e depois se dispersam para não serem repreendidos pela desatenção.

Rita imagina que todos, assim como ela, estão entretidos com seus mundos, refletindo sobre assuntos que precisam ser ou não decididos. Todos imersos numa miríade de pensamentos que costumam ocupar os dias de seus semelhantes.

Quando Rita abre a porta de casa naquela madrugada, não imagina que o fará para viver a perda. Um segundo e ela transpõe as várias portas que atravessou ao longo da vida. Suas histórias estão reunidas na casa, no corpo dos filhos, e, sobretudo, nas memórias que carrega consigo. Quando fecha a porta atrás de si, ela também está fechando as muitas outras portas sem, no entanto, trancá-las, para que seus fantasmas voltem quando precisarem: a mãe que se pôs a caminho da cidade e Rita nunca mais encontrou; a avó que não se despediu da neta que faria uma longa viagem; as casas de família onde conheceu o mundo do trabalho e da humilhação, aos doze anos (a mesma idade do filho mais novo); os homens que entraram e saíram de sua vida deixando marcas difíceis de esquecer.

Um de seus filhos fechou a mesma porta horas antes e se pôs a caminho da rua. Sem saber, Rita não se demora segurando a maçaneta, mas sua mão direita toca o metal descascado e deixa ali os desenhos difusos de suas digitais. Quando a mão dessa mãe tocar o metal, as impressões digitais de seus dedos se misturarão involuntariamente às pequenas marcas da existência dos filhos e, em especial, das do filho que deixou aquela casa.

No entanto, naquele tempo diminuto, na superfície fria do metal da maçaneta, os dois estão juntos, reunidos, despertos, e ainda não estão à procura de alguém.

2

Cainho atravessa a porta do quarto para a sala e encontra a mãe desperta, uma caneca de café na mão e a face contra a luz da janela. O rosto está marcado de maquiagem — olhos pretos e delineados, as sobras de um batom vermelho — e, por trás da máscara, o semblante rígido, cansado, preocupado. O filho percebe, pela roupa, que a mãe saiu para encontrar o namorado da vez, alguém que ele ainda não conhece porque ela é muito reservada para comentar seus casos amorosos. Talvez ela nem tenha dormido. Deve ter voltado na hora em que ele escutou o cachorro da casa ao lado latir, noite alta ainda, e as grades do portão rangeram e a porta bateu sem cuidado e a luz do quarto se acendeu para Rita Preta se certificar de que todos estavam em casa. Cainho despertou com a movimentação, cobriu os olhos para se proteger da luz. A mãe recolheu o uniforme de Juca do chão, dobrou-o e o dispôs na cadeira ao lado da cama. O caçula tinha o sono profundo, a boca aberta, estava descoberto à mercê dos pernilongos. Ela estendeu o cobertor sobre o corpo dele. Rita então aproveitou o movimento do filho, Cainho, que se recobria, para perguntar por Cid. Ele não sabia.

"Seu irmão não voltou para casa", Rita Preta diz enquanto o filho se aproxima da janela.

Então ela retira o celular da bolsa e verifica as mensagens. Depois, confere a hora e pergunta onde mora a garota com quem Cid tem se encontrado. Rita se banha no chuveiro com pressa, esfrega as mãos com força no rosto para retirar a maquiagem. Grita que está atrasada. Deveria ter saído para o trabalho, mas precisa saber onde o filho rebelde se encontra. Em minutos, veste a roupa limpa, arruma a bolsa e faz promessas mentais de castigos. Ensaia de maneira involuntária todo o desabafo que fará quando ele voltar.

Rita pede a Cainho que, caso Cid volte para casa enquanto ela estiver fora, lhe envie uma mensagem. Ela estará no trabalho, mas vai conferir o celular de vez em quando para se inteirar das notícias. Fala como uma pequena tirana, de forma intempestiva, conferindo ao mesmo tempo se o uniforme está na bolsa, sem olhar para o filho que se mostra entediado ao escutar a mãe.

Ele tenta dizer, durante o tempo que ela fala sem parar, que está sem crédito para enviar mensagens.

Então Rita pergunta de maneira genérica o que tanto eles faziam para esgotarem os créditos tão rápido. Lembra que poucos dias atrás tinha lhes dado dinheiro.

Ele contra-argumenta dizendo que já fazia dois meses que ela lhe dera dinheiro. O prazo dos créditos havia expirado.

Rita Preta sabe que pode estar errada sobre os poucos dias, mas não cede. Ela guarda aquela sensação superficial da velocidade do tempo, embora não a externe, pelo menos não naquele instante. Olha com ar de quem não acredita na desculpa e pede para Cainho ligar a cobrar, caso tenha notícias do irmão.

"E se ele não chegar?"

Se ele não chegar. Essa não parece ser uma possibilidade para Rita Preta. Ele chegará. E ela estará preparada, com o discurso pronto, para o desabafo e as punições que irá aplicar.

Uma hora qualquer ele chegará, pondera, e terá de explicar o que andou aprontando. Ela contesta com segurança, mas ao final já não se sente tão confiante. Se ele não chegar, Rita argumenta, não é preciso telefonar. A ausência de notícia é também uma resposta, retruca enquanto pega as chaves para sair de casa.

"Qual o nome dela mesmo?"

"Dela quem?"

"Da moça com quem seu irmão está ficando."

Contudo, antes que Cainho termine de contar o que sabe, ela o instrui para que lave os pratos e reponha as garrafas de água na geladeira. Não havia água gelada, e o sol, muito cedo, já se exibe abrasador.

A casa onde a garota mora fica na base de uma ladeira íngreme, muito próxima a um córrego malcheiroso que corta o bairro, infestado de mosquitos. Rita Preta grita — *ô de casa* — para verificar se tem alguém.

Quando uma mulher surge na porta entreaberta, Rita pergunta se Daiane está em casa. Ela se posiciona do lado de fora, atrás do portão em uma varanda gradeada. A mulher parece irritada. Informa que é a mãe da garota e diz que a jovem está dormindo. Rita não se intimida com o mau humor e pergunta se ela poderia chamar a filha. "Sou a mãe do Cid, amigo dela", diz, esperando assim uma boa recepção. A mulher não se demonstra muito disposta a atendê-la. Diz não conhecê-lo, mantém-se dentro da casa, respondendo à distância. Rita não quer prolongar a conversa, mas repete:

"Eles são amigos", omitindo assim o que sabe sobre os dois. O filho não dormira em casa e por isso imaginou que pudesse estar com alguém conhecido.

"Quando ela acordar", a mulher inicia a frase disposta a finalizar a importunação, "eu pergunto." Quer saber se Rita mora nas redondezas e se compromete a deixar recado com alguém por lá.

Rita amaldiçoa a mulher enquanto se afasta da casa. Sente o peso da noite perdida nos olhos irritados, como se estivessem com grãos de areia. Está atrasada o suficiente para receber uma advertência da supervisora. Caminha até o ponto de ônibus sem disfarçar a preocupação, se deveria ou não faltar ao turno no supermercado para ir à escola ou buscar por mais notícias do filho junto aos colegas.

Enquanto espera pela condução, sente na boca o gosto da cerveja que bebeu à noite. Nem por isso o corpo parece mais leve, mesmo sem ter pisado no chão da seresta e ter repousado poucas horas nos braços de Jorge. Depois desses encontros, ela se vê tomada pelo vazio da solidão difícil de explicar — andar sozinha pela rua onde mora, a cama deserta —, mas dessa vez não lamenta a ausência do homem, pois o assunto "filho" domina quase todos os seus pensamentos. Dois dias antes, eles haviam discutido, os ânimos estavam exaltados quando Rita Preta ameaçou dar uma surra em Cid se ele não baixasse o tom de voz.

Ela tinha ficado sabendo que Cid estava faltando às aulas para passear na garupa das bicicletas com os companheiros de escola. Fátima, sua comadre e vizinha, o avistou ao voltar mais cedo do trabalho. Contou a Rita. Depois do expediente, ela se dirigiu à escola para verificar as ausências, e se enfureceu ao perceber que as faltas eram frequentes nos últimos meses.

A descoberta desencadeou mais uma briga entre os dois. Gritos. Portas batidas com violência. O choro sentido do filho mais novo, apavorado com a possibilidade de a mãe e o irmão se agredirem, preencheu os momentos de algum silêncio no diálogo exaltado. Rita Preta queria entender de onde Cid havia tirado aquele vocabulário chulo, enquanto ele disparava mais xingamentos contra todos. Com os olhos arregalados e visivelmente furiosa, ela se mostrava perplexa. Cid percorria a casa falando mais alto, demonstrando desdém. Para atingi-lo ainda mais, ela perguntou se ele estava usando algo.

"Quer saber se estou usando droga?", ele disparou diante dos irmãos.

"Quero saber para te corrigir", Rita retrucou, "para saber se você está se misturando com quem não presta." Ela prestava atenção nos olhos indignados do filho e falava "olha seus olhos", insistindo em saber por que estavam arregalados. Aquilo era fúria?

Os olhos dos dois estavam bem abertos, um tentando intimidar o outro com expressões carregadas de uma energia violenta, atestando que eram feitos da mesma natureza. Ela intuía que o filho não usava nenhuma substância. Era negligente com os estudos, parecia distante e pouco afetuoso com a mãe, mas Rita não considerava que usasse algo, nem mesmo álcool. Contudo, para machucar, ela trouxe de volta à discussão familiar o fantasma que assombra as comunidades por onde passou, sobretudo os pais e as mulheres chefes de família. Reavivou o estigma que recaía sobre todos como uma mancha, como se fosse um problema destinado a atingir apenas as pessoas de sua classe, as pessoas com as mesmas origens.

"E se tivesse?", ele a desafia. "Pelo menos não iriam te apontar pela rua, como me apontam, por você sair com uns e outros."

Rita gritou a palavra "repete" e procurou por um pedaço de corda guardado estrategicamente embaixo da pia da cozinha. Faria o malcriado engolir o que havia dito. Já fazia tempo desde a última surra, e por isso achava que era hora de puni-lo outra vez. Juca chorava, implorando à mãe que parasse, enquanto Cainho continuava deitado na cama no cômodo ao lado, com o travesseiro sobre a cabeça para abafar os sons da discussão.

Ela se aproximou segurando a corda grossa e, diferente das outras ocasiões, Cid não correu para se proteger. "Repete", gritou Rita Preta. Ele olhou nos olhos da mãe e, para surpresa dela, repetiu o que havia dito. Ela fez um único movimento com a corda para trás e para a frente, fazendo-a vibrar como um chicote. Quando a corda atingiu o corpo de Cid, ele a agarrou e a transformou num cabo de guerra. Nenhum dos dois queria perder aquela batalha; lutavam arrastando os móveis, empurrando-os para longe até que Rita caiu no chão e Cid arremessou a corda no quintal. Mas ele sabia que não tinha vencido. Ela estava suada, cansada, prometeu se vingar. Não naquele momento, disse ela, mas Cid não teria vida fácil.

"Não quer estudar", Rita gritou, "então vai ter que trabalhar para ajudar a pagar as contas, seu infeliz." Disse isso enquanto Juca a ajudava a se levantar, apesar da recusa por puro orgulho — sentia-se humilhada de ter sido derrubada por um dos filhos.

Então, até que desse pela ausência do filho, dois dias se passaram sem que trocassem qualquer palavra, ou mesmo gesto ou expressão, evitando se olharem nos olhos ou permanecerem juntos no mesmo espaço diminuto da casa. Eles não poderiam saber — e talvez Cid até mesmo tenha desejado, num momento de grande raiva, não falar mais com a mãe —, mas essas seriam as últimas palavras que trocariam antes que ele desaparecesse.

3

"Dona Rita!"

Rita Preta se vira para identificar quem a chamara enquanto retirava o cadeado do portão. Ela reconhece a moça, que exibe a indiferença dos adolescentes. Pela primeira vez olha de frente para Daiane. Talvez já a tenha visto circulando pelo bairro com outras garotas, com Cid. Tinha traços quase infantis, como se tivesse acabado de chegar à adolescência.

"Minha mãe me contou que a senhora esteve lá em casa procurando por mim."

Rita Preta segura o cadeado, deixa o portão entreaberto. Confirma que tinha ido atrás de informações. Cid não havia passado a noite em casa, por isso ela a procurou, mas a mãe lhe informou que ela estava dormindo.

"Eu não estava dormindo", revelou sem nenhum constrangimento por desmentir a mãe, "estava acordada, mas minha mãe brigou comigo e me proibiu de falar com qualquer pessoa." Daiane conta que esteve na casa de Rita querendo notícias de Cid, mas a encontrou fechada.

"Ele esteve com você?"

"Não. Sim." Daiane responde, tentando encontrar a melhor maneira de expressar o que tinha a dizer. Ele havia combinado de passar em sua casa.

Antes que consiga concluir a frase, Rita pergunta outra vez se ele tinha ido ao encontro da moça.

"Foi", a garota responde, acrescentando que a mãe dissera

que ela não estava. Cid foi embora e a garota continuou sem conseguir falar com ele. Ligou para o celular e as chamadas caíram todas na caixa postal. Continuou sem informar se eles flertavam ou namoravam. Manteve-se evasiva quanto ao relacionamento que tinham. "Minha mãe não quer que eu namore de jeito nenhum."

No entanto, ela estava na casa de Rita movida pela mesma intenção que levou aquela mãe à sua: queria encontrar Cid.

O coração de Rita Preta se acelera. Uma corrente elétrica percorre seu corpo, da planta dos pés ao couro cabeludo. Ela termina de abrir o portão, convida a garota para entrar. Daiane recusa. A mãe não quer que ela entre na casa de estranhos. Rita, impaciente, percorre os poucos cômodos, abre a porta estreita do quintal, chama pelos filhos, um a um pelo nome. Somente Juca aparece.

"Seu irmão?", pergunta, se referindo a Cid.

O menino faz sinal de que não, não tem notícias do irmão. Depois ele retorna à televisão para assistir a uma animação japonesa. Rita volta para o portão e responde. Agora são duas à procura de um rapaz, ambas contendo a frustração derivada da longa espera. Rita aproveita para perguntar se Daiane faz ideia de onde ele possa estar.

"Não", responde, "mas se a senhora souber de algo, pede para ele falar comigo."

Rita percebe uma verdadeira preocupação no semblante da jovem. Elas não se despedem. Enquanto Rita fecha o portão e fica pensando por onde deveria começar, Cainho atravessa a passagem, vindo para a casa. Pergunta se a mãe tem alguma notícia. Mais um dia, ele nunca ficou fora de casa por tanto tempo. Rita Preta pede a Cainho que tente ligar outra vez para o irmão.

Depois, sai em direção à casa de Fátima.

Fátima retirava as roupas penduradas num varal improvisado no pátio externo. Havia acabado de chegar, nem tinha tido tempo de abrir a casa.

"O menino sumiu", Rita Preta dispara num tom de inquietação.

Ela deixa a vizinha a par de tudo o que fizera nas últimas horas: fala da briga que tiveram, das horas sem dormir, da descoberta da namorada, da falta de informação, do telefone que está desligado, das chamadas encaminhadas para a caixa postal, da cama intacta. Do silêncio crescente que promete enlouquecê-la.

"Não deve ter ido muito longe", Fátima pondera. "Quando a fome apertar, ele volta correndo."

"Eu preciso avisar à polícia sobre o desaparecimento."

"É necessário?", Fátima pergunta.

Ele nunca tinha ficado tanto tempo longe de casa.

Rita se aproximou de Fátima quando os filhos ainda eram pequenos, e um pouco antes de se mudarem para o endereço atual. Residiam na mesma comunidade, em ruas próximas, onde havia esgoto a céu aberto e as casas alagavam com frequência na estação das chuvas. Apesar disso, como o local era mais próximo do ponto de ônibus, o aluguel continuava a aumentar, tornando-se incompatível com o salário que recebiam. Fátima encontrou uma casa onde passou a morar, fez a mudança primeiro. Em seguida, indicou para Rita um imóvel perto do lugar em que vivia, com um valor mais acessível. As duas tinham muito em comum: eram trabalhadoras e mães solteiras: Rita, mãe de três filhos; Fátima, de dois, um homem e uma mulher. As duas trabalharam como empregadas domésticas; Rita deixou a função, mas Fátima continua trabalhando para a mesma família. Com o passar dos anos, a amizade se firmou, e Fátima se tornou a pessoa mais próxima de Rita, com quem ela compartilha os altos e baixos vividos em seus relacionamentos. Foi a amiga que a ajudou a elaborar o plano para tirar o pai de Juca de casa. Da mesma maneira, Fátima dividiu com Rita as frustrações e humilhações passadas na casa onde trabalha. Compartilhavam também os problemas relacionados aos filhos, aos preços praticados pelas mercearias do bairro, às chuvas que transtornavam a vida de todos, aos vizinhos, às companhias de abastecimento de água e energia, ao tráfico e à polícia, que aparecia de tempos em tempos para espalhar o terror.

Fátima aconselha Rita Preta a esperar um pouco mais. Cid haveria de aparecer. Era jovem, estava magoado, quantos fugiam de casa depois de uma briga para assustar a família?, pergunta. Rita conta que pensa em telefonar para o pai dele. Reluta, é verdade, mas a gravidade do ocorrido a faria deixar de lado o próprio orgulho. Quem sabe ele não tinha ido procurá-lo para não ficar na rua? Ela sabia que o ex-marido não se interessava pelo filho. Nunca oferecera qualquer ajuda para atender a suas necessidades. Mas era possível que Cid tivesse procurado pelo pai e talvez estivesse com ele? Rita sabe que Evilásio se casou outra vez, que tem uma família.

Evilásio estranha a chamada telefônica da ex-mulher e, ciente da falta de cordialidade entre eles, ela vai direto ao assunto. Antes que terminasse de contar sobre o desaparecimento do filho, ele a interrompe para perguntar se o garoto estava implicado em algo errado, se estava usando drogas.

Rita considera a pergunta ofensiva. Não responde. Repete que o telefonema era para saber se Cid estava na casa do pai. O filho sabia onde ele morava — se é que ainda residia no mesmo lugar.

Evilásio então passa a acusar Rita de ser irresponsável e permissiva, por ter deixado o garoto se envolver com "coisas erradas". Acusou-a de telefonar só para dizer que algo tinha dado errado; ele a interrompe antes que ela própria finalize o que gostaria de responder.

Rita está tomada pela raiva, mas decide ouvir o que Evilásio tem a dizer. Em seguida, desabafa: repete que ele, o pai, a abandonou antes que a criança completasse um ano. Que nunca se preocupou com o filho. Que durante quinze anos apareceu apenas três vezes: no primeiro ano após a separação, depois aos sete e finalmente quando o menino completou dez anos. Afirma que, se o filho cruzasse com ele na rua, não o reconheceria, assim como Evilásio também não o reconheceria. Grita, se revolta, cospe todos os xingamentos que estão engasgados.

Os filhos a observam, tentam descobrir com quem ela está falando, mas Rita está tão transtornada que nem percebe quando a ligação é interrompida.

Evilásio tinha desligado.

Rita diz que telefonou para saber se o filho estava lá, justifica para os outros.

Ela passa a mão pela cabeça, retira a faixa que segura o cabelo crespo e o mantém volumoso no topo. Dá alguns passos até a cozinha para depois voltar. Ordena aos dois que se vistam. Precisam acompanhá-la até a delegacia para registrar o desaparecimento do mais velho.

O mais novo desacredita que é hora de procurar ajuda. O do meio parece assustado com a palavra *delegacia*, com a palavra *desaparecimento*. Não compreendem muito bem a gravidade da situação. Rita também não explica que aquele era o protocolo. Apenas pega a bolsa de novo e repete que não quer voltar muito tarde para casa. Está determinada a encontrar Cid, mas também sabe que é preciso acordar cedo para trabalhar na manhã seguinte.

O relógio de registro de ponto não costuma perdoar os atrasos.

4

Rita Preta abre a porta de casa e encontra Cid de pé, próximo à entrada do quarto. Ela não tem oportunidade de pensar no que precisa ser dito e se deixa guiar pelo instinto. Enquanto se aproxima, diz frases como "faz dois dias que te procuro" e "você quer me enlouquecer?". A luz do dia não parece ser suficiente para dissipar a penumbra que envolve a casa e a imagem do filho. "Sabe aonde eu fui ontem?", continua, "fui à delegacia registrar seu sumiço." Rita está furiosa, mas se sente ao mesmo tempo aliviada. "Seus irmãos, os vizinhos, todos estão preocupados." Em circunstâncias normais, ela reagiria com promessas de castigos e punições. Contudo, as horas de angústia só lhe permitem repreender com moderação. Cid permanece em silêncio e, estranhamente, aparenta ser menor do que de fato é. De início, não expressa qualquer emoção. Depois, apenas parece assustado. Rita caminha em sua direção, tenta alcançá-lo, mas tem a estranha impressão de que a sala se expande ao tentar se aproximar do filho. Por fim, ao chegar perto o suficiente para constatar se ele estava bem (corpo e olhos íntegros, pôde verificar num primeiro instante), lembra-se da sacola que segura nas mãos. "Tome", Rita a estende para o filho. Ele levanta a mão direita para recebê-la. Ela afirma que é, sim, para ele, entre uma inspiração e uma expiração mais profunda.

Ele segura o volume e pergunta: "O que é isso?".

"Gelo", ela responde, sorrindo, como se portasse algo realmente valioso. "Eu trouxe do trabalho."

Cid abre a sacola e percebe que está vazia. Não há indício de gelo ou de água ou de umidade. Um volume oco e sem conteúdo. Rita arregala os olhos com espanto, tenta compreender o que aconteceu, e o vazio começa a consumir tudo ao seu redor.

Rita Preta se levanta do sofá, assustada, o coração acelerado. Acende a luz do ambiente. Após uma noite em claro e avançando noutra, ela acabou por cochilar enquanto esperava por Cid. Dirige-se ao quarto dos filhos — ele passou por aqui? — e deixa que a luz da sala o ilumine o suficiente para que seja possível ver quem está dormindo. Juca está deitado, o lençol pendendo da cama ao chão. Cainho também dorme, e um livro emprestado — reconhece a marca da biblioteca da escola — repousa sobre seu peito, subindo e descendo com o movimento de sua respiração. A cama de cima do beliche permanece vazia. Rita recolhe e fecha o livro. Retira o lençol do chão para que nenhum inseto suba na cama do mais novo.

Estavam exaustos pelas horas de espera para registrar o desaparecimento. Rita tinha a sensação de que a energia de todos se esvaiu enquanto aguardavam atendimento, de pé ou sentados, acomodados por algum tempo nas poucas cadeiras que vagavam. Isso não se devia apenas à frustração por não ter conseguido fazer o registro, mas também à forma como fora recebida pela equipe na delegacia. Ela não teve contato direto nem com o delegado nem com o escrivão, apenas com colaboradores sentados em terminais de computadores, que registravam uma infinidade de problemas enfrentados pelos que vivem numa cidade grande. Por quase uma hora e meia repetiram que o sistema estava "fora do ar". Ainda assim, Rita continuou a aguardar sua vez. Enquanto isso, ela percebia a maresia penetrando no ambiente sempre que a porta de vidro se abria e se fechava para aqueles que procuravam respostas às suas questões. Ameaças de morte. Roubos. Violência doméstica. Em algumas ocasiões, os envolvidos estavam presentes, juntos, e era necessário que alguém levantasse a voz para apaziguar os ânimos. Aquela pequena sala representava um microcosmo de diversos planos: uma comunidade, um bairro, uma cidade.

Do outro lado da avenida, o oceano e a escuridão prevaleciam onde nada se via, por causa da parca iluminação dos postes distantes. Rita Preta sabia com exatidão os traços daquela paisagem que costumava frequentar, embora nos últimos anos as idas tivessem se tornado mais escassas. O cheiro do mar estava mais acentuado, o que a fazia imaginar que talvez fosse o sargaço acumulado na beira da praia se misturando à água salgada. Foram muitas as vezes em que ela havia se banhado naquela praia, nos dias de genuína liberdade, com ou sem os filhos, nos braços dos amantes ou não, e, certamente, umas poucas vezes com Fátima.

A cabeça de Rita Preta estava realmente ocupada com o sumiço do filho rebelde, mas, se fosse um dia comum, ela poderia ter recordado a primeira vez que avistou o mar. Foi pouco depois de chegar à baía e num dia em que ela carregava como parte do trabalho diversos utensílios com os quais gostaria de brincar: baldes, regadores e pás de plástico dos filhos de seus patrões. Naquela época, Rita ainda não tinha atingido seu pleno crescimento, aumentaria mais doze centímetros nos dois anos seguintes. Ainda não era a Rita Preta, a alcunha surgiria algum tempo depois. Enquanto tentava equilibrar tudo de que precisava cuidar, enquanto o casal à frente se ocupava das crianças que corriam em direção às ondas, sua atenção estava focada nos brinquedos que tinha nos braços para não deixá-los cair. Com os pés e as sandálias afundando na areia, ela olhava para os objetos sob sua guarda, sem perceber que se aproximava do mar.

De repente, uma espuma branca cobriu seus pés e, ao olhar para o horizonte vasto, o grande rio, se sentiu mortificada com sua imensidão e sonoridade. Mais uma onda veio e ela deixou tudo cair das mãos antes de correr de volta para a calçada.

"Que idiota", teria ouvido da patroa se o som das ondas não tivesse abafado a voz dela. A mulher lamentou que ela própria tivesse de correr para tentar impedir que os brinquedos fossem levados pelas ondas. Uma das crianças, o menino, começou a gritar ao ver o mar engolir a pá e a peneira colorida, antes que a mãe pudesse alcançar os objetos. Rita tremia dos pés à cabeça, com um gosto amargo na boca, o medo conhecido. A mulher fazia gestos para que ela voltasse para a areia e a ajudasse com as crianças, que riam e choravam ao mesmo tempo, corriam e esperneavam. Ela também começou a temer as expressões severas da patroa e então se viu obrigada a retornar pé ante pé, atenta ao horizonte, para que, diante de qualquer perigo, pudesse voltar para a calçada acima do nível das águas.

"Começou bem", teria dito a mulher, caso a memória de Rita não a traísse anos mais tarde — e completou dizendo que precisaria descontar o prejuízo com os brinquedos de seu salário. Mas isso realmente pouco importava a Rita. Meses antes tinha sobrevivido a uma tromba-d'água que devastou a vida de todos à sua volta. Ela continuava atenta ao mar, aflita, temerosa, mas também enfeitiçada, porque passaria a guardar essa experiência íntima como um recomeço. O início de sua vida naquela cidade, para onde sua mãe tinha migrado anos antes prometendo voltar; a vida que conheceria e desbravaria ainda muito nova; e também algo além e que não conseguia explicar, mas que talvez algum dia pudesse compreender: a pedra fundamental, a primeira onda, o prelúdio de algo maior. A história que não era apenas sua, mas de todos, e que não era apenas uma retórica, mas revelava quem exatamente ela era.

Rita Preta atende ao chamado e se senta diante da escrivã responsável pelo registro. Uma mulher de meia-idade, usando óculos e camisa polo azul, com os cabelos crespos tingidos que ainda refletem o brilho do creme para pentear. Ela não dirige o olhar a Rita; está concentrada, como se o próprio corpo fosse uma extensão da máquina, e faz perguntas enquanto percorre o teclado com alguma dificuldade. Pede que se identifique e informe por que se encontra numa delegacia. "Preciso registrar o desaparecimento do meu filho." A partir daí, inicia uma série de outras perguntas para preencher o formulário à sua frente. Há quanto tempo ele desapareceu. Local. Filiação. Data de nascimento. "A senhora trouxe seu documento? O dele?" "Trouxe a certidão de nascimento", explica, não havia encontrado a identidade. Acredita que está com ele. "A senhora não sabe nem mesmo o número?" Rita começa a revirar os papéis na bolsa em busca de anotações que possam ajudar, mas não encontra nada. Enquanto isso, a mulher continua as perguntas: onde mora; bairro; número; casa ou apartamento; raça; cor. "Moreno", responde Rita, e a mulher que se afirma como negra desvia o olhar da tela para encarar Rita melhor. Ela contempla seu rosto por cima dos óculos antes de voltar à tela do computador.

"A senhora poderia descrever o que sabe sobre o desaparecimento? Ele estava em casa? Tinha saído?"

Rita tenta rememorar o que sabe. Explica que estava no trabalho e chegou no início da noite, mas não o encontrou em casa. Tentou telefonar, mas a chamada caía direto na caixa postal. A mulher pergunta se ela fizera buscas pela rua, pelo bairro. Se alguém poderia ter mais informações. Rita responde que não naquele momento. "Eu tinha um compromisso e precisei sair. Achei que ele estivesse com alguém, talvez com a namorada, e que voltaria para casa como sempre fazia." "E ele estava?", a escrivã questiona, mantendo uma postura distante, como uma atendente de telemarketing, voz robótica, digitando as informações lentamente. "Que horas a senhora deu pela falta dele?" Rita Preta tem medo de ser censurada pela escrivã e acaba mentindo. Afirma que voltou à meia-noite, quando na realidade eram duas da manhã. "E ele não estava lá", deduz a mulher. "Não, ele não estava." Relata que no dia seguinte foi trabalhar preocupada, e ainda assim continuou a acreditar que ele poderia ter chegado. Quando constatou que ele não chegou, decidiu ir até a casa da namorada dele. "Namorada não, a moça com quem ele está ficando", se corrige, "é assim que eles dizem."

A funcionária pergunta se ele frequentou a escola naquele dia, mas Rita não tem certeza da resposta. Ela menciona que Cid vinha faltando às aulas. Depois, a moça indaga se ele fazia uso de alguma droga ou estava envolvido em atividades ilegais. Rita responde, categórica: "Nunca. Nunca soube. É respondão. Rebelde. Gosta das coisas do jeito dele. Mas nunca usou nada não, senhora". É questionada se as pessoas com quem ele andava eram usuários. Ela revela que conhece a maioria das mães e não tinha informações sobre nada ilícito. Contou que sabia que havia tráfico em sua comunidade — "Mas eles estão lá e a gente cá. Não mexem conosco".

"A senhora tem algo mais a acrescentar?"

Sim. Rita tinha algumas perguntas: *O que a senhora acha que deve ter acontecido? A polícia vai procurar por ele?*

"O boletim será enviado ao setor competente. Abrirão um processo para realizar as diligências necessárias."

Rita Preta quer perguntar mais, mas sabe que é bastante tarde. Tem os olhos secos de cansaço e aflição.

A atendente troca um olhar com outra próxima, como se quisesse dizer: "Olha como as coisas são. Não cuidam dos filhos e ainda esperam que a polícia os procure na hora que querem". Rita mantém o olhar firme, determinada a concluir o registro, mas não vai suportar desdém de ninguém. Ela precisa aturar a indiferença, pelo menos naquele momento, para cumprir o que tinha ido fazer. No fundo, sua vontade era dizer à mulher que ela também poderia não viver num bom lugar e que poderia ter um sobrinho, um vizinho, ou mesmo um filho perdido e conhecer uma mãe passando pelo mesmo problema. Queria expressar — e talvez tenha feito isso, já que se espera que as mães sempre confessem seu irrenunciável altruísmo — que estava sem dormir direito havia mais de vinte e quatro horas, que não podia faltar ao trabalho para procurá-lo, pois isso significaria ter descontado do salário o dinheiro do aluguel e até da alimentação da família. Queria dizer que a atendente se demonstrava pouco solidária e que não se importava com sua fadiga nem com a má sorte que a levara àquela delegacia.

"Ah, não", um homem que também fazia um registro e estava sentado três cadeiras à frente lamenta, "o sistema caiu."

A mulher que atende Rita ajeita os óculos e ao mesmo tempo demonstra que está aliviada com a pausa que faria, afinal a recepção está apinhada de gente — "O sistema caiu. Se a senhora precisar do boletim e do número do seu processo, é preciso aguardar".

"Vai demorar muito?"

"Não temos previsão."

Rita olha para os filhos e os sente impacientes com a espera. Se levanta mais uma vez e se deixa envolver de novo pela maresia invadindo o ambiente quando a porta se abre para uma mulher que segura um pano ensopado de sangue próximo à testa.

5

"O pessoal está falando do menino, Rita."

Rita Preta ouve a voz de Fátima. Emudece ao telefone. O mesmo arrepio que percorreu seu corpo dias antes a eletriza com intensidade. Quer saber o que aconteceu com o filho. "A polícia", Fátima responde. Como de costume, escutou quando chegou do trabalho mais cedo. Ouviu o burburinho ao tentar encurtar o caminho passando pela rua de cima. Dona Conceição, uma senhora que mora perto da entrada da vila, ouviu de alguém, que por sua vez ouviu dos meninos que brincavam de futebol na rua. Quando seu Aranha passou pelo mesmo caminho uma hora depois, a mulher comentou com ele "à boca miúda", para não causar alvoroço e ser chamada de X-9. De pronto, ele se dirigiu à casa de Rita Preta, mas não encontrou ninguém. Os filhos estavam na escola. Enquanto seu Aranha batia na porta de Rita, Fátima abria o portão de ferro para entrar em sua casa, com os cachorros festejando sua chegada. "É com Rita? É urgente?", quis saber. O pedreiro se pôs a falar com reserva, receoso da lei que rege a comunidade. Tem as roupas sujas de cimento, está trabalhando na construção de um muro e, apesar da fama de bêbado, aparenta estar sóbrio. Mesmo sem querer se intrometer, decidiu procurar por Rita. Algo o toca naquela história: pensa nos próprios filhos e gostaria que lhe informassem se algo parecido acontecesse.

Procurou Rita porque ela era a mãe. Saberia o que fazer.

Fátima se certificou de que estava sozinha, com portão e porta fechados e de que ninguém a observava. Queria ter certeza de que não seria ouvida. Telefonou para Rita Preta, uma, duas, três vezes.

O telefone vibrou de forma insistente no bolso da calça. Rita está em seu turno no supermercado e registra item por item de uma compra. Depois de duas noites sem dormir, estava insustentável esconder dos colegas na loja seu cansaço e o tormento que a acompanha desde que o filho não voltou para casa. Ao finalizar aquela tarefa, equilibrando o inventário com a disposição dos itens em oito sacolas plásticas, ela retirou o telefone do bolso como se fosse se certificar da hora. Viu as chamadas de Fátima. "Deve ser urgente", pensou, "ela quase não me telefona." Precisa deixar o caixa para tentar falar com a comadre e saber do que se trata. Um fio de esperança indica que Cid voltou para casa. Ela pediu à supervisora para ir ao banheiro e aguarda por exatos quinze minutos para a plaquinha "caixa encerrado" ser colocada na esteira.

"Como assim a polícia? O que ele fez?"

Fátima fica muda, não sabe o que responder. Diz que seu Aranha não contou mais nada. Evoca os medos de Rita ao dizer que todos temem os "caras" e a polícia.

Contudo, apesar da aflição inicial, Rita Preta deixa crescer um sentimento de raiva pelo filho. Se pergunta sobre o que ele deve ter aprontado para ter sido levado à delegacia. Enumera seus problemas: faltar às aulas, o namoro, ficar de bobeira pela rua. Conclui que deve ter aprontado algo. Em meio ao turbilhão, desperta para o fato de que precisa deixar o supermercado naquele instante. Por vergonha, omitirá que Cid foi levado pela polícia e que precisa deixar o trabalho em busca de informações. Rita Preta então alega um mal súbito, enjoo e indisposição que só poderiam ser resolvidos num posto de saúde.

"Temos uma farmacinha no RH", escuta da supervisora. Não resolveria nem uma fração de sua angústia no setor de recursos humanos — só se ganhasse na loteria dinheiro suficiente para ir até lá pedir demissão. Então, Rita finge tontura e esbarra de maneira proposital no extintor de incêndio. A supervisora é chamada de novo e a olha de cima a baixo. Rita Preta transpira mais que o normal, passa uma toalhinha no rosto. A supervisora decide liberá-la, fazendo contudo um breve histórico da falta de funcionários na equipe. Precisará encerrar o caixa que Rita opera naquele turno, já que não há substituto para o trabalho. Pede que Rita registre a saída antecipada no relógio de ponto e enfatiza que terá que voltar com um atestado médico.

Rita aparenta estar agradecida, mas em pensamento manda a mulher para um lugar sujo e lhe deseja o pior. Sai em disparada pelo salão do supermercado para pegar sua bolsa no armário individual. Não passa no vestiário para retirar o uniforme e deseja nunca mais voltar. Na portaria, abre a bolsa para que o segurança possa revistá-la e ter certeza de que não está levando algo da loja, enquanto ela própria observa ao seu lado uma pequena fila com três homens, o primeiro em posição de revista, braços abertos e pernas esticadas, sendo examinado por outro segurança.

Rita se dirige de imediato para o ponto de ônibus e, enquanto aguarda, decide telefonar para Jorge. Não faz ideia de onde ele esteja. Estiveram juntos há dois dias e recorda apenas que combinaram de se encontrar dali a uma semana. Sabe que se estiver com a mulher e os filhos não atenderá o telefone nem chamará de volta na hora. Se estiver dirigindo o caminhão na estrada, talvez atenda, mas pouco poderá fazer. Por sorte, ele atende. Está abastecendo o veículo.

"Levaram o menino."

"Que menino?"

"Levaram Cid. Faz dois dias que ele não dorme em casa. Estão dizendo que foi a polícia."

"O que ele aprontou?"

Rita se dá conta de que talvez tenha se precipitado ao telefonar para Jorge. Ele não pode fazer nada e ainda se acha no direito de duvidar de Cid — "O que ele aprontou?". Ela é mãe e conhece bem cada um dos filhos — ou pelo menos acha que os conhece —, mas apenas ela poderia duvidar deles. Não admitiria que ninguém sugerisse algum desvio.

Uma hora e meia se passa no trajeto do supermercado até sua casa. Rita anda por ruas e vielas sem levantar a cabeça. Passa também por Fátima, que abre a porta no exato instante em que a comadre chega. Diz algo de que já não consegue se lembrar no segundo seguinte. Rita Preta entra em casa e encontra Juca escutando música no celular. Puxa os fones que ele tem no ouvido de forma abrupta, enquanto caminha para a cozinha. Pergunta se ele ouviu falar algo sobre o irmão. Não, foi a resposta. Vê a louça suja na pia, mas não consegue praguejar ou amaldiçoar a vida como faria num dia qualquer. Segue para o quarto sem janelas onde os filhos dormem e tudo está desarrumado, como sempre. Camas desfeitas, uniformes escolares dispostos numa cadeira de plástico branca ao lado da cama. Menos a de Cid. Rita Preta precisa pensar rápido por onde começar. Decide se dirigir à escola, ainda que não tenha certeza de que será atendida. Fátima continua na porta, à sua espera. Pergunta se ela precisa de ajuda e, mesmo sem resposta, se junta a Rita naquele início de busca.

"Se esse menino fez coisa errada, Fátima, ele vai me pagar."

Em que momento — em que fração de tempo, em que ponto do espaço — o corpo de Rita foi atravessado por um arrepio? Talvez tenha sido caminhando pelos becos estreitos enquanto as sombras dos sobrados sem reboco se projetavam no chão.

Ou ao chegar ao ponto de ônibus e ser tomada de assalto pela dúvida, se tinha ou não trancado a porta de casa para impedir um furto ou algo pior. Talvez tenha sido ao recordar que não passara no quarto sem janelas para se certificar de que os filhos dormiam e saber se haviam retornado para casa. Ou ainda foi quando disse sem motivo aparente, "Meu Deus", distraída de tudo, mas surpreendida por um sopro carregado de sentidos capazes de fazer estremecer qualquer coisa viva.

A razão desse arrepio foi tragada pelas distrações de um dia comum: pelo barulho do velho motor do ônibus apinhado de gente, vencendo as lombadas no asfalto e fazendo com que os corpos se movimentassem mais do que deveriam; o telefonema que não foi atendido e a imaginação vagando à procura do que o amante estaria fazendo naquele instante; as contas das despesas domésticas que nunca fecham no fim do mês. A recordação desse leve tremor foi ofuscada pela velocidade da caminhada de Rita e pelo cartão de registro de ponto do supermercado. A memória do arrepio foi obliterada pelas máquinas registradoras e pela esteira rolante emperrada com as compras dos clientes. Pelos conflitos e queixas compartilhados com os outros trabalhadores. Pelos clientes que exigiam as compras ensacadas com zelo e rigor, e por sua supervisora pedindo mais celeridade no escaneamento dos alimentos. Pela repetição sem fim dos movimentos que a faziam se sentir distante da terra, um pássaro sem local para pousar.

Não saberia mais dizer se foi depois do arrepio que pediu para ir ao banheiro e esperou com paciência por minutos a fio. Se foi depois de lavar o rosto e escapar para a área de desembarque de mercadorias onde havia um telefone público sem uso. Com certeza, isso ocorreu antes de telefonar de volta para Fátima, e depois para Cainho, e, por fim, para o número de telefone de Cid que permanecia desligado.

Contudo, o mal-estar veio junto com a sensação de que o chão sob seus pés desmoronava. Rita já tinha experimentado aquela agitação outras vezes, uma combinação de aflição e de espanto. A primeira foi quando sua mãe saiu de casa dizendo que iria trabalhar na cidade e que voltaria quando encontrasse um lugar para abrigar os filhos. Nunca mais voltou. Aquela ausência fez Rita encontrar seu primeiro desamparo. Depois, o rio, a morte, e a vida se segurando numa ilha de mato, resistindo à correnteza brutal. A segunda foi quando uma mulher bem-vestida apareceu à porta da casa da fazenda, a casa perdida num grotão do campo vasto, onde o vento se transmutava em sons e as folhas dos juazeiros resistiam, formando uma sinfonia com os chocalhos das mirradas reses. Rita seria levada para trabalhar na cidade. Mas, por ironia, no dia em que ela deixou a casa onde havia morado desde o nascimento, o vento era uma aragem e as folhas das árvores permaneciam imóveis e o gado jazia morto e sem os sons de seus chocalhos. Semanas antes, sua avó Carmelita havia amaldiçoado o rio, e depois de sua partida salgaria a terra, deixando que o céu desabasse sobre sua existência.

A terceira vez era o agora, a memória se fazendo no exato instante em que as coisas estão acontecendo. Foi quando chegou a casa onde vivia, incrustada no apinhado de outras casas na cidade. Anos e anos separam o primeiro evento desse outro, mas o sentimento de que o chão sob seus pés continua instável permanece o mesmo.

Todas as vezes anteriores que o chão parecia ter ruído sob seus pés vagavam longe em sua memória. Converteram-se em pequenos abalos diante da magnitude dos novos eventos.

Na escola, ela busca por informações sobre os passos do filho. Precisa falar com algum responsável, no entanto não consegue encontrar ninguém. Em sua cabeça vagueiam mil situações sobre o que poderia ter acontecido a Cid. Em seu rosto ainda não há tristeza, tampouco revolta. Não há lágrima nem hesitação. Há apenas uma mãe querendo desfazer um mal-entendido e disposta a negociar com qualquer pessoa uma reparação pelo erro cometido. Depois ela mesma cuidaria da punição, exerceria ainda mais controle sobre os filhos, tentaria mantê-los no "rumo certo", como as mães que conhece costumam se referir ao caminho de renúncia do que não se tem.

A inquietação se instaura no peito de Rita Preta, impedindo-a de esperar pelos funcionários da escola. Ela se exalta e reclama para o segurança. O homem continua imóvel, apenas escuta, mas parece concordar. Rita levanta a voz e diz que sempre que necessita de algo da escola é preciso esperar bastante tempo. Sai a passos firmes. Fátima apenas a segue. Ela se dá conta da companhia e pergunta de novo onde ele estava quando foi levado.

"Na saída da vila, antes de chegar ao largo."

Rita saiu com tanta pressa que não tirou o uniforme amarelo do trabalho. Transpira, e por isso pega uma pequena toalha para enxugar o suor que tem no rosto. É uma noite sem vento e o céu está coberto de nuvens. Um estágio do tempo chamado de mormaço; umidade e calor intensos anunciando chuva nas próximas horas. É o momento de maior movimento diário na rua, quando os trabalhadores estão voltando para casa.

Dona Conceição deixa o interior da sua casa com telhado de amianto e um bom tanque de policarbonato para armazenar água. Encontra Rita e Fátima à sua porta. Repete o que foi dito por seu Aranha.

"A senhora se lembra quem eram os meninos que disseram que a polícia levou Cid?"

"Uns meninos que jogam bola na rua de baixo. Eles passam sempre por aqui, mas não sei o nome de ninguém."

É como se cada passo, cada pergunta, cada rosto novo encontrado fosse levá-la a uma revelação, que por sua vez a conduziria para mais perto ou mais longe do filho. Rita Preta continua sua caminhada disposta a perguntar sobre o ocorrido a quem encontrar durante o trajeto, antes de procurar de novo a delegacia para relatar o desaparecimento e a suposta abordagem. Acelera os passos e diz a Fátima para não se preocupar, ela pode voltar para casa. A comadre conhece bem as qualidades e os defeitos de Rita, por isso finge não escutar, apenas a acompanha. Elas passam por uma calçada rente a um muro que cerca uma casa desconhecida. Rita olha para um tecido branco em destaque, hasteado como uma bandeira na altura de seus olhos. Se afasta para não esbarrar no objeto, mas ao chegar mais perto descobre que é uma camisa de uniforme escolar. Como a da escola dos filhos.

Na camisa está uma nódoa conhecida, uma mancha de caneta que nenhum alvejante conseguiu retirar.

6

Passava já da meia-noite quando Rita saiu da delegacia. Ela havia pedido a Fátima que orientasse os filhos a manterem a casa trancada, e que, em qualquer emergência, a chamassem. Rita Preta também estaria com o telefone para monitorá-los à distância. Sentou-se no mesmo canto do dia anterior — próximo à porta — e, por horas, viu uma procissão de pessoas registrarem novas ocorrências. Num dia qualquer, estaria faminta e exausta. Mas, curiosamente, não sentia fome ou fraqueza. Tinha a energia infatigável das urgências, precisava encontrar o filho, saber o que havia acontecido e prosseguir com a vida já afetada por aquele grande problema. Por fim, Rita conseguiu concluir o boletim. Também pediu para assinalarem a informação de que o filho tinha sido levado numa abordagem policial, embora não tivesse qualquer prova — a escrivã usaria um código para pontuar a questão —, e perguntou se teria como saber se a entrada de Cid constava no sistema de segurança pública.

"Não temos como verificar", disse a atendente, sem se dirigir em nenhum momento a Rita, apenas olhando para o terminal de computador. "A senhora precisa ir até este endereço aqui", continuou, apontando para um pequeno cartão de papel com a unidade policial de destino.

Ao chegar em casa, Rita nota que a luz está acesa. Juca dorme, mas Cainho ainda está acordado. Quer saber se a mãe tem notícia do irmão e se os comentários sobre a polícia eram verdade.

Rita confirma. Ela contou, durante o registro da ocorrência, sobre a abordagem, e a atendente resistiu a anotar. A mulher sugeriu que era um boato — e, por enquanto, era somente isso mesmo —, mas orientou Rita a procurar na unidade do cartão onde poderia obter mais notícias sobre a suposta abordagem e o recolhimento.

"Não levaram seu irmão para uma delegacia ou prisão. Recolheram ele para outro lugar. Ele é menor de idade."

"Eu vou com a senhora."

"Não. Prefiro que você cuide do Juca. Preciso de você em casa."

Rita Preta entende que Cainho é apenas um adolescente de catorze anos. Desajeitado, imaturo, talvez o que menos soubesse lidar com a vida para além das paredes de casa. Passava o tempo com livros e caderno na mão escrevendo anotações sem serventia — era assim que pensava —, rabiscando, e por vezes pouco atento, a cabeça no mundo da imaginação. Rita não considerava o filho do meio um jovem estudioso. Ele tirava notas medianas na escola, suficientes para ser aprovado. Ainda assim se saía melhor que os irmãos. Nem sempre ela conseguia acompanhar, mas vez ou outra procurava pelos títulos e pelos textos das capas de livros para saber o que ele andava lendo. As leituras escolhidas não tinham relação com as matérias que ele estudava. Eram romances, livros de conhecimentos gerais, além de jornais velhos e folhetos religiosos talvez úteis para outras atividades, mas não para a escola. No entanto, apesar da aparente imaturidade, Rita Preta o considerava plenamente capaz de cuidar do irmão e da casa, e ajudá-la naquele momento. Afinal, ela não tinha começado a trabalhar para uma família ainda mais nova? Rita confiava que ele pudesse desenvolver habilidades para a vida resolvendo problemas cotidianos e tomando decisões sem sua intermediação. A partir daquele dia, ele seria muitas vezes convocado a assumir o posto de responsável pela casa em sua ausência.

Rita sai cedo de casa para continuar sua busca. Decide não ir ao supermercado onde trabalha, preferindo inventar uma desculpa. Se contasse a verdade, achariam que ela era mãe de um drogado ou arruaceiro, ou que seu filho estivesse envolvido com atividades ilícitas. Precisava manter o emprego — não se imaginava procurando trabalho outra vez por meses ou mesmo anos, como via acontecer com muita gente, de todas as idades. Mas, ao mesmo tempo, Rita precisava encontrar Cid, saber o que tinha acontecido, ajudá-lo a sair de onde estivesse, trazê-lo de volta para casa, desfazer as diferenças persistentes para se perdoarem mutuamente. Sobretudo, precisava ajudá-lo a reencontrar seu caminho na vida.

Nome completo. Data de nascimento. Número do documento de identidade. Rita tenta não parecer distraída, mãe relapsa, e procura informar tudo que lhe é solicitado. Não pode falhar. Fotografia atual? Não, só a do documento e mais algumas tiradas num celular de baixa qualidade. Numa delas, Cid aparece sem camisa e com uma corrente dourada de bijuteria escurecida. Ao fundo, um muro mal-acabado de tijolos cerâmicos vermelhos à mostra e alguns pontos de limo. Os dedos em "V", o sinal da vitória. Em outra foto, Cid esconde o rosto, não quer aparecer. Está deitado no sofá, a capa de tecido sintético verde fluorescente está desajustada. O ambiente parece escuro, embora fosse dia, Rita recorda; mas sobretudo era um dia descontraído. Ela consegue vislumbrar o sorriso do filho por trás das mãos enquanto tenta esconder o rosto. Em outra imagem, ele está de costas, o cabelo recém-cortado, desenhos nas laterais feitos a navalha. A imagem está desfocada, mas Rita se reprime e decide não mostrá-la na delegacia. Poderiam pensar o pior. Ela mesma havia censurado o filho, externara o próprio preconceito dizendo que parecia corte de malandro, bandido. Quando ele fosse trabalhar — e não faltava muito tempo —, não poderia ostentar cortes de cabelo como aquele nem tatuagens no rosto, nas mãos, no pescoço. E o serviço obrigatório do Exército? Daqui a dois anos, Cid precisaria se alistar — quem sabe não é convocado? Pode ser um bom emprego. Enquanto aguarda o atendimento, Rita seleciona as fotografias que poderá mostrar como eventual fonte de reconhecimento, porém elas começam a retroceder no tempo e já não serão tão úteis. Fato inegável: Cid era o filho que mais havia mudado nos últimos dois anos. Cresceu, o rosto parecia o de um adulto, mesmo pontilhado de acne. Já retirava os pelos ao redor da boca. Explorando os arquivos do celular, das últimas imagens para as primeiras, Rita vê a vida em retrospectiva: uma selfie com Jorge na praia, ela com o corpo bronzeado, óculos escuros e tranças afro que sempre a deixavam mais jovem; em outra imagem ela surge de olhos fechados com os filhos à sua volta. Parecem felizes, mesmo quando Cainho se mostrava sério, sem achar graça das piadas e situações em que todos riam. Em outra imagem, Juca aparece menor, um menino engraçado com uma espada de plástico nas mãos e sentado nos ombros de Cid. O mais velho está sem camisa, seu corpo adolescente à mostra, a bermuda caída abaixo da cintura. Em outra fotografia, algo escuro num canto da parede e uma vassoura ao lado caída no chão. Rita aumenta a imagem e vê o que parece ser uma ratazana morta. Mais adiante, a foto de um vestido branco e decotado na vitrine de uma loja — talvez quisesse copiar o modelo para a costureira do bairro reproduzir um igual, para dançar numa noite de encontro e festa.

A primeira vez que Cid suga seu seio para se saciar da fome mais antiga, Rita o observa com verdadeira curiosidade e sente sua alma em estado de graça. Quando a criança caiu da escada e a fez correr para a emergência de um hospital. Cinco pontos no queixo. Quando se alfabetizou, Cid passou a ler as sílabas de trás para a frente. As horas de parto quando sofreu todo tipo de violência num hospital público; um enfermeiro se sentou na sua barriga para forçar a expulsão da criança, que, por fim, foi retirada a fórceps. A criança era um sobrevivente e sorriu e correu e brincou, resistindo à sentença que toda violência carrega. Cainho escorregou como um quiabo por entre as pernas de Rita no caminho para a sala de parto, e por pouco — muito pouco — não foi ao chão. O mais novo subiu na porta do forno do fogão e derrubou o almoço quente, que poderia tê-lo ferido com gravidade. Porém essas fotografias não estão materializadas e arquivadas em seu aparelho celular. São vistas em perspectiva na memória, sem a ajuda de uma máquina, mas com o sangue correndo como rio em suas veias.

Rita Preta responde com ênfase que Cid não tem envolvimento com atividade ilícita. É um adolescente como muitos, gosta de futebol, quer namorar, quer o tênis da moda e sonha com uma vida melhor. Ela retira da bolsa a camisa encontrada no dia anterior. Afirma que pode ser do filho e mostra para quem realiza o atendimento.

"Vocês não precisam examinar?"

"Não, senhora. Não é necessário."

"Ele estava a caminho da casa da namorada. Deve ter saído com a camisa no ombro e outra vestida por baixo. Alguém o levou, porque ele não deixaria a camisa em qualquer lugar sabendo que eu ia ficar uma fera se descobrisse."

A mulher não está interessada na história que Rita conta e assinala que falta pouco para finalizar o atendimento. Rita Preta guarda a camisa de volta na bolsa. Pergunta se terá logo o resultado da pesquisa do sistema de segurança, se o filho foi recolhido e se está em alguma unidade de correção. A atendente diz que não, o prazo é de setenta e duas horas. Ela precisará voltar ali para saber o resultado.

Registrado o desaparecimento e feita a solicitação para tentar localizar Cid — se ele tinha sido ou não abordado por policiais, como seu Aranha havia escutado —, Rita Preta caminha até o ponto de ônibus, procura organizar as ideias em meio ao caos daqueles dias. Não consegue pensar em nada que não seja encontrar o filho mais velho, e segue sua intuição sobre quais caminhos deve continuar a trilhar.

7

Começa por procurar entre os meninos que jogam bola nas ruas do bairro. Os relatos indicavam que eles teriam visto Cid ser abordado e levado por policiais. Rita Preta segue de novo até a casa de dona Conceição, faz a mulher repetir o que já havia contado, tentando retirar alguma informação que pudesse ter passado despercebida. Mas tudo o que ela sabe já tinha sido dito: os meninos viram Cid ser parado por um grupo de policiais — Quantos? Dois? Três? Quatro? — e depois desaparecer. "Mas quem são esses meninos?", Rita insiste. A mulher não os conhece. Confessa que vive sozinha naquela casa, evitando conversar com qualquer pessoa. Bastavam os vizinhos barulhentos com o aparelho de som nas alturas nos fins de semana.

"Só quero paz", dona Conceição diz. "Recebo o benefício do meu marido. Sou viúva. Não conheço quase ninguém por aqui. É só *bom dia* e *boa tarde* para essa gente porque não quero intimidade. Conheço seu Aranha porque de vez em quando preciso de serviço de conserto de casa. Sabe como é." Havia um certo exagero em sua recusa, uma distorção no que contava. Os vizinhos sabiam que dona Conceição é intrometida, espalha boatos, fala da vida alheia.

Rita sai pelas ruas do bairro. Ela veio viver na vila depois que o deslizamento de uma encosta condenou a casa onde morava, e a defesa civil da cidade interditou os imóveis situados na área de risco. Coube a ela procurar um aluguel que pudesse ser pago com o salário da loja de móveis, onde começou cuidando da limpeza e depois, como era curiosa e proativa, aprendeu a montar e desmontar armários. Só deixou esse emprego porque o proprietário ficou inválido após um acidente vascular e a família se desfez do negócio. Três filhos para criar e o imprestável do pai do Juca, Wilson, atormentando sua vida. Como ele não se mexia para resolver os problemas da casa, Rita Preta teve que se virar sozinha para encontrar outra casa. Em dias de chuva forte, a sirene tocava pedindo que os moradores se dirigissem a um local seguro — na comunidade onde morava era uma escola municipal —, mas Rita nunca deixou a casa, sempre com medo de perder para os bandidos o pouco que tinha. Não queria se sentir miserável em meio a colchões e cobertores mofados, uma multidão que gritava e se desesperava, enquanto outras pessoas aguardavam resilientes o tempo melhorar. Naquela hora, ela se apegava aos santos e encantados, pedia misericórdia por sua família. Não conseguia dormir e atravessava a noite em claro. Vez ou outra conseguia escutar o ruído da terra deslizando em pequenas porções, levando arbustos e mato e tudo que encontrava pelo caminho. Outras vezes as coisas permaneciam inalteradas, apenas a chuva caía sem interrupções, embora os sons ecoassem incessantes em seu corpo.

Então, ela se sentiu aliviada quando por fim encontrou a casa atual. Poderia pagar o aluguel, mesmo que o valor continuasse alto para seu orçamento. Estava muito longe de ter a dignidade das casas onde havia trabalhado ou mesmo da casa simples de sua avó na roça. Mofo em alguns pontos das paredes, o banheiro acessado depois de atravessar a cozinha, o teto baixo que tornava o ambiente ainda mais quente. A vizinhança barulhenta e o medo quando relatavam que o tráfico estava em guerra. Não era muito diferente da comunidade onde tinha morado, mas a constância da vida na casa anterior criara o hábito, e o fato de estar lá havia algum tempo a deixava segura.

Quando olhava para Wilson deitado no sofá assistindo televisão, enquanto ela precisava sair com uma caixa de ferramentas para armar os móveis baratos de fibra de madeira — os recém-chegados e os vendidos —, além de limpar a loja, se enchia de raiva. Considerava que a exploração não estava apenas com os superiores, mas também habitava as quatro paredes de uma casa.

Rita conhecia de forma razoável o bairro, os pequenos comércios, boa parte das mudanças vividas nos últimos anos. Aquela era a quarta casa em que morava na comunidade — e quando contava as quase três décadas em Salvador, as casas onde residiu haviam passado de dez, sendo a primeira moradia a dependência de empregada no apartamento dos patrões.

Então ela anda por calçadas estreitas, desviando dos postes de energia elétrica instalados no meio do caminho, a rede elétrica sobrecarregada de fios, poluindo o horizonte daquela paisagem. Rita não consegue encontrar nenhuma criança capaz de responder à sua pergunta e que talvez estivesse brincando na rua quando Cid desapareceu. Somente mulheres carregando sacolas, estudantes passeando de uniforme escolar — matando aula —, bicicletas com cestos de pão, motocicletas, trabalhadores entrando e saindo do bairro, descendo e subindo dos poucos ônibus que fazem rotas nas vias estreitas.

Rita Preta precisa perguntar e parece não sentir vergonha, mesmo ciente de que as pessoas podem julgá-la. Retira a foto três por quatro da bolsa — não tem certeza de que era a mais recente, apesar de achar que, nela, Cid está sem as expressões do rosto quase adulto que tem agora. Ela entra num bar. O proprietário para de secar o balcão, fita a fotografia para repetir com paciência que não o vira. Rita entra numa mercearia, pergunta outra vez. A fotografia está levemente úmida, suas mãos estão suadas pela combinação de ansiedade e calor. Não, ninguém tinha visto. Ela aborda duas testemunhas de Jeová paradas na esquina ofertando publicações, com sombrinhas nas mãos para se proteger do sol. Também não tinham visto. Antes que a convidassem para um estudo bíblico, Rita se põe a caminhar sem encontrar sombra onde possa se proteger do calor difícil de suportar.

Encontra uma borracharia funcionando num barraco de madeira tão pequeno quanto uma cabine de banheiro químico. Faz a mesma pergunta ao homem de macacão azul-marinho sujo e puído. Ele não examina a foto, como Rita gostaria que tivesse feito. Está ocupado com a reparação de um pneu furado, mergulhando-o na água imunda armazenada numa banheira velha à procura de sinais de bolhas de ar para saber se a *força* foi feita. Ela espera mais um pouco e pergunta sobre os meninos que brincam de futebol. "É para o lado de lá", o homem aponta sem olhar, na "travessa Maravilha." Perto da casa de Daiane, Rita pensa, e agradece ao borracheiro pela informação.

Enxuga o suor que lhe escorre do rosto e se põe a caminhar. Naquela primeira hora não há crianças ou adolescentes brincando de futebol. Rita resolve voltar para casa por caminhos alternativos, adentrando áreas novas, becos, casebres, algumas casas melhores, perguntando a um e outro. Encontra carros abandonados, pequenos montes de lixo, vasos de plantas. Está disposta a perguntar a quem atravessar seu caminho, do pastor ao traficante. Rita verifica o celular: chamadas perdidas do supermercado — querem a justificativa de sua ausência naquele turno e, pelo número, deve ser da sala de recursos humanos; aviso de cobrança do novo cartão de crédito com fatura em atraso; nenhuma chamada dos filhos. Ela telefona de novo para o celular de Cid — a chamada é encaminhada para a caixa postal. Olha para a tela do aparelho com os olhos marcados pelas noites maldormidas, o semblante envelhecido. Guarda-o na bolsa e continua a caminhar.

Antes do pôr do sol, Rita sai outra vez. Anda de novo pelo bairro. Mesmo morando há anos naquela fração da cidade, sente-se agora conhecendo-a um pouco mais pela exploração realizada nos últimos dias, em particular nas últimas horas. Continua a mostrar a fotografia e tem certeza de que àquela altura todos sabem de quem ela está falando. Todos sabem que Cid, filho mais velho de Rita Preta, moradora da travessa Angélica, desapareceu. Todos têm repetido entre si que ele foi levado pela polícia, mas as mesmas pessoas têm sonegado informações reiteradas vezes a Rita por medo, e o medo parece servir à autoproteção. Não porque a conheçam bem. Eles não sabem de sua determinação. Os vizinhos mais próximos até a acham um tanto descuidada com os filhos por passar longos períodos do dia fora de casa, seja trabalhando, seja na companhia de seus amantes.

Ela se cansa daquela caminhada sem rumo. Cansada não é bem a palavra, mas o corpo pede que se deixe sentar no meio-fio quente de fim de tarde para recuperar a energia despendida entre o estado de tensão permanente, o calor, as caminhadas e as noites sem dormir. Rita reflete sobre o tempo passado naquela busca. Ansiosa por natureza, sente-se como se estivesse perto de gritar. Está magoada e com raiva do filho por fazê-la padecer de preocupação. Se a história da polícia for verdadeira, ela se sentirá ainda pior. Mas não quer supor nada que não seja encontrá-lo. As diferenças serão acertadas depois.

Levanta-se e segue adiante. Está vestida com uma blusa sem mangas para suportar a umidade e, com um pouco de dificuldade, volta a colocar o celular no bolso da bermuda jeans. Nos últimos meses seu corpo se tornou mais volumoso — gorda é a palavra que quer evitar por puro preconceito. Não se sente mal por isso, pelo contrário, acha que atrai olhares para suas formas, o que não é nada ruim para alguém que chegou aos quarenta anos.

Desviando do caminho mais curto para a entrada da vila, ela encontra crianças jogando futebol no asfalto, e espera com certa ingenuidade que sejam "os meninos" do relato de dona Conceição. As sandálias se transformaram em marcações das traves e eles correm descalços, sem camisa, colidindo uns com os outros na disputa pela bola. Rita espera paciente por uma interrupção do jogo. Quando por fim param para discutir uma penalidade, ela se aproxima sem cumprimentá-los, mostra a fotografia do filho.

Embora todos aparentem ter uma idade próxima à de Juca, alguns dizem que conhecem Cid — assim como conhecem o mais novo —, por estudarem na mesma escola. Os garotos se olham, como se não estivessem entendendo do que Rita fala. Ela compreende que não queiram dizer nada, a família deve ter incutido medo neles. Alguns daqueles meninos viviam com o pai e a mãe. Outros, apenas com as mães. Alguns, na ausência dos pais, moravam com as avós. Ela pergunta se viram um carro da polícia alguns dias atrás. Uns confirmam, outros não. Uns dizem que estavam presentes, outros permanecem em silêncio.

Rita percebe que o interrogatório dirigido aos garotos pode não resultar em nada. Resolve não insistir. Ela se despede pedindo que, se alguém souber de informações sobre Cid, por favor a avise, ela tem uma recompensa em dinheiro — mente, não tem um centavo no bolso, e o salário a ser creditado na conta bancária no começo da próxima semana está comprometido com pagamentos. Dois garotos se entreolham. A troca de olhares, depois de tantas horas de perguntas e buscas, soa como um sinal de esperança.

8

Rita Preta acorda se sentindo ainda pior que no dia anterior. O cansaço deixa seus pensamentos desordenados e o corpo parece se render. Está dormindo pouco e sem o descanso adequado, o sono contínuo deu vez aos cochilos intermitentes sem que lhe permitissem repousar o suficiente. Além da angústia pelo sumiço do filho, ela vê surgir um crescente sentimento de culpa, que a atormenta de maneira constante. Primeiro, pela briga que antecedeu o desaparecimento de Cid; se fosse menos impulsiva, poderia ter contornado a situação sem a agressividade cultivada ao longo da vida para se proteger, evitando assim as mágoas e o que se seguiu. Depois, porque ela não se preocupou com o fato de o filho não estar em casa quando voltou do trabalho. Tinha ido ao encontro do namorado. Bebeu, conversou, depois aceitou passar duas horas num hotel barato no centro da cidade. Por fim, esperou pela carona, no caminhão que ele dirigia, para voltar para casa. Se distraiu dos dissabores da vida, seja pelo leve torpor do álcool, pelos efeitos do orgasmo, ou ainda pela visão abrangente que tinha da cidade ao viajar num caminhão por ruas e viadutos; ou por tudo isso junto.

Aquela perspectiva de mirar a cidade de cima a fascina, e todas as vezes que Jorge a leva para qualquer lugar conduzindo o caminhão, Rita fala de seu desejo de aprender a dirigi-lo. Ele promete ensinar, quer impressioná-la, mesmo que esteja cético sobre sua capacidade de pedalar sequer uma bicicleta, que dirá manobrar um veículo pesado. Por mais que fosse incrédula em relação a um bom número de desejos, aquele em particular é alimentado com a esperança de poder realizá-lo. Mas, enquanto não aprende a dirigir, ela trafega pela noite de Salvador — com Jorge quase nunca é durante o dia —, mal ou bem iluminada, contemplando a cidade e sua gente, o traçado das ruas, o esplendor e a sobriedade convivendo nos distintos espaços. Mesmo quando a bebida lhe cai mal e o sexo não é bom, resta admirar as ruas, a chuva, a brisa, as luzes, o mar e os morros, os rios correndo como esgoto, a lua e os vales, os edifícios com vidros espelhados e os casebres com tijolos à mostra, e o concreto que macula o horizonte com elevados e passarelas suspensas para pedestres. Naquelas horas, ela não é mãe nem trabalhadora. É apenas uma mulher sentindo, de forma simples, que ama viver.

"Mãe, Cid não voltou. O que será que aconteceu?"

A pergunta esmaga o peito de Rita Preta, por ela não ter uma resposta satisfatória, por não tentar dar nenhuma outra e por ficar em silêncio quando se espera dela a verdade, mesmo que não a tenha. Para se esquivar desse vazio, ela anuncia:

"Preciso contar o que está acontecendo no trabalho. Se faltar mais um dia, corro o risco de perder o emprego. Depois, vou voltar à delegacia e procurar nos hospitais", diz enquanto recolhe a caneca de café da mesa. "Vou pedir dinheiro a Fátima. Já não tenho mais nada para o transporte. Gastei tudo indo até a delegacia e levando vocês para não ficarem sozinhos em casa."

"É verdade o que estão dizendo? Que ele foi levado pela polícia?"

"Quem disse?"

"Você, minha mãe", Cainho se senta à mesa enquanto olha para Rita como se suplicasse por uma resposta. "Será que ele fugiu? Cid disse que ia embora de casa no dia em que vocês brigaram."

"Eu repeti o que seu Aranha e dona Conceição disseram, mas nem eles têm certeza. De qualquer maneira, voltei à delegacia e dei a informação. Vão me dizer se ele fez algo errado e se está em algum lugar", Rita responde, irritada, como se necessitasse confrontar o filho. "Ontem zanzei pelo bairro, levei a foto de Cid, perguntei a um e a outro; nada. Disseram que uns meninos que jogavam bola viram ele ser abordado. Encontrei alguns garotos depois de muito andar e eles não sabiam também", diz sem olhar para Cainho, se movimentando entre a sala e a cozinha em busca de tarefas por fazer. "Prometi um trocado se alguém me der uma informação concreta. Se alguém aparecer aqui, mande voltar mais tarde."

"Se ele foi embora, não foi para longe", ela tenta minimizar a gravidade da situação enquanto enfia na bolsa pedaços de papéis com anotações difusas e um batom. "E o que você está querendo dizer? Que a culpa dele ter sumido é minha?" Rita encara Cainho com o ar grave. "O que você sabe da vida? Só me faltava essa."

Cainho se cala, e seu rosto é a expressão do descontentamento. Não é preciso declarar nada, não é preciso dizer que, se a mãe não tivesse brigado com o irmão, isso não teria acontecido. Ele permanece sentado, olhando para a ponta dos dedos, e não se volta de novo para Rita, nem nada diz. Seus gestos descortinam um cansaço anterior ao seu tempo, àquela vida, mesmo que não saiba como expressar.

Rita Preta termina de enfiar os objetos na bolsa com gestos furiosos. No fundo, parece querer de alguma maneira retardar tudo o que tem para fazer fora de casa até que Cid apareça ou envie notícias. Ela sai para voltar segundos depois. Procura algo na mesa de vidro e em seguida no balcão que serve como divisória entre a sala e a minúscula cozinha. Ergue a chave e volta para a porta. "Cuide do seu irmão; telefone se Cid aparecer."

Rita se dirige à casa de Fátima. Enviou uma mensagem de voz um pouco antes, perguntando se ela poderia emprestar uma quantia até a próxima semana. Elas saem juntas para o ponto de ônibus. Rita conta tudo o que fez no dia anterior e Fátima mantém sua expressão atenta. A vizinha procura confortá-la: Cid tem que aparecer, e se o que disseram sobre a polícia é verdade, ela vai descobrir. Rita Preta pergunta: se o filho fosse recolhido por algum delito, os policiais ou o juizado de menores não teriam por obrigação informar aos pais (pensando consigo mesma "eu sou 'os pais'")? Então conta que ligou para o pai de Cid e ele não deu a devida importância, além de tentar culpá-la pelo que aconteceu. Rita ressalva que no fundo não queria telefonar para ele, afinal havia criado os filhos sozinha, mas precisava saber se Cid o tinha procurado querendo abrigo ou mesmo pedindo algum dinheiro para ir mais longe, embora ela duvidasse que o pai fosse capaz de abrir a casa da família ou desse algo para o filho.

Elas se despedem. No trajeto, Rita viaja em pé no ônibus e segura a bolsa à sua frente. Faz uma prece em silêncio pelos filhos, embora sinta que nenhuma reza, nenhum encanto, conseguirá protegê-la dessa aflição sem nome. Aquele crescente é perturbador, uma enxurrada carregando detritos, mas ela mantém os olhos no horizonte através das janelas e se estimula para não se distrair, precisa fazer tudo ao seu alcance para que o filho volte. Rita se prepara para os próximos embates, e em seu estômago guarda apenas um copo de café preto doce, coado ainda pela manhã. Ela não contou a Cainho nem a Fátima sobre a falta de apetite. A ansiedade a fazia se sentir com o estômago cheio, como se os alimentos consumidos dias atrás não tivessem sido digeridos.

Depois de contar o que havia acontecido à supervisora e ao gerente da loja numa sala isolada e refrigerada a ponto de parecer o interior de uma câmara fria, Rita Preta deixa o supermercado evitando cruzar com os colegas para não ter que responder às perguntas sobre o desaparecimento do filho. Mais cedo ou mais tarde todos saberão, pois não há segredos nem discrição naquele ambiente. Ao entregar a bolsa para que o segurança a reviste na saída da loja, ressoam as palavras do gerente: estava liberada naquele dia, mas ele não poderia arcar com o ônus de sua ausência por muito tempo. Assim como Rita se reportava a ele como superior hierárquico, ele devia satisfação ao seu chefe, e arriscaria sua função se permitisse ausências prolongadas de qualquer funcionário sem justificativa amparada na legislação trabalhista. No entanto, como Rita havia sido uma boa colaboradora naqueles mais de dois anos em que trabalhava no supermercado, ele se empenharia junto ao setor de recursos humanos para antecipar suas férias, ajustando todo o cronograma milimetricamente desenhado de forma a não impactar as vendas de fim de ano.

Vendas, metas, bom desempenho. Rita não chega a ter aversão a essas palavras em meio à sua aflição, mas não consegue alcançar seus significados, por mais esforço que faça. São como as lembranças do fim da infância: sua avó andando sem rumo pela terra, armazenando sacas de sal na casa de paredes rachadas, trazidas durante meses da feira da cidade, junto com as compras mirradas. Faltava tudo, menos sal e loucura. Aquelas palavras ecoavam em sua memória como os murmúrios sem sentido de Carmelita repetindo como uma aparição: o rio se estreitava como sua garganta, o rio se estreitava como sua garganta, o rio morreria junto com ela. Rita, menina, acreditava que era a dor da má sorte e da insânia pela morte dos que estavam à sua volta. Durante muito tempo, seu maior temor era terminar como sua avó, amargurada, vagando pela terra e repetindo palavras sem sentido.

9

A luz cai sobre as construções, e o trânsito àquela hora é mais intenso. Mesmo com um fluxo maior, os veículos se deslocam em grande velocidade e enchem o ar de ruídos ensurdecedores, que podem causar agitação nos mais sensíveis. O tempo avança, mas a luz continua a mesma, constante, preenchendo a atmosfera com tons áureos, alaranjados, escarlates, e apresentando a noite como uma promessa sem fim. Rita Preta caminha por ruas, caminha a ponto de pressionar as solas dos pés até ficarem afogueadas e de uma fisgada de dor ritmada em seu quadril lembrá-la de que aquela jornada começara muito antes da procura por seu filho. Seus pés eram os pés de sua mãe, Mazé, de sua avó Carmelita, de sua bisavó, a velha Donana. Eram os pés das mulheres e dos homens sem nome que antecederam sua existência. Seus pés eram primordiais e tão antigos quanto o próprio tempo, e com eles se moveu, se perdeu e se encontrou, e reencontrou os caminhos por onde andou e por onde ainda precisaria caminhar. Enquanto segue, Rita se assombra com a constatação de que, mesmo depois de ter se tornado mulher madura, seus pés continuam a crescer como as raízes que se aprofundam para sustentar uma árvore que prospera e se fortalece, como os caules que se avolumam para amparar o peso dos anos e das copas frondosas, como as copas e suas folhas que precisam fazer da luz energia para alimentar um corpo que se ergue sobre a terra.

Quando entra em casa, a mesma luz que a acompanha por longos caminhos invade o cômodo da sala e ilumina o ambiente. Alguém está sentado no sofá, de costas para a porta, e o coração de Rita acelera e se antecipa à grande espera e inunda seu corpo de um sangue fluido e quente, carregado de memórias que a fazem vibrar pelo regresso daquele que é esperado.

"Meu filho", Rita põe a mão no ombro de Cid, que permanece de cabeça baixa digitando no celular, "onde você estava? Há dias que eu te procuro."

"Desculpe, minha mãe. Desculpe", ele diz enquanto ergue os olhos da tela, interrompendo o que digita, e olha para a face surpresa da mãe.

"Onde você estava? Até na delegacia eu fui fazer boletim de ocorrência. Telefonei para o homem que é seu pai. Já não tinha mais onde te procurar."

"Eu precisava de um tempo. Tenho uma coisa para te contar", diz Cid, levantando-se. Está sem camisa, e o corpo castanho e esguio o deixa no limite entre a infância e a vida adulta. Rita tinha a impressão de que ele já a ultrapassara em altura, mas agora parece ligeiramente menor. Os olhos parecem dilatados de apreensão. Talvez ele estivesse sem dormir como ela própria, aflita por sua ausência.

Rita está tomada pela ansiedade, mas celebra no íntimo a volta do filho. Quer se antecipar e precisa imaginar o que ele tem a dizer. Que mal poderia fazer um jovem, tão aflito, a ponto de desaparecer de casa por dias? Que delito não poderia ser perdoado quando o vazio da ausência se interpõe entre duas pessoas como um abismo? O que poderia ser tão grave que o levasse a se exilar? O que pode ser mais doloroso que procurar por alguém que não é encontrado? A mãe deixa o rigor de lado, lança um olhar de acolhimento e o incentiva a dividir suas aflições.

“Mãe, estou gostando daquela menina”, ele diz, apontando para alguém que não tinha se revelado.

“Quem?”

Rita Preta desperta com o alarme do celular marcado para as cinco da manhã. O peito disparado, rufando como um tambor. De qualquer maneira acordaria cedo, mas percebe que não eliminou a programação do alarme que funcionava como uma reserva de segurança para não perder a hora e chegar a tempo ao supermercado. Por um instante, ela não consegue distinguir o real do sonhado. Levanta-se da cama e se dirige com urgência para o quarto ao lado. Acende a luz, perturba o sono dos filhos, mas Cid não está lá. A cama superior do beliche continua arrumada e vazia. Está assim há dias. Rita se dirige ao banheiro, lava o rosto com água e sabão. Observa-se no espelho manchado do armário plástico suspenso na parede. Permanece parada por um tempo. Nota os desenhos do cansaço, as olheiras marcadas, o semblante derrotado pela fadiga e apreensão. Senta-se no vaso sanitário para urinar e, enquanto se alivia, tenta encadear as informações do sonho. Teme esquecer. Sua avó falava dos sonhos como oráculos dos dias. Dizia que, se tivesse um sonho ruim, era melhor contar ao rio para que a correnteza o levasse para longe, mas aquele não é um sonho ruim. Rita não se abate, sente um aperto na boca do estômago e aproveita o imaginado para decidir por onde começar o dia que chega, implacável.

Decide ir à casa de Daiane.

É preciso esperar pelas horas de movimento para se deslocar com segurança de um lugar a outro. Mas o vaivém de pessoas na comunidade é intenso desde a alvorada e continua pelas primeiras horas da manhã. Os homens que seguem para seus ofícios; as construções que inundam a cidade de novos edifícios e vias; o comércio e o escambo de tudo no centro da cidade; a segurança das propriedades: residências e comércio; há os que trabalham nas portarias dos edifícios nos bairros nobres. Mulheres partem para as mais diversas atividades: para a limpeza e a organização das casas de classe, prática mantida pelos senhores de sempre há gerações; carregando caixas plásticas de alimentos para vender em terminais de ônibus e locais de grande movimento; outras vestem suas batas e se dirigem aos pontos onde vão mercar nos tabuleiros as receitas de outros tempos e espalhar o cheiro do azeite de dendê quente pelas esquinas; vão atender na recepção dos consultórios populares; se dirigem às filas do sistema de saúde em busca de atendimento médico. Jovens carregam seus cadernos e livros e sonham com o emprego que terão depois de concluir os estudos; sonham com um trabalho digno porque o estudo é um projeto de longo prazo e a vida urge; sonham com dias melhores dos que tiveram seus pais e seus avós.

Rita Preta não consegue ver o mundo dessa maneira porque é arrastada com todos eles para um estado chamado de sobrevivência. Contempla a vida dos outros e, mesmo sem querer, transmuta tudo o que observa numa busca eterna para compreender sua própria existência. Ela olha para o telefone a cada cinco minutos, tenta organizar na mente o que é preciso fazer naquele dia e nos seguintes. Põe a roupa suja no tanquinho elétrico. Lava e pule as panelas e as deixa secar ao sol no pequeno quintal. Rita observa os filhos seguirem para a escola, cumprindo suas atividades. Eles desejam que apresente uma solução para o desaparecimento do irmão, mas ela afirma que está fazendo o que pode para trazê-lo de volta para casa.

Rita não nota o cão sarnento parado na esquina perto do poste, que se coça como se fosse arrancar a pele. Observa sem muita atenção o dono da banca de jogo do bicho fazendo apostas, decifrando os sonhos dos que o procuram, convertendo animais em números e números em dinheiro. Desvia-se das panelas de alumínio embaladas em sacos plásticos que avançam sobre a calçada estreita. Sente vontade de comprar uma vassoura de palha como as que conheceu na roça. Rita transita entre obstáculos e coisas belas, nascidas nas frestas da cidade, sem que sua travessia a torne especial ou sem fazer de sua vida melhor ou pior do que as muitas que encontra. Sente apenas que caminha como se fosse parte inseparável das coisas e do ambiente, não há limites entre seu corpo e o que a cerca; sente que corre com as máquinas; sente que seus passos se convertem em sons de freadas, britadeiras e estacas sangrando a terra para as fundações das casas e dos edifícios; sente que seu corpo reflete a luz e os artifícios de uma cidade, como se ela própria fosse a fração das cores de uma pequena imagem das muitas que formam os vitrais de uma catedral.

Daiane atende a porta e se espanta ao encontrar Rita, do lado de fora, à sua espera. Olha para trás, quer saber se a mãe está por perto. Então deixa a casa e se aproxima.

"Cid apareceu?"

Rita guarda a mesma pergunta. Decidiu voltar à casa de Daiane motivada pelo sonho, mas ao olhar para o rosto ingênuo da menina que ainda não se transformou em mulher decide não tocar no assunto para não ser julgada, para que não comecem a cogitar a possibilidade de aquela mulher à procura do filho estar louca.

"Você não faz ideia se ele contava com algum amigo que pudesse dar abrigo ou ajudar a chegar a algum lugar onde tivesse dito que iria?"

Daiane faz uma negativa com a cabeça. Rita Preta percebe uma incômoda aflição em seus olhos. Pergunta se ela escutou algo sobre uma possível abordagem policial. Daiane nega. É quando a mãe aparece na porta e grita pela filha. Pergunta o que ela está fazendo fora de casa. A mulher então se aproxima de Rita, diz que a filha não tem nada com malandro e pede para que não as importune mais. Rita sente raiva, segura o punho da mulher. Retruca que o filho não é um delinquente, que estuda e nunca se envolveu com nada de errado.

"Respeite minha família, sua qualquer! Quem você pensa que é para falar assim do meu filho? Lave sua boca imunda para falar de alguém da minha família!"

"Se ele não fez nada errado, por que o povo está dizendo que a polícia o levou?"

10

Jorge guia o caminhão Volvo pelas ruas estreitas do bairro e o estaciona com dificuldade antes de chegar à casa de Rita. Ao descer do veículo se certifica de que há passagem para carros na faixa estreita ao lado, embora não se preocupe tanto porque não pretende passar muito tempo naquela visita. Enquanto dirigia o caminhão que Rita sonha guiar, Jorge imagina como deve estar sua amante — o silêncio que cerca sua presença ao telefone — e se deixa levar pela compaixão, mas também pelo desejo que continua a consumir sua energia vital — "ainda bem", ele agradece. No tempo que segue encontrando "a morena", como ele a chama, se deita com algumas mulheres da vida durante suas longas viagens. Mas se deita com todas elas, mesmo tentando afastar essa ideia a princípio, pensando no corpo, no cheiro e no encantamento de Rita Preta.

Desde que soube do desaparecimento de Cid, embora absorto pela velocidade dos acontecimentos cotidianos — o trabalho, a numerosa família —, Jorge não consegue expressar o quanto pensa em Rita. E é com esse semblante que surge quando ela abre a porta de casa e constata que ele não parece indiferente à sua angústia. Ela percebe mais: ao abrir a porta de casa, acredita ver no rosto daquele homem de cabelo grisalho e corpo avantajado a preocupação genuína, ainda que não considere aquela a sua família, ainda que não saiba com certeza o lugar ocupado por Rita em sua vida.

Ele a beija no alto da cabeça enquanto ela fecha os olhos sem saber o que dizer. Depois, leva-o para se sentar ao seu lado no sofá. Naquele momento Rita deixa para trás toda insatisfação que carrega quanto ao seu relacionamento com Jorge. Conta com detalhes tudo o que sabe. Sobre o fato de o filho estar enamorado, sobre as faltas na escola, sobre a grave discussão — embora atenue a intensidade do embate, omitindo o que talvez seja um desrespeito para um homem criado sob a rigidez parental, tornando seu filho indigno da piedade. Rita repete o que disse sobre o boato e sobre sua peregrinação às delegacias e unidades de segurança pública.

Jorge diz que tem um amigo que é policial aposentado. Vai procurá-lo para pedir sua ajuda. Enquanto ele considera aquela possibilidade, Rita nutre uma vã esperança, mas lembra também que ele prometeu falar com alguém — ela não lembra quem — sobre um novo emprego para Rita, para que ela pudesse escapar do cativeiro do supermercado, e que numa outra ocasião prometeu falar com um velho amigo (haja amigo!) para conseguir um estágio para Cid começar a trabalhar e ajudar com as contas de casa. Nenhuma daquelas promessas prosperou, assim como não prosperou a separação da mulher com quem estava casado havia mais de trinta anos.

Ele pergunta pelos meninos, Cainho e Juca. Saíram para a escola, ela diz.

Embora Rita não consiga sentir a atração costumeira que Jorge desperta, ela esboça contentamento pela visita. Ele, pelo contrário, ainda espera por um sinal para poder tocar seu corpo, onde possa desaguar como um rio correndo para o mar. Onde possa vislumbrar sua natureza, e também suas estrias, a gordura sob sua pele, as rugas, o cabelo que começa a falhar próximo à raiz. Ele põe uma das mãos na perna de Rita e a acaricia, sem, no entanto, ser correspondido. Sente-se um pouco miserável pela falta de controle, sente-se envergonhado por tentar desviar a atenção de uma mãe que não tem pensado em nada além do filho e seu destino ignorado.

Enquanto Rita fecha a porta, admite para si mesma que aquele homem sobre o qual ela tinha muitas queixas se importa com sua vida, com seus problemas. Já não se sente mais tão só. A visita era um gesto de estima, e ela sente contentamento por isso. Enquanto Rita Preta volta para os afazeres domésticos e reflete sobre o que fazer, Jorge retorna para o caminhão. A princípio sente uma profunda empatia pelo drama da mulher. Criou bem seus filhos — considera —, mas sofreria muito se algo parecido lhe acontecesse, mesmo acreditando improvável de ocorrer com sua família. Enquanto dirige — e ao dirigir se torna um homem grande e importante —, decide telefonar para a atendente da loja de conveniências de um posto de gasolina situado nos limites da cidade. Havia encontrado a jovem na semana anterior e desde então tem cogitado convidá-la para dar uma volta pela orla do Atlântico.

Rita se sente desorientada com o fluxo de pessoas à procura de atendimento no hospital geral. Atendimento médico não é bem o que ela deseja. Quer saber se ali há um setor específico para quem está à procura de pessoas desaparecidas. Depois de muito aguardar, ela é encaminhada para o serviço social. A espera é longa, até que finalmente ela encontra a assistente.

Uma mulher negra, de cabelos cacheados, unhas rubras e bem cuidadas e exibindo um crachá à altura do peito a convida para entrar na sala pequena e refrigerada com poucos objetos a decorar o ambiente. Há ali um terminal de computador antigo e duas cadeiras com os estofados danificados. A assistente social põe os óculos pendurados por um cordão; pergunta a Rita o que a levou ao hospital. A mãe, a mulher, a trabalhadora — aguardando informações sobre as férias fora de época para que possa procurar pelo filho — conta a mesma história que já vem sendo repetida há dias. Está à procura do primogênito, o amado, o rebelde, o menino se tornando homem, o difícil, o filho desaparecido sem deixar rastro, e sobre o boato de que foi levado pela polícia. Está ali para saber se ele foi vítima de acidente, acometido por alguma enfermidade, ou se sofreu algum evento amnésico; se, por acaso, está internado como um indigente, um desvalido, à espera de que um familiar — a mãe, um irmão, um parente qualquer — o identifique para, enfim, torná-lo alguém novamente — se é que já o foi — na imensidão de um hospital, esse ponto na vastidão de uma cidade.

A assistente social escuta com atenção. Não importa quantos atendimentos faça por dia, está decidida a se entregar por inteiro, dar o melhor de si no que se propõe a fazer: seu ofício. Sente-se vocacionada para a profissão, como o religioso se sente atraído pelo sacerdócio, embora cuide de si com o mesmo comprometimento com que tem cuidado dos outros. Pede detalhes que possam ajudar na identificação: altura, alguma marca de nascença, alguma deficiência, um traço que se destaque em seu corpo, a cor, a cor — que, se não os define, permite que sejam definidos —, o cabelo, uma tatuagem. Se tem algum vício? — sempre a menção ao vício, o medo de muitas mães da quebrada, o monstro que pode devorar uma família —, se estuda ou trabalha, quem assegura a renda da casa. Se fosse dada à autopiedade, Rita teria dó de si mesma ao se confrontar com a própria vida escrutinada de maneira tão fria e metódica por um formulário de anamnese social. Mas responder a tudo novamente não a irrita nem a cansa. Pelo contrário, é como uma confissão religiosa, um sacramento purificando o coração, e que a faz se sentir mais humana, falha, mortal.

Então se levantam para percorrer os corredores. As duas, lado a lado, passam por enfermarias e quartos coletivos onde há pessoas internadas com todo tipo de enfermidade. É um hospital público muito procurado por pessoas da capital e do interior. Muitos viajam horas, vêm de toda parte, até de estados vizinhos, para uma cirurgia específica ou para o tratamento de uma doença mais grave.

Há dois jovens com as características descritas por Rita internados naquele hospital. A assistente social a conduz com cautela para fazer o reconhecimento. Rita sente a mesma eletricidade percorrer seu corpo, o arrepio, a corrente de energia que a atravessou como um raio outras vezes. Quem pudesse observar seu rosto, não veria um semblante de tristeza ou de autocomiseração. Quem pudesse observar seu rosto, veria expressões de apreensão — além do cansaço e da preocupação de sempre —, embora ainda predominasse a firmeza de seus traços sem mudanças bruscas que denotassem medo ou surpresa com o que estava por vir.

A primeira visita de reconhecimento é na unidade de terapia intensiva. Um jovem recebeu dois tiros e foi encontrado agonizando em via pública no subúrbio ferroviário; tem as mãos amarradas ao leito com ataduras, de forma improvisada está preso às grades laterais. É monitorado por aparelhos porque seu estado é bastante grave. Um projétil foi retirado com sucesso, o outro continua alojado numa região delicada, próximo à coluna cervical. Do seu corpo pendem finos tubos com fluxo de sangue — transfusão —, de soro fisiológico para hidratação e outros fios para monitorar batimentos cardíacos e oxigenação. Os olhos estão fechados e levemente inchados.

A assistente olha para Rita Preta à espera de uma reação e ela corresponde com uma expressão de negação. Não. Não é seu filho, e, ao afirmar, dá um passo para trás. Não é seu filho e não quer permanecer naquele ambiente opressivo, impregnado de éter e mofo, frio a ponto de enregelar sua carne. Deixa o quarto antes da assistente social, que compreende e a convida para a nova visita. Percorrerão de novo os corredores e subirão mais dois andares até a ala de politraumatismo. Um jovem atropelado por um ônibus enquanto pedalava uma bicicleta nas imediações do aeroporto mais ou menos na data do desaparecimento de Cid. Fraturou a estrutura da pélvis, a tíbia e a fíbula das duas pernas e o fêmur esquerdo em dois lugares. Os ossos do pé direito esfarelaram e há possibilidade de amputação. Não corre outros riscos imediatos, mas continua sedado por conta da dor extrema que sente.

Dessa vez, Rita Preta se aproxima e o observa com atenção. Não é seu filho, ela sabe. Nem acreditava que fosse antes de entrar na ala. Mas chega perto porque sente algo mais forte por aquele jovem fraturado e perdido sozinho num leito de hospital. Naquele lugar, ele é um número. São tantos pacientes precisando de socorro e exigindo atendimento que aquele que dorme profundamente está fadado a ser esquecido durante boa parte do dia. Será que a mãe dele também está à sua procura? Será que tem irmãos? O que pensava minutos antes de sua queda e quase morte? Tinha alguma memória do veículo o atingindo? O que sonha enquanto está sedado?

A luz penetra abundante na sala. Do lado de fora, a paisagem sustenta um dia solar. Esse sol é um deus que se esforça para ser onipresente. Apenas pacientes homens se encontram naquela ala, mas muitas mulheres, sobretudo auxiliares de enfermagem, transitam empurrando carrinhos com todo o aparato necessário para fazer curativos, além de frascos de soro fisiológico e medicamentos diversos. Membros pendem imobilizados em suportes hospitalares, brancos e pesados como devem ser.

Rita Preta se deixa levar por uma profusão de sentimentos. Pergunta à assistente se o paciente tem família. "Certamente", a mulher responde, "ele está à espera de se reunir aos seus parentes. Espera que o encontrem, assim como você está esperando pelo seu filho." Rita considera cruel se perder dessa maneira. Não que ela fosse agradar seu primogênito com carinhos sem fim se o encontrasse naquela situação. Mas não tinha dúvida de que estaria a seu lado, se fosse permitido, e que só o deixaria se alguém de sua confiança fosse capaz de fazer o mesmo por seu filho. Seu peito é percorrido por desconfortos que não sabe explicar. Aproxima-se ainda mais da cama e é capaz de sentir os odores do corpo, do esparadrapo, dos medicamentos atravessando o ar. Poderia pedir aos encantados, a deus, que o jovem reencontrasse sua família, mas não pede. Pede apenas pelo filho. Pede sorte para não encontrá-lo fraturado, retalhado, costurado, agonizando num leito hospitalar. Não quer imaginar que ele esteja num lugar estranho padecendo naquele momento. Isso tornaria seu sofrimento interminável.

II

Fátima leva um prato com cuscuz e carne-seca para Rita Preta. Aproveita para escutar o périplo realizado nas últimas horas. Pergunta se o pai de Cid telefonou para saber do filho, e Rita emite um estalo com a boca, indicando desdém. Todas as vezes que escuta Rita falar sobre Cid, seu peito fica apertado. Sente uma profunda empatia que nem imaginava ter. Fátima tem passado horas pensando no caso. Todas as vezes que lembra de Cid, pensa nos próprios filhos. Embora sejam adultos, continuam morando juntos, na mesma casa. Ronaldo, o mais velho, procura por ocupação. Teve alguns empregos precários tempos atrás — o último, como garçom —, mas agora parece não se ajustar a nenhum outro trabalho. Fátima carrega uma angústia desmedida por esse filho, o qual ela insiste em dizer que não é seu preferido: ama "os dois da mesma maneira". Teme que o tempo passe e ele não "se encontre na vida". *Se encontrar*, para uma família com sua origem, é ter um emprego fixo ou pelo menos uma profissão que lhe permita trabalhar de maneira autônoma — marceneiro, serralheiro, pintor, jardineiro, motorista. Teme que o filho, que deseja uma vida melhor — afinal, gosta de roupas de marca e reclama quando precisa comer pão com margarina —, não volte a estudar. Ele parou ao concluir o ensino médio, já considerava suficiente. Sem estudo não poderá prosperar, Fátima escutou na casa da família em que trabalhava.

Por isso, quando Leriane disse de última hora que desejava fazer o exame para ingresso na universidade, Fátima retirou do pote de metal de biscoitos finos que pertenceu aos patrões o montante reservado para a compra mensal de pães. Depois, incentivou a filha a fazer a inscrição no exame. Se o filho "protegido" ainda não tinha encontrado seu caminho na vida, que pelo menos a filha, sobre a qual nunca nutriu grandes esperanças, tentasse obter a formação superior. Contudo, decepcionou-se ao saber que a filha, aprovada no exame, optara pelo curso de geografia. Ela não sabia o que dizer quando Leriane comemorou a aprovação. Depois da decepção inicial, Fátima se mostrou exultante, sentiu-se orgulhosa — afinal, era a primeira da família a ingressar na universidade. Sentia vontade de anunciar a todos os conhecidos, e contou as boas novas na casa onde trabalhava. Recebeu os cumprimentos sem entusiasmo da patroa, que em seguida perguntou se Leriane não tinha obtido nota suficiente para pleitear um curso "melhor". "Por isso ela foi aprovada", a mulher disse, enquanto minimizava com desdém o feito da filha da empregada. Falou que o salário e a carreira de professor não eram muito atraentes, a remuneração poderia ser um pouco melhor que a de uma empregada doméstica. A princípio, Fátima sentiu uma ponta de inveja por parte da patroa, mas não deu importância. Considerou que ela poderia estar ressentida porque pagava, junto com o marido, um valor exorbitante pelos estudos superiores dos dois filhos (cursavam direito e medicina). "Não conseguiram ingressar na universidade pública por causa das cotas", repetiam em privado. Por fim, ela se deixou contaminar pelo pessimismo da patroa e repetiu o que escutou, e Leriane se revelou decepcionada com o ceticismo da mãe.

"Nunca disse que estudaria para ficar rica, mas certamente é melhor ser professora que empregada doméstica."

Fátima engoliu em seco a provocação. Quase respondeu, "mas é meu trabalho de empregada doméstica que permite que você não se preocupe e estude até se tornar uma professorazinha qualquer", porém se conteve, afinal foi ela que, envenenada pelos argumentos da patroa, tinha menosprezado a conquista da filha.

Ao mesmo tempo que reflete sobre os filhos, Fátima quer decifrar o que acontece com Rita Preta. Está intrigada com o fato de que durante os dias de angústia e procura, e mesmo diante de toda a agitação, da firmeza e da determinação manifestadas pela comadre, não tenha presenciado nenhum momento de emoção explícita, lágrimas ou desespero. Que não tenha visto qualquer indício de autopiedade em seu semblante. Para ela, não é admirável não expressar a dor de maneira exagerada. Considera que desde muito cedo se aprende a externar os dramas; assim, espera-se que toda pessoa, sobretudo as mulheres, sejam capazes de apresentar suas dores ao mundo. A intensidade dessa manifestação é a medida do afeto que nutrimos pelo outro. Rita ostenta um semblante de preocupação pelo filho. Mas não tem chorado, não parece sequer abatida. Seria importante mostrar certa fraqueza, que não contivesse sua dor, para que outras pessoas assumissem parte da responsabilidade pela busca. Será que ainda estava em estado de choque, perplexa?, Fátima se perguntava. Mas se continha para não ofender; não gostaria que seu prejulgamento fosse verbalizado, mal interpretado, que magoasse uma mãe que já estava vivendo um terror. Qualquer palavra fora da ordem e da hora poderia machucar ainda mais quem já se encontrava ferida.

No mesmo momento, Fátima antevê a expectativa de Rita Preta de que toda aquela aflição, mais cedo ou mais tarde, seria resolvida. Que Cid seria encontrado; que o mal que porventura o tivesse afastado de casa seria reparado — se algum malfeito o levara a ser recolhido pelas autoridades, como o boato fazia crer; que, se fosse alguma mágoa com qualquer atitude da mãe, como a discussão antes do sumiço, nada seria tão grave que não pudesse ser resolvido com uma conversa franca. Se a esperança é a última a morrer, um ditado que repetia com frequência, a fé de Rita permanecia inabalável.

Feridos também pareciam estar Cainho e Juca com o sumiço do irmão e com a falta de solução para os problemas que a família estava enfrentando. Cainho agia com rispidez, sempre lacônico, lançando olhares inquisidores à mãe, como se a acusasse de que o desaparecimento do irmão havia ocorrido graças ao temperamento intempestivo dela, que não encontrava limites no trato com os filhos, querendo manter tudo sob controle com mão de ferro. Sem nenhuma palavra sobre o ocorrido, lançava sobre ela a responsabilidade pelo evento.

O filho mais novo está cada vez mais desanimado, sem a energia habitual. Largado no sofá, sem se alimentar como antes. Rita Preta se aproxima de Juca — Cainho está deitado na cama com um livro encostado no rosto. A casa é tão pequena que não é possível um momento de privacidade para uma conversa mais íntima. Então, eles se escutam não importa onde estejam. Rita conversa com o filho mais novo, mas Cainho interrompe a leitura para escutar o que a mãe tem a dizer.

Ela se senta no sofá ao lado do caçula. Vê um rasgo grande na capa verde fluorescente que o recobre, e deseja ter um pouco mais de dinheiro para jogar aquela fora e comprar uma nova. Mas por enquanto irá costurá-la. O filho está com os pés sujos, e se fosse um dia qualquer ela pediria que os tirasse do sofá, mas o deixa assim, sem a repreensão, para que se sinta confortável.

Rita pergunta o que ele tem, enquanto Juca segura um boneco de super-herói cuja identidade ela não saberia revelar. Ele não tira os olhos das imagens que se sucedem na televisão e ela resolve não repetir a pergunta da mesma forma, mas a refaz: "É por causa do seu irmão?".

Juca afirma com um gesto de cabeça.

"Eu não sei o que aconteceu", Rita continua, "mas estou procurando e vou trazer Cid de volta para casa."

"E se ele nunca mais voltar? E se ele tiver morri...?"

Interrompe o filho antes que ele possa concluir a pergunta. Contudo, ao escutar e compreender o que Juca quis perguntar, sente a mesma corrente de energia dos últimos dias a percorrer seu corpo. Quer afastar da cabeça do menino o pensamento inominável. Nem ela nem ninguém parece estar preparado para essa possibilidade. Garante a Juca que notícia ruim chega rápido. Cid está vivo. Admite que ele poderia estar magoado com a mãe por causa da discussão, mas, cedo ou tarde, acabará voltando para casa. O irmão se arrependerá daquele ato de rebeldia e tudo servirá de lição para todos: não podemos levar nossas diferenças ao extremo e deixar a família, as pessoas que não são perfeitas, mas com as quais nos importamos, preocupadas. Rita vê os olhos do filho marejados. Sabe que ele vai chorar. E chora. Ela o abraça, diz que vai ficar tudo bem. Sente uma pontada no peito e expira com intensidade, como um desabafo. Olha para a porta do quarto dos filhos e observa Cainho, imóvel, deitado na cama, mas não consegue entrever a leitura interrompida, embora intua que esteja atento à conversa.

Rita pede que Juca se levante, que vá tomar banho para limpar os pés e o rosto das lágrimas misturadas ao muco. Assim ele se sentirá melhor. Não tem tempo a perder, está mais motivada que nunca a continuar sua jornada. Recorda os jovens que visitou para reconhecimento no hospital. Então decide que seguirá naquele mesmo instante para outro grande hospital, mais próximo do centro da cidade.

12

Fazia quanto tempo que Rita Preta estava nesta cidade? Quase nunca refletia sobre a viagem sem regresso realizada havia quase trinta anos — e sobre a qual não tivera escolha —, porque a vida naquele chão se tornara um renascer, uma experiência nova, das muitas vidas, agora compreendia, que uma pessoa pode ter. Ela se sentia integrada à paisagem, ao cotidiano, ao espírito das comunidades por onde passou, por mais hostil que tudo parecesse. Não viajou por escolha, não pôde decidir, é verdade, mas se adaptou pela simples necessidade de continuar a viver. Quase nunca pensava que não nascera naquele lugar. Absorvera o impulso de sobrevivência das mulheres das ruas e dos becos por onde morou. Assimilou a fúria e a doçura das que carregavam suas crias proferindo insultos aos quatro cantos, sem que ninguém conseguisse convencê-las de que deveriam sufocar sua indignação.

Quase nunca se lembrava da resiliência, mas em algumas ocasiões vinha à memória o destemor da sertaneja que poderia ter sido. Saíra à mãe, à avó, à bisavó, embora nem sempre tivesse a certeza de que havia saído, mas quando se mirava no espelho sorrindo ou apenas imaginava como elas teriam reagido à violência e à imprevisibilidade dos dias, Rita as via através de suas expressões. Imaginava-as sempre, as histórias de família ecoavam em sua memória ora nítidas, ora turvas, sempre extremadas, e por isso Rita Preta tinha a convicção de que abrigava um pouco — eventualmente muito — do temperamento de todas elas.

Às vezes, Rita omitia suas origens para não ser chamada de roceira, tabaroa, simplória, mulher sem eira nem beira. E quando precisava falar de onde veio, nunca o fazia com exaltação. Dizia sempre de forma acanhada, ressaltando o tempo em que vivia na baía, esperando que o dado legitimasse seu pertencimento. Rita não dizia com todas as letras, mas se envergonhava da outra vida, a que viveu até os doze anos, quando foi retirada de casa para trabalhar na capital.

Se fosse um dia qualquer, ela poderia refazer o cálculo do tempo em que se encontrava em Salvador, enquanto atravessava ruas e avenidas dentro de um velho ônibus de motor tão ruidoso que não lhe permitia fazer mais nada além de percorrer seus próprios pensamentos. Mas aquele não era um dia qualquer. Para começar, a vida de Rita saíra da rota. Por vezes ganhava um desvio do caminho por causa de uma doença, por uma desilusão amorosa ou por uma crise financeira. Mas nunca se espera sair da trilha pela ausência de alguém que talvez ainda esteja vivo. Naquele instante, Rita não se dirige para nenhum dos trabalhos exercidos durante os últimos anos: empregada doméstica, auxiliar de limpeza, faz-tudo numa loja de móveis, operadora de máquina copiadora e caixa de supermercado — ainda aguarda a resposta sobre as férias e cruza os dedos para que a necessidade não seja usada como pretexto para ser demitida. Sente-se estranha, desocupada, como se não estivesse dando sua parcela de contribuição para que a engrenagem gigante do mundo continue a girar. Ela se dirige ao segundo hospital geral, está ocupada com seu maior problema, mas era como se estivesse vadiando, sem rumo, uma mulher à toa, desempregada, um desconforto difícil de expressar. Ainda que se preocupe e se angustie na maior parte do tempo, noutra pequena parte sente raiva de Cid e jura repreendê-lo com firmeza quando ele enfim voltar. Rita Preta acredita com genuína esperança que o filho haverá de aparecer. Mas agora não há tempo a perder, e ela espera ser atendida por uma assistente social sensível como a anterior. Que não menospreze sua determinação nem faça pouco de sua viagem da periferia à cidade, sustentando o fio de esperança do encontro com o ausente, que talvez esteja ferido, desacordado, talvez desmemoriado, mas decerto desejoso de voltar para casa.

Rita reflete sobre a vida de antes no percurso solitário da vila ao hospital. Agora admite ter chegado criança à cidade para trabalhar numa casa de família. Foi retirada da casa da avó — fizeram-na acreditar que era uma "mocinha" porque havia menstruado — pela filha de uma conhecida que também tinha migrado cedo e se arranjado na capital. Rita Preta recorda com alguma dificuldade da viagem interminável, do calor, do desconforto pelo estado das poltronas, do ônibus, ao mesmo tempo que a janela ofertava paisagens que a entretinham e despertavam sua curiosidade: pontes, morros, rios, estradas, mata, pessoas trabalhando e viajando, animais, incêndios e fumaça, o solo fecundo, o solo exaurido. Antes de chegar à rodoviária, viu a cidade despontar com seus edifícios altos e com os casebres acumulados nas encostas dos vales. Viu a terra despertando, e essa terra não era mais tal e qual conhecia: era um amontoado de entulho, betume, concreto e ferro-velho; um terreiro de maravilhas e desencantos.

O espanto e a surpresa deram lugar à convicção de que foi neste torrão — para onde Rita foi levada pela correnteza da história, diferente das águas que quase extinguiram sua existência — que de alguma maneira ela renasceu. Até então Rita vingara duas vezes: a primeira depois de se segurar à vegetação flutuante do rio; a segunda, quando fez do estranhamento diante do labirinto de concreto um impulso para continuar.

Assim, Rita nasceu de novo, e nos primeiros tempos ganhou a alcunha Preta para se diferenciar da patroa, também chamada Rita, mas que se considerava pertencente a uma casta superior. Talvez pela pele clara, talvez pelo nome, talvez pelo prestígio, ainda que fosse uma notoriedade em declínio, vestígios de uma família em bancarrota. Todas as vezes que o nome Rita ecoava pela casa — para confusão geral e descontentamento da mulher —, Rita, a menina, se antecipava. O marido que pedia a toalha no banheiro, o telefone que tocava com as amigas do outro lado da linha — "como assim ela também se chama Rita?". Para desfazer a confusão, não poderia ser chamada de "Ritinha" — até caberia por ainda ser uma menina —, denotava intimidade, o que não era aceitável, embora dissesse a todos que Rita, a empregada, era como se fosse da família. Optou-se por Rita, a Preta, para demarcar o lugar de sua presença naquela casa, naquele mundo, para fazer jus às suas origens.

Rita volta para casa. Está exaurida. Esperou por horas o atendimento da assistente social para por fim escutar que não havia pessoas não identificadas naquele hospital. O ônibus que passava em frente ao edifício tinha acabado de deixar o local com uma leva de parentes e conhecidos dos internados. O próximo demoraria ainda um tempo considerável. Rita Preta decidiu caminhar até a avenida mais próxima. Por lá havia mais opções de transporte com destino ao terminal de ônibus onde faria o transbordo para a vila. Poderia estar desanimada pelas horas, pelo cansaço, pela falta de resposta, mas, mesmo consumida, tinha energia e uma disposição renovada de encontrar Cid a todo custo.

"Alguma notícia, mãe?", os filhos desejam saber.

"Alguma novidade, Rita?", Fátima pergunta por mensagem de telefone.

Uma mensagem de Jorge perguntando por Cid. Perguntando quando irão se encontrar.

O telefone toca: é Evilásio. Rita não hesita em atender, mesmo ferida pelo modo como a tratou quando ela telefonou para informá-lo do desaparecimento. Foi breve, queria notícias do menino. Não havia. Repetiu os impropérios, "coisa boa não é", "deve ter aprontado alguma". Rita devolve com rudeza, se não for para ajudar, ele não precisa telefonar. Cid é indisciplinado, diz, vai mal nos estudos, é malcriado, grosseiro com a mãe — a quem terá saído? —, mas nunca fez nada de errado nem deu motivos para que se suspeitasse de estar envolvido com qualquer ilegalidade. Informa que, se ele ligou para ofender a ela e ao filho, "por favor" (com ênfase) não telefone nunca mais.

"Quem é você que nunca nos deu um tostão para manter a casa, nem para a comida, nem para as necessidades do filho, traste?", Rita Preta pergunta antes de desligar o telefone. Está revoltada com a canalhice do ex-marido. Grita que se pudesse voltar no tempo nunca teria se envolvido com um mau-caráter daquela estirpe. Depois pensa que, se não tivesse se relacionado com ele, não teria tido Cid, e sente uma ponta de arrependimento pelo dito.

Rita toma banho e nota manchas de limo na parede do banheiro. Se dá conta de que não tem limpado a casa nos últimos dias, sua cabeça não tem outra ocupação a não ser pensar em meios de encontrar o filho. Se for se deitar por um tempo na cama, vai dormir profundamente e terá sonhos que soam como falsos alarmes e a deixam com um mal-estar difícil de se dissipar. A água escorre por seus ombros, e no cabelo param gotículas, luminosas, pequenas estrelas refletindo a luz que entra pelo basculante onde se acumulam embalagem de xampu, saboneteira plástica e uma buchinha vegetal. Rita fecha os olhos e deixa que o rosto seja lavado por um jato forte de água fria.

É fim de tarde e talvez não seja mais possível sair para obter informações sobre a busca que está sendo realizada no sistema de segurança pública. Rita enumera os hospitais ainda por visitar, mas inevitavelmente imagina que, se não encontrar Cid, terá que ir ao Instituto Médico-Legal. Uma corrente de aflição atravessa seu corpo, do tronco aos membros. Não vai se antecipar, resiste, esse tipo de pensamento é de mau agouro.

No dia seguinte, Rita acorda com o sol iluminando o quarto e espera o relógio marcar sete horas para ir ao armazém antes de retomar sua rotina de buscas. Precisa abastecer a casa com alimentos que faltam: arroz, feijão, frango, café, pão, sabão em pó e detergente para louça. Pensa em enviar Cainho para a tarefa, mas ele deixa a casa antes para a escola, e ela considera que pode se sair melhor na economia. Segue com passos acelerados porque precisa voltar à unidade policial para se informar das diligências.

A rua está silenciosa e, ao passar por um estreito corredor entre uma casa e outra para chegar ao seu destino, Rita é abordada por uma mulher de baixa estatura. Ela se assusta com a aproximação. Então para. Não se recorda de tê-la visto pelo bairro, mas sabe que não é possível reconhecer o rosto de todos, mesmo transitando por tanto tempo num lugar pequeno onde tudo se amontoa, e é possível escutar intimidades, discussões e o liquidificador que prepara a vitamina dos filhos.

"É a senhora que está procurando o menino?", a mulher pergunta, olhando para os lados para se certificar de que não estão sendo observadas.

"Que menino?"

"O menino que carregava a camisa da escola no ombro. Um magro, assim", tenta demonstrar com um gesto incompreensível, "da minha cor. O que sumiu na rua lá de baixo."

"A senhora viu o menino? Cid, meu filho? É um rapaz maior que eu?"

"Eu vi um menino, não sei se era seu filho. Ele foi levado num camburão da polícia."

Rita retira a fotografia três por quatro da bolsa em que leva o dinheiro para as compras. As mãos tremem enquanto a segura.

"É esse menino?", pergunta. E aquela fração de tempo em que a mulher examina a foto parece não ter fim.

13

Rita Preta escutou ainda criança sua avó Carmelita contar para Mazé sobre os dias em que sua mãe, Donana, esteve à procura de seu primogênito. Era uma conversa para os mais velhos — as mulheres não queriam impressionar as crianças —, mas a história havia deixado Rita tão curiosa a ponto de fingir que brincava para poder ouvir o que diziam. Carmelita contou que a mãe temia que Zeca deixasse a casa, em meio à loucura que se abateu sobre ele, enquanto a velha continuava a trabalhar no roçado. Por segurança, Donana passou a trancá-lo num cômodo da casa. Contudo, quando se deu conta, o filho havia desaparecido. Ela não conseguia imaginar onde ele poderia estar: se embrenhado pela mata, afogado num rio, escondido em alguma toca, possuído por algum espírito que convocava a mãe teimosa a cumprir seu destino de servir à encantaria. Dessa maneira, o que antes era considerado dádiva, os dons daqueles que se comunicavam com os encantados, passou a ser visto como maldição, pelo menos enquanto o filho urrasse como louco e, naquele momento, estivesse perdido sabia-se lá onde.

Donana Chapéu Grande não teve tempo para lamentar. Tudo no mundo seguia as próprias regras, e ela precisava operar uma solução para conciliar a paz de sua família — se é que era possível naquelas paragens —, a cura do filho com o juízo perturbado e os interesses dos encantados de cavalgar seu corpo e cuidar de seu povo. Donana continuou em casa à espera de Zeca, não podia se ausentar do roçado. Ela havia nascido cativa da fazenda — mesmo depois da abolição — e assim continuaria a trabalhar, em outra propriedade, até o fim da vida. Quando terminava sua jornada, saía com os outros filhos para procurar seu mais velho pelos quatro cantos da Caxangá. Golpeava a capoeira e a mata fechada com o velho facão de desbastar o mato, que crescia viçoso sobre o chão de cultivo.

Donana deixou a casa desorientada, sem rumo certo, seguindo as trilhas que outros moradores da região indicavam. Sua busca não tinha um método preciso; era necessário vagar por cercas e propriedades, espreitar caminhos, percorrer o rastro deixado pelo bicho sem nome em que o filho havia se transformado. A própria Donana era uma fera guiada pelos instintos, rastreando odores, procurando os detalhes do que via, tateando o caminho em busca dos rumos a seguir. Procurava por um pedaço de veste, restos de alimentos, um chumaço de cabelo, palavras sussurradas ao relento, um pedaço de matéria qualquer que indicasse uma senda ou um clarão por onde o filho pudesse ter atravessado. Mas, sob toda a coragem de seu ímpeto protetor — só sobreviveria inteira se entregasse tudo de si para encontrá-lo —, coexistia também um ser frágil e assustado, sem a exata dimensão da dor que a maltratava e da sangria que essa ferida se tornaria se não voltasse a rever seu mais velho. Donana, se preciso fosse, dedicaria toda a sua existência a procurá-lo ou, do contrário, seus dias seguiriam sem sossego.

Ela percorreu obstinada o chão da Chapada Velha. Mas quem pudesse escrutinar sua alma encontraria uma mulher solitária, herdeira de dons que considerava um verdadeiro fardo. Encontraria uma mãe aflita, ciente de que poderia ser derrotada pela vida — e foi, algum dia —, carregando a dúvida sobre o fim dessa batalha com a única arma de que dispunha: uma energia estranha como um fogo que resistia ao sereno; a disposição de ir até o fim; um escudo que emanava de seu íntimo, que não é capa, que não é veste, que não pode ser carregado em mala, que não pode ser apalpado nem mensurado. Algo muito antigo que os seres atravessados pela dor e pelo ímpeto de viver — e atentos ao mundo à sua volta — descobrirão ter. Mesmo quando tudo de que se dispõe é o próprio corpo, mesmo que a força mecânica ainda seja utilizada por outrem para gerar riquezas que não serão suas; mesmo quando sua jornada é longa e incerta; mesmo que exista um oceano inteiro à sua frente para ser atravessado; mesmo que se descubra mais tarde que não é possível retornar; mesmo que veja os que estima ficarem pelo caminho: ainda assim haverá algo resistindo e nos espantando por sua força e graça, e era esse sentimento que pulsava em Donana e a impulsionava a seguir em frente.

Mesmo compreendendo que havia algo potente e inviolável em sua existência, Donana conheceu o medo: um vento sorrateiro atravessando as veredas e chegando à sua porta. Não importava se era para pedir qualquer coisa, se queriam saber como a comadre havia passado os dias ou se tinha notícia do filho. Donana receava que atravessassem a porta de casa para dizer que tinham encontrado Zeca boiando nas águas, caído de um cavalo na beira da estrada ou morto por algum pistoleiro ou fazendeiro incomodado com seus bramidos. Receava essa ausência sem nome, ainda que desaparecer fosse tão comum — por vontade, por necessidade ou mesmo quando não havia escolha. Assim recebia a notícia de pegadas de gente pelas trilhas que cortavam a caatinga, e ela seguia para encontrá-las. Às vezes algum morador vinha anunciar que tinha visto um fantasma vagando sem rumo, uma sombra do que poderia ser seu filho.

Chegavam à mãe Donana relatos de gente que notava os animais agitados na mata; outros reclamando os ovos roubados dos galinheiros; e ainda aqueles que contavam as frutas surrupiadas dos quintais durante a madrugada. Até a água do cocho do gado bebiam, indicando que, se não era onça por perto, era Zeca convertido em bicho. Cada novidade era um sopro que reacendia a fagulha de fé no coração maltratado de Donana, devolvendo-lhe a esperança de que cedo ou tarde encontraria o filho. Contudo, antes que acontecesse, Donana foi assolada pela culpa: sua insistência em não ceder ao chamado dos espíritos havia tornado Zeca vulnerável. Somente transmudando-o em curador, o destino de sua família, por fim, seria cumprido. Essa responsabilidade a atormentava e a fazia suplicar que os males de seu desafio recaíssem apenas sobre ela.

No dia em que seu filho Tião chegou em casa ofegante para dizer que um vaqueiro da Fazenda Piedade tinha visto um rapazote nu abrigado debaixo de um pé de jatobá, Donana não pensou duas vezes e deixou as crianças menores com Carmelita. Saiu levando consigo os três maiores para ajudar nas buscas. Levou também um farnel de farinha para as horas de fome. Não sabia o quanto andaria. Quando o suprimento terminasse, engoliria o próprio orgulho e pediria a um e a outro na estrada um pouco do que tinham e podiam dividir, para alimentar seus meninos. Enquanto caminhava, colhia e recolhia o que encontrava, cuidando para não avançar sobre a propriedade alheia. Quanto mais se aproximava do destino, mais histórias Donana escutava: o louco andava nu porque as roupas se desfizeram no corpo; o perdido tinha amansado uma onça e dormido ao seu lado — o felino o cercava e protegia como se fosse a própria cria.

Quando Donana encontrou Zeca, cuidou para que a contenda com os encantados, que o levara a desaparecer, fosse resolvida. Encaminhou o filho para a casa de um curador, fez dele próprio benzedor de sua gente, conduzindo os dons da encantaria em favor dos sofredores. Compreendeu que a força que movia pela terra à sua procura se sobrepôs ao medo e à incerteza, e era a chama a mantê-la viva. Chama que manteve vivos os que chegaram antes. Chama que precisaria ser alimentada de novo e sempre pelos sobreviventes, todas as vezes que a vontade de viver e de transpor o destino herdado estivesse ameaçada.

Rita Preta escutou e essa memória se perdeu pouco a pouco em meio aos abalos que atravessaram seu caminho. Um dia, talvez recordasse a história da bisavó que nunca encontrou e visse nela alguma semelhança com a experiência que estava vivendo.

Anos depois de encontrar Zeca, Donana foi surpreendida por outro desaparecimento. Já havia enterrado anjinhos. Já havia enterrado mais de um marido. Já havia perdido mais que recebido. Mas saber que Carmelita deixou a casa por malfeito de homem levado para casa por ela a deixou completamente devastada. Enquanto ela sangrava o marido na beira do rio, Carmelita se embrenhava pela mata, sob o céu que ameaçava desmoronar, varada pela tempestade que se tornara sua vida. Sua repulsa e apreensão pela situação eram inegáveis, mas ao mesmo tempo descobria um sentimento novo, uma atração inconfessável pelo homem que sua mãe levara para casa.

Restou Donana repleta de culpa, tentando reacender a chama que certa vez a salvara do desespero enquanto procurava por essa filha. Foi uma busca longa, sem fim, prosseguiu por dias, anos, por toda uma vida. Quando a esperança se transformou num dente-de-leão levado pela viração, ela passou a ver os olhos de Carmelita refletidos nos olhos das netas, as filhas de Zeca — Bibiana e Belonísia —, a quem se dedicava com devoção. Era reencontrar o perdido — a perda da filha e a perda da razão — o que trouxe à velha Donana alguma consolação.

14

"Como não?"

A pergunta de Rita Preta ressoou enérgica pela sala. "Vocês levaram meu filho e agora me dizem que não sabem onde ele está? Eu quero ver meu filho!", Rita gritou mais alto. Seu rosto era a fiel expressão da revolta. O homem que a atendia tentava parecer inabalável, não fosse a decisão de manter os olhos fixados no computador enquanto todos se voltavam para a fúria daquela mulher. A insistência em ignorar o desespero de alguém soou artificial, indigno. Ela então bateu as duas mãos sobre a mesa de fibra de madeira à frente do atendente, exigindo que dissessem onde estava Cid.

"A senhora não pode agir dessa maneira. Isso é desacato!", o agente disse de maneira pausada, com o claro intuito de irritá-la. "A senhora terá que se retirar." Em seguida, fez um gesto para que os agentes se aproximassem de sua mesa.

"Não estou desrespeitando ninguém. Eu quero meu filho. Tenho testemunha de que ele foi levado pela polícia."

Vera, a mulher que testemunhou a apreensão de Cid, se mostrou temerosa de servir como testemunha da abordagem policial numa delegacia. Prometeu a Rita que, se garantissem segurança para ela e para o filho — um jovem com sequelas de uma paralisia cerebral —, poderia testemunhar sobre o caso. Ela contou em detalhes a abordagem realizada por cinco policiais. Os demais participantes — seis ou sete — estavam sem uniforme, talvez fossem recrutas. Eram onze ou doze no total, distribuídos em pelo menos três veículos. Mas naquele momento todos estavam do lado de fora, na rua. Vera reconheceu um dos carros como uma viatura das Rondas Especiais, estava plotado como veículo da Polícia Militar. Aquela mulher de aparência frágil observou tudo escondida na própria casa, a relativa distância de onde a abordagem acontecia. Não era possível saber com precisão, mas ela viu a movimentação pela brecha da janela entreaberta, tendo como obstáculo a grade de segurança. Vera contou também que a maior parte do grupo era formada por jovens — três eram homens mais velhos. Alguns tinham pele clara, outros pele parda, e pelo menos dois eram homens retintos. E certamente um dos policiais era uma mulher. Quatro agiam com violência explícita, e isso agravou seu medo. Dois usavam óculos escuros. Os poucos passantes na rua abandonaram Cid à própria sorte no intuito de se salvar.

Vera detalhou a altura dos que via num primeiro plano — os altos, os de estatura mediana —, as vozes exaltadas, os movimentos dos agentes pela rua, a abordagem. Ela queria saber do que se tratava, queria se antecipar à desgraça porque já sabia: quando a polícia entrava na comunidade em "ações de combate ao crime", assim escutava nos programas policiais da televisão, tratava "morador e bandido do mesmo jeito". As histórias de violência eram muitas, e Vera, Rita, Fátima, seu Aranha, dona Conceição, todos da comunidade as conheciam. Para se proteger, para compreender, mas também por pura curiosidade, Vera continuou à espreita na janela, enquanto o filho permanecia deitado num colchão no chão da sala, usando fralda, a boca aberta, os dentes proeminentes — um sorriso eterno que feria Vera nos dias mais duros —, revirando os olhos como se buscasse a presença da mãe, que tinha se afastado de seu campo de visão. Ela viu quando um deles tentou retirar a camisa do uniforme escolar do ombro de Cid.

Assustado, ele recuou e a segurou com mais força, reagindo por instinto para preservar o que foi comprado com o dinheiro do trabalho da mãe — ela ficaria furiosa se ele perdesse a camisa por qualquer descuido. Ao dar um passo para trás, Vera contou, ele parecia não entender o que estava acontecendo. Foi quando outro policial o segurou pelo braço e deu ordem para que não se movesse, pedindo ao mesmo tempo que ele jogasse a camisa no chão.

Passo a passo daqueles minutos de abordagem foram registrados e detalhados por Vera. Enquanto contava, o coração de Rita acelerava, a adrenalina viajava a toda velocidade através do sangue, irrigando seu corpo com a energia do medo e da revolta. Vera falava num tom de voz tão baixo que, se aquela não fosse a história da vida de Rita Preta — a história de seu filho era também a de sua vida —, era provável que não tivesse ouvido. O local onde estavam era povoado, mas por ser um caminho estreito entre duas casas sem reboco, elas permaneceram juntas, abrigadas do sol, longe dos olhos da maioria dos passantes.

"Eles cobriram a cabeça dele com a camisa que vestia. Não com a camisa do uniforme, que estava no chão, mas com a camisa que ele vestia."

"Mas ninguém viu que era meu filho? Que era gente daqui? Ele nunca fez nada de errado. Todo mundo aqui se conhece."

"Eles estavam vestidos como autoridades. Um policial é uma autoridade. Mesmo sabendo que eles fazem o mal, a gente nunca imagina que farão. Eu não sabia se o rapaz era direito, se tinha feito algo de errado. A primeira coisa que a gente pensa é 'os policiais estão trabalhando para proteger a gente'."

A expressão no rosto de Rita era de desolação e surpresa, um turbilhão difícil de expressar. Ela reagia às várias informações quase ao mesmo tempo: quem encapuza alguém não tem boas intenções. “Eles bateram no rosto do rapaz, algemaram e levaram ele na viatura da ronda. Não durou muito tempo. Foi tudo rápido. Mesmo se eu tivesse coragem para chegar perto, não daria tempo. Rápido. Mas quando penso agora, aqueles minutos parecem não ter fim.”

Jorge estaciona o caminhão na mesma vaga que utilizou dias antes. Para ele, motorista havia anos, aquele era um evento de sorte. Atendera ao chamado de Rita. Ela precisa de sua ajuda para falar com o tal amigo agente de polícia. Precisa usar das influências para percorrer atalhos e descobrir o paradeiro de Cid. Jorge prometeu falar — e até tentou telefonar para o agente, que não poderia ser chamado de amigo, era apenas um conhecido —, mas não obteve sucesso. Então, sentiu vontade de visitar Rita naquela noite. Entendia que eram dias difíceis para ela, sua boa companheira nas horas de descanso do trabalho e dos problemas de família — seja na mesa de um bar, no salão de dança ou na cama. Ele se aproxima da casa em meio à penumbra, depois de passar por alguns postes de iluminação apagados.

Fátima está de pé, na soleira da porta da casa da vizinha. Foi se inteirar dos detalhes do relato que Vera fizera a Rita pela manhã. Então se pôs à disposição para ajudar nas buscas e no que precisasse. Rita agradeceu, disse que passaria no caixa eletrônico para sacar o valor emprestado pela comadre. A vontade de Fátima era dizer a Rita para não se preocupar, tinha problemas demais e não precisava ir ao caixa com tanta urgência. Mas ela precisava de dinheiro — quem não está precisando de algum em sua comunidade? —, e se limitou a fazer um gesto de descaso com as mãos, envergonhada por não poder dizer também o que lhe faria bem.

Quando Jorge entra, Cainho não o cumprimenta, deixa a sala em direção ao quarto. Rita Preta se dá conta da falta de cortesia. Continua sentada no mesmo lugar à sua espera. Num dia qualquer, teria feito o filho voltar à sala para cumprimentar o visitante. Não tolera desconsideração e grosseria. Juca está sentado diante da televisão que transmite imagens sem sons, os olhos inchados como se tivesse chorado. O silêncio da casa era incômodo, ainda que quem estivesse naquele pequeno vão escutasse as conversas ao longe, os sons vindos da rua e o volume alto dos televisores das casas vizinhas.

Rita olha para Jorge como se perguntasse algo que ele não poderia responder de imediato: e agora? O que farei? Ele se senta à sua frente e sacode a garrafa térmica vermelha para saber se tem café em seu interior. "Ainda não fiz", Rita diz olhando para a garrafa, "mas posso fazer." Ela volta o olhar para Jorge, que calcula, como se estivesse dirigindo, as palavras exatas para expressar algum conforto à amante, embora não as encontre. Rita continua a esperar que ele diga algo, mas sua presença ali à noite já significa o suficiente.

"Eu mesmo posso fazer se você me disser onde está o pó de café e a panela para esquentar a água", diz, pensando que era a melhor coisa a enunciar. "Ah...", diz, lembrando-se de algo, "... e o coador também. Não sou um homem imprestável. Sei fazer café e cozinhar. Uma vida viajando pela estrada me ensinou muito."

Num dia qualquer, Rita teria dado uma gargalhada escandalosa. Jorge, homem de meia-idade, se insinuou para Rita dando o próprio número de telefone depois de registrar a compra de um creme dental, um pacote com três escovas de dente, dois pacotes de biscoito água e sal e uma Coca-Cola gelada no caixa do supermercado onde ela trabalhava. Depois Jorge poria o pé na estrada e viajaria por duas semanas. Durante esses dias, falaram-se por telefone — ela tomou a iniciativa de telefonar, ele não tinha seu número —, e só se encontraram quando ele regressou à cidade.

A princípio, Rita Preta não se importou com o fato dele ser casado, de ter uma família. Era uma mulher livre, e queria apenas uma companhia para conversar, dançar e deitar vez ou outra quando sentisse vontade. Mas o tempo foi passando, e por mais que não tivessem firmado nenhum compromisso sério, ela desejou mais, e se cansava da situação provisória e sem futuro. Porém, conforme o tempo passava, ela percebia também, depois de todas as experiências que acumulara, que aquela relação exigia pouco, muito pouco dela, e isso poderia ser bom para uma mulher, mãe de três filhos, que precisava trabalhar quarenta e quatro horas semanais, e passar mais dezoito no transporte público — às vezes sentada, às vezes em pé, e quase sempre se espremendo para atravessar o ônibus superlotado e desembarcar.

Naquela hora, Rita não recorda já ter desejado que Jorge estivesse ali, daquela maneira, se oferecendo para preparar um café. Ela não se sente realizada na posição de outra — a outra mulher — e espera por uma visita a qualquer hora, e, quem sabe, uma vida de gestos que contasse desse sentimento tão estranho que acometia duas pessoas. Tanto era que, quando deixou a delegacia com os nervos em frangalhos, Rita telefonou de imediato a Jorge para pedir ajuda.

"Liguei para o rapaz, o amigo da polícia, mas não consegui falar. Deve estar trabalhando. Assim que conseguir, eu te digo." Ele deixa a garrafa de lado. Parece ter esquecido da vontade de tomar café. "Mas e agora? O que você vai fazer?"

"Amanhã vou ao necrotério", Rita diz baixinho, olhando na direção da televisão e da porta do quarto dos filhos. Não quer impressioná-los. "Se encapuzaram meu filho, como me contaram, é porque eles não tinham boas intenções."

15

Rita Preta guardará uma memória fragmentada do que viveu no Instituto Médico-Legal. Recordará os corredores silenciosos; as paredes brancas e os desgastes marcando o tempo. Recordará o mobiliário de aço distribuído pelas salas e os passos por corredores sem deixar rastros visíveis no piso, apenas o ecoar dos sons do atrito das solas de seu calçado e dos de quem a acompanhava por todo o espaço. Recordará o coração batendo incontrolável e os tremores que agitaram seu corpo; as palmas das mãos úmidas e a cabeça zunindo de forma perturbadora. Recordará a luz penetrando o vidro da fachada do edifício e sua dificuldade em imaginar como deveria se comportar num lugar habitado pelos mortos.

Rita Preta atravessou a cidade mais uma vez e, enquanto seguia seu trajeto, não pensava em nada que não fosse sua disposição de avançar no tempo, na impossibilidade de vê-lo retroceder. Avançar era se dirigir ao ponto-final. Durante aqueles dias, ela não quis cogitar a possibilidade de que seu filho não estivesse inteiro, consciente, vivo. Mas o testemunho de Vera, as idas e vindas às delegacias e as visitas aos hospitais abalaram sua fé e precipitaram a decisão de ir ao necrotério. Rita continuava a procurar seu filho, mas precisava eliminar de uma vez por todas a chance de não encontrá-lo com vida. Ela precisava repousar sabendo que Cid não estava numa gaveta fria como um desvalido, sem nome, sem passado, sem história. Ao mesmo tempo, precisava seguir seu destino e descobrir a qualquer custo a verdade do que tinha ocorrido.

No portão de acesso ao IML, Rita Preta avistou uma grande gameleira branca — o Tempo, sagrado — com um ojá amarrado em seu tronco. Embora sentisse vontade de tocá-la pela simples comoção que uma grande árvore — verde e viva — podia lhe provocar, ela não se aproximou. Estava ansiosa o suficiente para ignorar o encanto que sempre devotou à vida vegetal. Seus olhos vagaram sobre os inúmeros rabecões estacionados no pátio externo. Não pensou por um minuto sequer nas pessoas que ali trabalhavam. Nem se deu ao trabalho de imaginar se levavam uma vida banal, assim como a sua, nos diferentes rincões da cidade. Rita não sabia, mas o médico, no intervalo entre as autópsias, dirigia seu carro pelas grandes avenidas de vale para levar os filhos à escola. Não sabia, mas o fotógrafo forense executava seu trabalho — e enquanto fotografava avaliava as grandes linhas de sutura, se eram boas ou más costuras — e depois pilotava sua motocicleta cortando caminhos entre os vãos formados pelos carros do congestionamento para, por fim, encontrar os amigos que jogavam futebol — o baba — às quintas-feiras. Não sabia, mas a auxiliar de limpeza que recolheu o lixo com uma pá quando ela era atendida na recepção viajava num ônibus que atravessava os mesmos caminhos por onde ela passou — e de seu assento tinha uma visão privilegiada do canteiro de obras do metrô —, enquanto refletia sobre seus problemas cotidianos: a dívida do cartão de crédito, a pintura das paredes da casa e o conserto do telhado, o casamento de um filho, a mãe que não anda muito bem de saúde, o próprio casamento que estava por um fio, o bloco de Carnaval onde gostaria de desfilar no próximo ano. Rita também não sabia, mas a papiloscopista que coletava as digitais dos cadáveres estava aflita, como ela, por ter descoberto uma grave enfermidade dois dias antes de sua visita.

Aquele edifício abrigava, sobretudo e provisoriamente, os mortos. Não importava a vida que tiveram — se eram bons ou maus —, se tinham dinheiro ou casa, se eram esperados ou não por uma família. Não importava se carregavam uma história interrompida de maneira violenta ou se a vida já havia se arruinado muito antes, e aquela morte foi apenas o ponto-final possível e esperado. Não importava se era um salvador de si mesmo ou se era um altruísta estimado pelos conhecidos; todos seriam examinados; muitos teriam a causa da morte elucidada, o que poderia confortar os que ficaram. Outros teriam suas memórias apagadas por não poderem dizer quem eram, e não seriam reclamados por ninguém. Desapareceriam para sempre e se reduziriam ao número da estaca marcando sua cova no cemitério municipal por três anos.

"Venha por aqui", um homem fez um sinal para que Rita avançasse até a sala onde faria o reconhecimento de um corpo com as mesmas características do de Cid. "A senhora não trouxe ninguém para te acompanhar?"

"Não. As pessoas conhecidas estão trabalhando", Rita respondeu. O emprego de Fátima estava por um fio, então ela não quis dizer aonde iria. Sabia que a comadre seria capaz de inventar alguma desculpa só para não deixá-la ir sozinha.

"Um familiar?"

"Tenho mais dois filhos menores. Não queria que soubessem aonde eu iria para não se assustarem." Pensou em dizer que era do interior e que não tinha muitas pessoas da família por aqui. "Informação demais. E depois, que família eu tenho além de meus filhos?", se perguntou.

"Entendo", o homem disse enquanto se aproximava da porta da sala onde fariam o reconhecimento. "A senhora se sente bem? Fisicamente? Emocionalmente?"

Rita não lembrava se algum dia tivera que responder a uma pergunta dessa natureza, nem mesmo se ela própria havia se perguntado se se sentia bem em algum momento da vida. Então, apertou os dedos da mão direita para se constatar inteira, sem responder. Tinha a consciência de que não havia escolha, e que, caso Cid estivesse naquela mesa, sob o tecido branco, só ela e mais ninguém poderia reconhecê-lo. Talvez Evilásio não fosse capaz de recordar o rosto do filho, mesmo sobrevivendo em sua memória alguma imagem da infância do menino.

"Ontem chegaram três corpos, mas o cruzamento de informações permitiu que identificássemos apenas dois", disse ele enquanto atravessavam o corredor, "e estamos tentando contato com a família. Apenas esse que a senhora verá ainda não foi identificado."

"Meu filho tem o documento de identidade. Só não consegui encontrar. Não sei se estava com ele quando o levaram", Rita informou, esperando que os funcionários agilizassem o reconhecimento.

"A senhora nos avisou. Mas esse corpo foi encontrado com as mãos amputadas."

Rita tinha um pouco de saliva acumulada na boca. Engoliu-a. Ela também arrotava com discrição, como se tivesse bebido um litro de bebida gasosa. Aquele sintoma se manifestava todas as vezes que se sentia ansiosa e a deixava envergonhada se estivesse num local estranho, onde precisava se portar com dignidade para ser respeitada. De qualquer maneira, Rita se sentia grata pelo funcionário não ter lhe perguntado se o filho tinha problema com drogas ou se participava de ilícitos. Se desapareceu depois de uma batalha entre facções ou num "auto de resistência", que era como as autoridades policiais chamavam a execução, sobretudo de homens, após uma abordagem. Não importava se ele quis poupá-la do que pensava. Ela estava naquele local como a mãe de um desaparecido, que após dias de procura resolveu tentar esgotar as possibilidades de encontrá-lo, assim como fizera em dois grandes hospitais públicos. Por mais doloroso que fosse para Rita estar nesse local, era importante que fosse recebida com respeito.

Foi dessa maneira que Rita Preta entrou na sala onde um corpo aguardava para ser reconhecido e esperou que o funcionário retirasse a cobertura que permitiria saber se era ou não Cid. Rita se enregelou ao entrar no ambiente frio, asséptico, sem quaisquer objetos. Seu corpo foi atravessado pela mesma energia que a tem tomado ao longo de sua busca. O medo dominou seu corpo e por um breve instante a deixou paralisada diante do que veria. Ela achou que fosse desabar no chão, como muitos se curvaram também ao encontrar e reconhecer aqueles que eram parte de sua vida.

Rita clamou aos céus que aquele jovem sem as mãos não fosse seu filho.

Involuntariamente, ela virou a cabeça para o lado oposto e viu as gavetas refrigeradas fechadas. Viu também que apenas uma estava aberta, onde decerto aquele que agora jazia à sua frente, sem nome e sem história, estaria protegido por pouco tempo do vilipêndio. Arrotou mais algumas vezes, mais que o normal, sempre com a boca fechada, e temeu que o funcionário interrompesse a verificação porque aquele movimento lembrava alguém com ânsia de vômito.

Quando o funcionário desvelou o corpo, Rita outra vez desviou o olhar para os próprios pés, para só então levantar a cabeça. Ela o examinou de cima a baixo: os pés sujos e machucados, uma grande cicatriz da pélvis ao tórax — por que retiraram as mãos?, iria se perguntar depois —, o rosto com muitas escoriações como se tivesse sido atingido por um objeto pesado numa ação contundente.

Rita sentiu os próprios olhos úmidos e de imediato se voltou para o funcionário. Fez um sinal de negativa com a cabeça, deu as costas e se encaminhou para a saída. Do necrotério até o bairro, agradeceu a Deus por aquele jovem torturado não ser seu filho. O longo tempo até sua casa permitiu que ela pedisse consolo aos familiares que o encontrariam.

Quando chegou em casa, Rita pôs a mesa para o jantar e se sentou ao lado dos filhos em silêncio. Longe dos ouvidos dos meninos, conversou com Fátima, contou da ida ao necrotério e do jovem não identificado, deu detalhes do horror que sentiu ao vê-lo sem as mãos. Fechou a casa e não conseguiu dormir ao pensar no que faria no dia seguinte. As imagens não a abandonavam, não movimentavam só seus pensamentos, mas também o quarto de dormir. Todas as vezes que ela fechava os olhos, via o jovem sem as mãos, os corredores assépticos, ouvia os passos, ouvia o silêncio. Depois vinham o rio, seus irmãos em perigo, sua vida agarrada a uma ilha de vegetação que poderia arrebentar a qualquer instante.

Voltou ao quarto dos filhos algumas vezes durante a madrugada para se certificar de que estavam ali, vivos, inteiros, com o peito tomado pela angústia, pelo estranhamento, um grande incômodo. Ao mesmo tempo que se certificava de que os dois estavam dormindo e protegidos, revia a cama superior do beliche vazia e sentia vontade de sair àquela hora da madrugada, correr o mundo para procurar Cid e trazê-lo de volta para casa.

16

Rita Preta leva a pequena foto de Cid a uma copiadora. É a mesma fotografia que apresentou às pessoas do bairro, nas delegacias e nos hospitais nos dias anteriores. Pede que a ampliem num tamanho grande o suficiente para que o rosto de Cid possa ser reconhecido. Pergunta quanto custaria se a mantivesse colorida, depois, em preto e branco. Faz uma cópia colorida; doze em preto e branco. Fixa-as nos postes das ruas mais movimentadas da região onde mora. Leva a colorida consigo até a praça da Piedade, no centro da cidade. Sabe que um telejornal local veicula um quadro às quartas-feiras sobre a procura de desaparecidos. As pessoas levam cartazes de tamanhos diferentes com a imagem ou informações dos procurados, que possam ser enquadrados pela câmera da emissora de TV.

Quando chega à praça, por volta das dez da manhã, encontra um grupo significativo de pessoas com cartazes enrolados. Elas estão sentadas nos bancos ou encostadas nos gradis. Rita se identifica para a produção, informa seus dados, autoriza o uso de sua imagem. Conta o que sabe sobre a cronologia do dia em que o filho sumiu. Depois do relato de Vera, sufocou a vergonha que poderia sentir de vincularem o desaparecimento de Cid a atividades criminosas. Precisa saber o que aconteceu e, em seu entender, tornar público seu drama é um passo importante para obter novas informações.

As pessoas na praça que estão à espera do início do telejornal não sabem ou não se lembram de que, naquele local, há mais de dois séculos, quatro homens negros, que exerciam os ofícios de soldados e alfaiates, foram enforcados depois de serem acusados de conspirar contra a Coroa portuguesa, difundir ideias independentistas e exigir o fim da escravidão. O sangue deles correu pelo solo ao som de cornetas e tambores. As mãos e a cabeça de um deles, Luiz Gonzaga das Virgens — o mesmo sobrenome de Evilásio e de Cid —, ficaram naquele exato local, presas à mesma forca utilizada nas execuções. Depois de cinco dias, quando o ar estava empesteado de podridão e os urubus se debatiam com os passantes pelas ruas da cidade, as frações daqueles homens foram reunidas e enterradas em local desconhecido.

"A senhora é a mãe dele?", a repórter pergunta e Rita move a cabeça, assentindo. Suas mãos e a voz estão trêmulas. "E há quantos dias ele está desaparecido?"

"Cinco dias."

"E como foi que ele desapareceu?" A repórter pede ao operador da câmera que se aproxime da imagem de Cid que a mãe segura na altura do peito.

"Ele saiu de casa para visitar uma colega de escola lá no bairro, mas ela não estava em casa. Nesse momento, estava ocorrendo uma operação da polícia. Uma pessoa da comunidade disse que os homens abordaram e encapuzaram meu filho com a camisa que ele vestia. Levaram ele no camburão."

"E a senhora já esteve na delegacia para registrar a ocorrência?"

"Estive, sim. Os policiais disseram que não tem nenhum registro da operação, não tem registro do nome dele no sistema. Meu filho só tem dezesseis anos. Eu preciso saber onde ele está e o que fizeram com ele…"

"Quem souber do paradeiro de Alcides Alves das Virgens, conhecido como Cid, pode ligar para o número da Polinter que aparece aí na sua tela."

"Eu quero falar", Rita interrompe a repórter.

"Nosso tempo é curto. Vamos voltar para o estú..."

"Por favor, quem souber o que aconteceu procure a gente, a Polinter, para dizer. Alcides tem mãe, tem irmãos, estamos esperando por ele. A polícia precisa dizer por que levou meu filho, onde ele está. A polícia não está aqui para nos proteger? Eu quero saber por que levaram meu filho." A voz tirita como um inseto tentando sair de uma armadilha.

A repórter afasta o microfone de Rita: "Como vocês podem ver, é uma mãe que está muito nervosa, querendo saber o aconteceu com o filho. Quem tiver mais informações pode ligar para...".

Tão pouco tempo para dizer quem era Cid. Rita queria contar que o filho aprendeu a falar com dois anos, e que aos cinco e meio já lia e escrevia com destreza. Considerando que ela foi alfabetizada depois dos doze, aquele feito significava um pequeno milagre. Queria contar que naquele tempo ele lia tudo o que aparecia à sua frente e mais: os letreiros dos ônibus, os outdoors, os nomes contidos nas fachadas dos estabelecimentos, as embalagens de alimentos. Rita sonhou mais e desejou para seu primogênito, e os que viriam depois, uma vida melhor do que a que tinha tido. Queria contar também que ele era apaixonado por futebol — e a atormentou por anos para que o levasse à escola de formação da equipe do Bahia, o que ela não fez por considerar um capricho inútil de criança —, mas que desde o começo do ano tinha enfiado na cabeça que seria músico. Queria contar que ele ouvia rap com entusiasmo (e ela não diria frente às câmeras que detestava as gírias, os palavrões das letras), mas também pagode e arrocha, ritmos de que ela gostava. Se a escutassem como uma mãe falando da personalidade dos filhos, Rita não confessaria as desavenças por música, por temperamento, nada disso era importante. Queria contar apenas o que importava, e importava que as pessoas entendessem que Cid era um jovem como muitos outros, de todos os lugares, que estava crescendo e aprendendo e se debatendo com a vida. Queria contar que ele tinha sonhos, que errava, que acertava. Que tinha um coração bom, mas que também havia em seu espírito muita rebeldia, e que estava descobrindo a paixão, esse sentimento que nos conduz ao centro da vida e nos transforma — para o bem e para o mal.

Não houve tempo para dizer nada além do que foi dito. O programa dispunha de um minuto para cada participante, e às vezes eram apenas segundos se fosse o retorno de quem já havia relatado o desaparecimento em outras edições. Eram muitas pessoas à procura de seus familiares. Eram mulheres — em número maior que o de homens — em busca de parentes; jovens à procura do irmão, do pai, do padrasto, que desapareceram de distintas maneiras, sem deixar vestígios; mulheres mais velhas em busca do marido, de um filho, uma filha; algumas trazendo suas histórias de dor, dizendo que o filho havia sido aliciado pelo crime ou que era um trabalhador, que tinha aceitado ajudar alguém, mas não voltou. Mulheres que buscavam por mães e avós sem memória, pessoas que haviam saído de casa, mas não conseguiam voltar porque já não eram capazes de lembrar quem eram, muito menos os caminhos que as levaram para longe. Alguns estavam desaparecidos havia cinco dias, um mês. Outros estavam sumidos havia dois, três, vinte, quarenta anos. Todos tiveram sua vida transformada pela ausência, pela falta deixada pelos que partiram sem deixar qualquer rastro. Todos precisavam se deparar com esse vazio que não tem nome e pode significar muito mais que a mera saudade.

Na manhã seguinte, Rita Preta passa pelas ruas onde tinha fixado as imagens de Cid. Restam apenas duas. Algumas foram arrancadas. Sobre outras, lançou-se tinta branca. Quando vê a primeira, Rita caminha até encontrar a segunda. A terceira. Estavam danificadas. Pergunta ao apontador que faz apostas de jogo do bicho, que ela encontra operando uma máquina atrás de uma pequena mesinha branca. Ele não olha para Rita enquanto responde. Diz que não sabe de nada. Mais adiante, ela se dá conta da ausência de mais cartazes — "Eu coloquei aqui, eu coloquei aqui. Quem foi o miserável que tirou a foto do menino?" — e entra num bar onde alguns homens bebem e conversam em voz alta. Rita se aproxima do balcão e pergunta a seu Dó, o proprietário, se viu quem fez aquilo. "Não", ele responde de forma rude, enquanto outro homem pergunta se é ela a mulher da vila que apareceu no telejornal do meio-dia.

"Sim. Sou eu", ela responde sem ressentimento, sem sentir seu orgulho de mulher que não tinha problema com a polícia ferido, mas com a raiva prestes a extravasar seu corpo. "Meu filho estuda. É direito. Filho de uma trabalhadora, não é metido com nada errado. Se alguém souber de alguma coisa, pode me procurar", disse com firmeza. "Inclusive quem fez isso com a foto que eu coloquei nos postes."

A balbúrdia se desfaz por um tempo, dando vez ao silêncio.

"Eu vou colocar de novo", Rita olha para os homens, que provavelmente não tinham envolvimento com o incidente, mas precisam transmitir o recado a quem o fez, "e quero ver quem vai tirar ou estragar. Nem que eu tenha que ficar aqui de guarda para proteger."

Rita sai do ambiente, o cheiro de álcool a acompanha. Mas quando está dobrando a esquina, a caminho de casa, um dos homens — um senhor de meia-idade, de sandálias e camisa aberta — a alcança. Tem a boca mole da cachaça e fala num tom mais baixo que o normal para não ser ouvido.

"Foram os caras que mandaram tirar, dona."

"Que caras? A polícia?"

"Não, os caras que mandam aqui no pedaço. Os que vendem a parada", disse mais baixo. Depois de olhar para os lados e verificar se eram vigiados, continuou: "Eles estão em guerra e disseram que não querem a polícia aqui dentro".

17

Cainho se aproxima da mãe. Rita Preta se contorce no sofá, pronunciando palavras desconexas. Naquele momento, um alerta se acende em sua mente. Teme que a mãe adoeça, que sucumba à loucura da rotina daquela busca que parece exauri-la. Apesar de muito jovem, Cainho assumiu, embora de maneira involuntária, o peso da responsabilidade pela família, e por isso pensa no destino da mãe e dos irmãos, e em como fará para ampará-los. Esse é um sentimento que recai quase sempre sobre os mais velhos. Mas, na ausência do próprio pai, e dos pais dos irmãos, à sombra da personalidade da mãe — com uma certa disposição para a vida, e na mesma medida uma fragilidade capaz de levá-la à ruína —, ele se pergunta como fará para cuidar de tudo caso Rita se renda à tensão violenta que tem dominado seu cotidiano, resumido em saber o que aconteceu ao filho.

"Minha mãe?", Cainho tenta despertá-la, esperando que a mãe volte ao mundo depois do que pode ser um pesadelo.

Rita Preta se levanta atordoada com o chamado abrupto. A sala reflete a luz que penetra pela fresta da janela. Senta-se no sofá em que estava deitada e faz um gesto para recompor a própria imagem. Passa as costas da mão direita na boca com o intuito de retirar o resto da saliva que deixara o canto úmido. Olha para o filho e tem o olhar mais cansado que nos dias anteriores. Tem uma aparência desolada, ainda que não derrame uma lágrima. Conta que sonhou com Cid. No sonho, ele ainda é criança — e Rita continuará a sonhar com o filho, menino, por muito tempo, como se nunca tivesse crescido e permanecesse na faixa dos sete, oito anos. Ele corria por uma mata conhecida por ela. Os dois, mãe e filho, estavam no Outeiro Velho. "Não era aqui na cidade", ela diz, "mas lá onde eu nasci" — esse lugar quase mítico sobre o qual quase nunca falava com os filhos, por mais que perguntassem, por mais que fosse uma paisagem presente em seus pensamentos. Ele corria, corria mais e depois descia uma ribanceira para se banhar no rio. Ela pedia para ele não avançar. Cid a olhava sorrindo, parecia disposto a desafiá-la. Enfiava um pé na água, depois o outro, gargalhava, saía. Repetia o gesto. Rita estava irritada, então gritou: "Pare com isso, menino. Quer me deixar maluca? Você vai levar uma surra quando chegar em casa". Ele tornava a entrar no rio e a cada vez ia mais longe, mais longe, rindo da aflição da mãe. Até que ela se distraiu e não o viu mais. Rita correu para casa — e a casa daquele sonho era a casa do outeiro. "Ele deve ter voltado", pensa com o coração aos pulos. Não estava lá. De imediato, Rita voltou para a margem, e do caminho ouviu os gritos da avó Carmelita: "Você não viu? Você não cuidou? Você não viu o menino?", sem que ela pudesse responder.

Rita suspira e permanece em silêncio. O desconforto tinha sido grande, mas despertar não amenizou sua angústia. Ela não conta mais nada, porque o sonho não é apenas um sonho. É a memória revirada numa velha mala de tralhas.

"Que horas são? Juca voltou da escola?"

"É de manhã, minha mãe." Juca estuda à tarde. Passou uma noite, uma madrugada, e Rita perdeu a noção do tempo. Cainho responde, ele próprio com a aparência também cansada pela privação de sono, pela atmosfera estranha e sufocante que tomou conta da casa nos últimos dias. Pergunta-se há quanto tempo Cid não dorme entre eles, há quantas horas não se desentende com o irmão por causa da música alta ou por precisar da luz acesa para ler enquanto eles reclamavam que queriam dormir.

Rita Preta olha à sua volta. Sabe que está perdendo a noção do tempo. Quando é dia, quando é noite, mas também não sabe por que isso importa, se ela ainda está à procura de respostas para o que aconteceu. Confere o celular para ver as mensagens, mas constata que está descarregado. Sente um mal-estar grande e se levanta do sofá outra vez, como se perguntasse: O que será de Cid? O que será de mim? O que será de vocês?

"Você viu o que fizeram com os cartazes que eu coloquei?"

Cainho permanece em silêncio. Depois faz uma pergunta, esperando apreensivo a resposta: "O que a senhora vai fazer?".

"Vou atrás do responsável e dizer que estou procurando pelo seu irmão. Vou pedir, veja bem, vou 'pedir', com humildade, que deixem os cartazes lá."

"Mãe, a senhora não vai falar com qualquer pessoa. Você sabe quem eles são? Tem noção do que quer fazer? Eles têm suas próprias leis."

Rita se surpreende com as palavras de Cainho — "Esse menino está falando como gente grande, gente estudada. Deve ser os livros que anda lendo. Ele quer me ensinar o quê? Não faz muito tempo, ele só saía de casa segurando minha mão." O tempo passou e às vezes ela se surpreende quando nota os filhos crescendo. Às vezes é a voz mudando; às vezes é uma penugem que surge ao redor do lábio superior; às vezes é uma atitude ou algo que soa ridículo dito por alguém que ela ainda considera uma criança. Então, Rita olha para esse filho com apatia e certa dose de irritação.

"Eu vou falar e pronto. Que mal eles podem me fazer? Uma mãe procurando pelo filho?", pergunta, abrandando a voz e as expressões, para concluir com uma afirmativa hesitante. "Eles têm mãe. Também devem ter algum coração."

Fátima chega à casa de Rita Preta aflita por dois motivos: um, pessoal, e outro que diz respeito a todos, em particular à comadre a quem visitava. Encontra Rita com um aspecto desleixado, o cabelo por cuidar, as unhas descascadas, sem banho, vestindo uma camisa de campanha eleitoral bastante puída, que talvez não estivesse usando se não houvesse revirado o armário em busca de vestígios do filho. Parece mais alquebrada que antes, mais irritada, porém ainda assim íntegra em sua esperança, ou apenas fingindo-a, para conservar alguma coisa chamada de fé, sem abalar os sentimentos dos que estão ao seu redor.

Fátima começa pelo que a incomoda: havia sido despedida do emprego. Mais de vinte anos servindo a "família" e agora estava dispensada como alguém imprestável. Enquanto conta, seus olhos permanecem úmidos, e, ao mesmo tempo, ela se sente envergonhada por partilhar seus problemas em meio ao turbilhão que Rita está vivendo, mas não vê outro jeito de introduzir o que precisa contar depois. Enquanto prepara o terreno, repete as humilhações sofridas — e suportadas porque precisava daquele trabalho, estava cada vez mais difícil encontrar um emprego, ainda mais para alguém como ela, com pouca instrução. Rita sai temporariamente do limbo em que se encontra imersa para dizer que Fátima encontrará um emprego, as coisas não estão tão ruins que possam piorar — ao concluir cada sentença, lembra com certo desespero do sonho com Cid, pede que o tempo seja compreensivo e faça Fátima desabafar de uma vez porque ela, Rita Preta, precisa voltar ao mundo, às ruas, precisa saber do filho.

"Espero que eles paguem meus tempos. Tenho tanta conta para quitar."

"Vão pagar", Rita diz enquanto descasca o esmalte da unha com as próprias mãos.

"Sei não, Rita. É uma gente enrolada. Ostenta tanto, mas não são corretos com as pessoas. Meu salário vivia atrasado. Chegaram a pagar o mês de junho em agosto. Não são bons pagadores. Agora, trocam de carro todo ano, trocam os móveis também, viajam para o estrangeiro, mas são ruins de pagar pelo trabalho de alguém."

"Se eles não pagarem, vamos lá cobrar. Ou então a gente procura um advogado."

Fátima reprime o que gostaria de falar sobre os patrões porque tem algo a dizer que tocará Rita. Precisa contar que dona Conceição, que relatou o que poderia ter acontecido a Cid, havia sido punida pelos "caras", acusada de ser fofoqueira. A ordem vigente era não falar sobre atos de traficantes, ou dos embates que tinham com a polícia na comunidade. A punição consistiu na invasão da casa de dona Conceição, para onde levaram uma máquina de cortar cabelo e a deixaram sem um fio na cabeça. Disseram que ela já tinha sido advertida mais de uma vez por falar demais. Agora, ela não sai de casa, embora tenha sido vista através da janela, com um lenço cobrindo a calvície. Dizem que a punição se devia a muitos motivos e, dentre eles, o fato de ela ter espalhado o que acontecera com Cid. Para uns, repetia que tinha sido a polícia; para outros distorcia, dizia terem sido "os homens", que era como se referia ao bando que atuava na vila.

Rita ouve com atenção, mas não emite nenhum comentário. Não parece nem mesmo estar compadecida com a violência sofrida pela mulher. Não sente mais compaixão por ela do que sente por si mesma, pelo que está enfrentando. Antecipa a Fátima que irá procurar pelos "caras", pelos "homens", para pedir que não retirem os cartazes que ela vai colocar outra vez. A comadre repete o que foi dito por Cainho — "Mulher, cê está louca?" —, mas Rita não tem noção do perigo. Reitera que "vai pedir", precisa saber o que aconteceu com Cid.

"E quem disse que foram 'os homens'?", Fátima pergunta. "Tem gente aqui dizendo que foi infiltrado da polícia. Não tem como saber, Rita. Não se pode acreditar em tudo que aqueles velhos bêbados dizem. Eles sabem o mesmo ou até menos que a gente."

Fátima se despede de Rita Preta, apreensiva com o desenrolar do caso. Quando dá as costas e atravessa a porta principal, considera que sua missão de falar sobre o que aconteceu com dona Conceição está cumprida. Mesmo angustiada com a demissão, mesmo comovida com o desaparecimento de Cid, sente-se aliviada por fazer Rita refletir em não se arriscar por todo canto, se misturando com toda gente.

"Fátima...", Rita recomeça de forma inesperada. Talvez tivesse esquecido algo que precisava dizer.

Ela se vira para escutar.

"Você acha que meu filho vai voltar?", Rita pergunta, fixando os olhos nas expressões da outra, um oráculo capaz de prever o futuro.

Uma folha seca cai no lago de água parada que repousa no peito de Fátima. No lugar exato onde deveria bater um coração.

18

Enquanto se prepara para sair de casa, Rita Preta é surpreendida pela visita de Evilásio. Não acreditava que ele soubesse com exatidão onde ela morava. A princípio, vê-lo chegar com a expressão séria, sem aviso, sem estar acompanhado de Cid, disparou nela um alerta. Se ele se abalou para deixar a casa ou o trabalho para encontrá-la tão longe — viviam em locais distantes, como se não morassem na mesma cidade — é porque o que tinha ido anunciar poderia ser importante.

Rita se uniu a Evilásio aos vinte e cinco, depois de concluir o supletivo do ensino médio. Foi numa sala de aula úmida, no andar superior de um sobrado centenário localizado no centro da cidade, compartilhando a necessidade de formação com pessoas de muitas origens, de muitas idades, que ela encontrou o jovem também migrante do campo — pela falta de terra e oportunidades —, que se educava para ter um trabalho melhor. Parte da família das Virgens já vivia na capital — um tio, uma tia e primos — e acolheu o sobrinho. Mas Evilásio ansiava ter seu próprio canto, e o encontrou ao lado de Rita — a quem chamou de Ritinha enquanto estiveram apaixonados —, uma jovem sem família, também oriunda do campo e enviada para trabalhar na cidade no começo da puberdade. Foi com os pequenos salários dos dois — ele como segurança de um hospital e Rita já trabalhando como uma espécie de faz-tudo de uma loja de móveis — que alugaram uma quitinete. Levaram uns poucos móveis: um colchão de casal e algumas caixas de papelão resistentes para guardar a escassa roupa que tinham. Priorizaram comprar a geladeira, o fogão de duas bocas, o botijão de gás e outros utensílios essenciais — ele não parecia interessado, mas Rita, sim, porque cuidaria das refeições. Porém, não demorou para que Evilásio destinasse a Rita o tratamento que muitos homens de seu meio reservavam às suas mulheres. Ela estava grávida de Cid, sentindo-se desconfortável com as mudanças do corpo — magra, a barriga pequena, mil e um conselhos sobre o que fazer na gravidez dados pelas conhecidas —, quando ele talvez tenha refletido que era muito jovem para viver um casamento. Continuou a exibir uma vida de solteiro, com noitadas — "Com que dinheiro?", Rita se perguntava —, bebedeiras e mulheres: marcas de maquiagem, perfumes e notas fiscais o denunciavam. Ela reagiu, brigou, agrediu e foi agredida, mas não chorou. Gostava dele, apesar de tudo, queria ver até onde seus sentimentos sobreviveriam àquela vida em que era um detalhe menor. Quando a criança nasceu, Rita considerou que Evilásio poderia mudar, amadurecer e se tornar o que as pessoas esperam de um pai de família. Mas quinze dias foram suficientes para sua expectativa cair por terra. Então, Rita Preta planejou como faria para deixar aquele quarto e sala, sua morada com a criança. Não sabia por onde começar, mas tinha uma única certeza: não queria envelhecer ao lado dele. Quando o filho completou quatro meses, precisou deixá-lo com dona Margarida, uma senhora de família numerosa que conseguia alguma renda cuidando das crianças da vizinhança para que as mães pudessem trabalhar. Nos classificados de jornais da loja de móveis, Rita procurou por quartos de aluguel no intervalo do expediente. Ela passava o dia apertando parafusos, encaixando peças, mas a cabeça estava no dia seguinte, para onde iria com o filho.

Depois de ter vivido sem conhecer o pai, de ser abandonada pela mãe, de ter perdido os irmãos e sido entregue pela avó para trabalhar na cidade, aquela criança era o recomeço do que chamaria de sua gente, era a recomposição do que conhecia como família.

Enquanto Rita Preta planejava, Evilásio passou a ficar mais tempo fora de casa — dormindo em outra cama —, sempre encadeando a boemia com a jornada de trabalho da manhã seguinte. Alguns meses antes, Rita teria se enfurecido, iria agredi-lo — e seria agredida —, mas fingiu estar conformada porque se ocupava com o trabalho, com a busca por um novo lar. Ser mãe tomava seu tempo com novidades e desafios, e isso consumia boa parte de sua energia. Até que um dia ele não voltou, e Rita apenas esperou. Ele retornou por uma noite, e depois passou outras três longe. Na semana seguinte, seis. Quando aparecia, esperava que Rita gritasse e esperneasse, mas ela permanecia como se nada estivesse acontecendo. Então ele não voltou — e jamais se despediu —, e Rita entendeu que estava sozinha outra vez: para as despesas da casa, para educar e amparar o filho. Sentiu receio de não ser capaz de dar conta de todas as responsabilidades. Mas não lamentou; pelo contrário, sentiu que um grande fardo havia saído de suas costas.

Agora Evilásio está diante de Rita, querendo que ela revele o que acontecera a Cid, sem considerar que ela própria buscava por respostas. Rita engole a indisposição e relata com má vontade o que sabe. Conta da ida do filho à casa de Daiane, embora o encontro não tenha chegado a ocorrer naquela tarde; conta da camisa encontrada e que ela tinha certeza que era dele; conta também o que dona Conceição disse, e por fim, o que foi dito por Vera — de quem omitira o nome para preservá-la, conforme tinham combinado, e por medo de que, caso soubessem que ela testemunharia sobre o caso, lhe fizessem algo pior do que fizeram a dona Conceição.

"E ele tinha envolvimento com drogas? Tinha rixa com algum bandido?", Evilásio dispara a perguntar, rápido demais para Rita interrompê-lo, afinal, ela decerto o interromperia porque não estava disposta a responder às perguntas que sempre destinam a pessoas como ela quando seus familiares desaparecem.

"Quando eu te vi chegar por essa porta, e você não vinha com Cid, eu pensei que viesse trazer alguma notícia boa ou ruim sobre ele. Mas se você veio até aqui para condenar meu filho, volte de onde você veio."

"Sempre com essa arrogância, Rita. Sem humildade..."

"Saia daqui agora! Eu não quero mais responder nada."

"Eu vim saber do meu filho. Ele é meu..."

"Ele não é nada seu. Nunca foi!"

"Ah, então é filho de quem? Quem é o pai dele? Você me traiu?" Outra vez rápido demais para que Rita pudesse interromper.

"Seu imundo! Desumano! Você saiu de casa para viver sua vida de farras com outras mulheres. Procurou pelo menino duas ou três vezes na vida e vem reclamar que é pai? Eu sou mãe, eu sou pai, eu crio, eu alimento. Eu trabalho feito uma condenada para não deixar faltar nada."

"Quando eu te deixei, você só tinha um filho."

"E tive outros, e sou mãe de três e você não tem nada a ver com isso. Eu não te devo satisfações."

"Devassa. Não cuidou do menino. Por isso deixou ele se perder." Evilásio tem os olhos de acusação, mas os de Rita refletem seu terror, maior que qualquer evento que possa intimidá-la. É dessa maneira que ela não hesita em permitir que a raiva se sobreponha ao cansaço, que a indignação substitua seu momento de desesperança. Cainho sai do quarto, mas é tarde. Rita está com a vassoura e ocupada em escorraçar Evilásio de casa. Ele grita "maluca", e ela grita ainda mais, determinando que ele não voltasse. Ele reclama o direito de saber do paradeiro de Cid. Rita repete que ele saberá uma hora ou outra, mas não precisa procurá-la nunca mais. Diz também que Evilásio é responsável pelo que aconteceu, afinal é um pai ausente.

Evilásio apressa os passos para longe da casa porque vê nos olhos de Rita sua disposição em ferir para se manter de pé. Ela, por sua vez, quando percebe que ele caminha para longe, apoia a vassoura no muro. Curva-se sobre si mesma e tenta recuperar o fôlego. Cainho a tira da rua e a conduz até a sala de casa. Aquele rompante de excitação e violência dá lugar ao desnorteio.

Quando percebe que a luz da manhã se insinua nas frestas da janela, Rita a abre para que, quem sabe, um vento adentre para amenizar o calor. Mas torna a fechá-la em seguida para que a chuva, que começa a cair, não molhe o piso. Fecha com a sensação de que é mais ou menos assim que acontece com as expectativas não concretizadas dos últimos dias: uma luz se anuncia, mas não pode ser desfrutada por não ser suficiente para evitar a tempestade. Rita Preta deixa a luz tocar sua pele, mas as nuvens pesadas que pairam sobre o céu da cidade ameaçam se precipitar sobre as casas, sobre as pessoas, sobre o relevo acidentado, tornando a circulação pior do que é. Ela está instável como o tempo lá fora; um embate entre o sol e a chuva. Sente-se cada vez mais desorientada, sem saber como agir. Iria de novo à delegacia para saber do andamento do inquérito. Também iria à corregedoria para denunciar o caso, como orientada pela jornalista — "Se foi a polícia, a senhora tem o direito de abrir uma ocorrência na corregedoria". Rita precisa também afixar de novo os cartazes com a foto do filho. Mas ela se sente com pouca disposição, as pernas fracas, a mente desgovernada, e seus sentimentos haviam se tornado um pântano do qual era difícil emergir.

Ainda assim algo a impulsiona, uma força irrefletida. Quando está pronta para sair de casa e recomeçar sua rotina, o telefone toca: uma repórter da TV tinha conseguido o número de telefone com a produção do programa onde ela havia relatado o desaparecimento de Cid. Quer saber se ela concorda em dar seu depoimento sobre o que ocorreu ao filho para uma nova matéria. Uma equipe se deslocaria ao bairro para entrevistá-la. “Falar”, a repórter disse, “pode ajudá-la a conseguir mais informações.” Rita não reflete sobre a vergonha que sentiria se a entrevista ocorresse em circunstâncias normais, mas compreende o alcance de uma matéria no telejornal. Enquanto decide, deixa a bolsa em cima da bancada e se senta para esperar.

À noite, quando está voltando para casa, Rita é abordada por um homem desconhecido. Corpo tatuado, torso nu, correntes douradas pendendo do pescoço, calça sandálias surradas e uma bermuda comprida, grande demais para seu corpo franzino. A princípio ela teme o que possa ser, mas ainda assim se mantém firme. Encara os olhos ornados com a pele repleta de cicatrizes e pequenas tatuagens, símbolos indecifráveis. Sua fala tem um ritmo próprio que dificulta a compreensão. Mas ela precisa ouvir o que ele diz: isso pode levá-la ao esclarecimento de algum ponto do mistério acerca de seu filho.

19

Do alto da cabine do caminhão, Rita volta a ver a cidade de uma perspectiva atraente. Não demora e o veículo atravessa os limites de Salvador, alcançando uma rodovia que dá acesso ao polo industrial. Numa cidade grande, edifícios e casas se amontoam em desordem. Não existem muitas áreas desabitadas, distantes da metrópole, onde pudessem depositar os despojos do filho. Então, a solução é procurar um terreno baldio além das áreas de morada, de preferência recoberto pela vegetação ou com um grande açude para ocultar o que precisa ser escondido, o que precisava desaparecer.

Jorge guia o caminhão com cuidado, manobrando os muitos eixos, porque já não se sente tão habilidoso ao dirigir pela cidade. Está à vontade nas estradas, como um cavalo corredor, movimentos elegantes, conduzindo o veículo que desliza sem sobressaltos. Quando alcança a estrada guardada por radares, ele se permite olhar mais vezes para Rita Preta. Ele não conseguiria explicar para ninguém sua beleza de mulher vivida, sua firmeza de ideias, a determinação diante do imponderável. Jorge não tinha a consciência absoluta do próprio encanto por aquele rosto marcado pela vida, e mesmo com o semblante abalado dos últimos dias — a feiura dos olhos secos, cansados, as linhas da boca levemente caídas, as expressões de dor de alguém que se prepara e teme encontrar a verdade implacável —, o encantamento se instaura como da primeira vez.

Rita está atenta à sua volta. Não quer perder os detalhes da viagem. Contou a Jorge sobre o local apontado pelo jovem na noite anterior, ainda que sem certeza, para onde os policiais teriam levado aquele que a testemunha alegava ser Cid. Um cemitério de carcaças de carros roubados — a maioria jazia sem as peças mais valiosas — e onde os criminosos também desovam o corpo de suas vítimas. Por isso, Rita procura por um sinal de desordem; ao avistá-lo, vai pedir a Jorge que pare o caminhão. Ela vai descer e investigar. Desembarcará sozinha, sem a ajuda que teve nas primeiras vezes, e seus braços e pernas robustos serão suficientes para ampará-la na descida. Aquela mulher não está à procura de flores raras nem de uma choupana para passar o fim de semana, tampouco parece se importar se a paisagem é marítima ou continental. Seus olhos buscam a destruição: ferro-velho, carros retorcidos, terra revirada, picadas na mata, sinais de fogo, incêndios, rastros de sangue, odores putrefatos, ossadas humanas. Seu corpo é percorrido por ondas de energia como em muitos outros momentos dos dias anteriores à sua peregrinação. Essa sensação desconfortável a deixa arrepiada, agitada, o coração acelera, sem que consiga controlar o descompasso. A ela só cabe afastar o medo cravado no peito, porque a essa altura o medo se tornou um sentimento-obstáculo que a impede de chegar à verdade.

Quando Rita telefonou mais cedo para Jorge, pediu que a levasse para o local de desova indicado pelo desconhecido. Um lugar compartilhado pelas pessoas que falam dos crimes da cidade à exaustão, quando recontam as tragédias sem deuses do passado e do presente. Jorge não pensou duas vezes, apesar do temor, companheiro de suas jornadas de trabalho. Decidiu retardar em algumas horas a próxima viagem, mesmo sabendo que as chances de encontrarem vestígios do que Rita procurava com o instinto de mãe-fera fossem muito pequenas. Ainda assim, Jorge não a desencorajou nem apresentou quaisquer empecilhos. Também não contou que precisaria adiar a próxima viagem, e que tentaria reduzir o atraso acelerando além da velocidade permitida na estrada, ou seja, correndo mais riscos. Ele apenas se dispôs a estar ao seu lado, sabia que Rita Preta daria um jeito de chegar lá se ele negasse seu pedido, mesmo não compreendendo sua decisão de descer ao inferno, ao mundo dos mortos.

Rita se afasta do caminhão, e Jorge a segue, atento aos movimentos e ruídos e odores, fazendo-se guardião alerta e protetor dos caminhos. Ele não contaria para não assustá-la, mas estava portando uma arma de fogo, companheira das boas e más horas na estrada. Precisou usá-la apenas uma vez, quando atirou na cabeça de um cão que agonizava depois de ter sido atropelado por um veículo à sua frente. Se não fossem os ganidos de dor, mais altos que os ruídos do motor, Jorge pensaria que aquele corpo que se agitava involuntariamente era um saco preto à mercê do deslocamento de ar dos veículos passando em alta velocidade. Agora ele estava ali, com a arma guardada numa pochete gasta de couro falso, a mesma de onde ele sacava o dinheiro para pagar os bares e hotéis. Rita não desconfia de nada.

Os dois correm riscos, ainda que a paisagem não esteja imersa no tecido da noite, ainda que não tenham a pretensão de ficar por muito tempo — apenas o suficiente para percorrer os lugares onde se concentravam as carcaças de carros, as elevações de terra que indicariam uma cova rasa, de onde viesse o cheiro de decomposição. Rita está atenta ao caminho de terra, e os fragmentos de rochas e areia entram em atrito com seus pés, que calçam um par de sandálias prateadas. Talvez tenha imaginado que ali — num pedaço de chão perdido numa estrada chamada "no meio do nada" — tudo acabava para os sequestrados, os sentenciados, os que deveriam ser aniquilados. Quantos lugares do mundo eram terra de despojos, onde jaziam as coisas e as pessoas que não eram mais desejadas? Aquela terra não é almejada nem disputada. É domínio da destruição na qual o metal se retorce e enferruja, e os homens retornam ao pó de onde vieram.

Era a terra salgada por sua avó Carmelita — a vingança dos desterrados — para que daquele solo nada mais nascesse e ganhasse vida.

No meio do caminho, eles sentem um forte odor de podridão e Rita encontra o que parece ser um poço artesiano desativado. Ela se aproxima e percebe o cheiro vindo do local. Jorge enfia a cabeça no interior da boca do poço. Ele prende a respiração para não inalar o miasma e não solta um berro por prudência, para não chamar a atenção do entorno. Não consegue ver se o poço está seco ou cheio, se ali se escondem corpos estranhos. Rita se adianta e procura por algo grande o suficiente para servir de instrumento de inspeção. Ela começa a caminhar, mas Jorge se lembra de um tubo plástico estreito, para encanamento de construções, guardado no caminhão para uma eventual necessidade.

O odor é pungente. Rita e Jorge permanecem em silêncio, não conversam sobre o que pensam. Ele imagina que pode ser um animal morto. Ela admite em seus pensamentos a possibilidade de que no fundo do poço exista um corpo humano. Em nenhum instante ela recua com receio do que possa encontrar, mas é ele que introduz o cano plástico no interior do buraco, enquanto os olhos de Rita seguem seus movimentos. Ela quer saber se há resistência, objetos, se há tecidos identificáveis. Mas tudo o que Jorge consegue coletar é matéria orgânica — lodo —, e é daquela massa verde viva de microrganismos e resíduos que exala o mau cheiro.

Eles voltam a caminhar, os olhos atentos a qualquer indício de disrupção. Mas a paisagem não é muito diferente do horizonte de abandono e sobrevivência que conhecem. Depois de vasculhar os trechos sugeridos, retornam ao caminhão para avançar no terreno, protegidos do sol e dos perigos, para mais adiante descer outra vez e por fim dar por cumprido o ritual dos que procuram pelos que desaparecem sem deixar rastros.

No caminho para a casa de Rita, eles nada dizem. Os olhos dela permanecem fechados, as pálpebras trêmulas, como se examinando a memória das coisas vistas. Os de Jorge estão atentos à estrada à sua frente: os motociclistas em zigue-zague, os carros que não sinalizam as conversões. Entre os dois amantes, o ruído tornou a dar vez ao silêncio.

A reportagem sobre o desaparecimento de Cid foi exibida na televisão num horário de grande audiência. Rita Preta assistiu acompanhada dos filhos e de Fátima. Era a primeira vez que via a si mesma em vídeo, com voz, detalhes, dimensões e profundidade — o programa anterior, na praça da Piedade, havia sido ao vivo e ela não pôde vê-lo, porque não tinha reprise e ninguém lhe informou que poderia assistir na internet. Rita contemplou a própria imagem, mas sentia como se aquela história de horror não fosse sobre ela ou Cid, e sim sobre alguém distante. Ela observou a tudo com atenção, sem corrigir as próprias falas e a postura tomada pelo desalento. Estavam nas imagens as ruas do bairro, o relato, a casa, as casas vizinhas. Estava também Juca ao seu lado — Cainho permanecera distante, não queria aparecer nas imagens por timidez, não houve quem o convencesse do contrário —, e o local onde supostamente Cid teria sido abordado. O relato era intercalado com fotografias dele. Cada vez que o filho ressurgia nas imagens, os olhos da mãe se tornavam opacos. Rita assistiu a tudo de pé. Após tantos dias de busca por hospitais, delegacias, necrotério, aquela matéria havia deixado nela uma sensação de despedida. Sentiu uma profunda tristeza ao se ver na tela, como se tivesse sido surpreendida com a revelação de que a mulher da qual tinha notícia, sobre a qual todos falavam, e que procurava pelo filho, era ela própria. Quando o comandante da polícia militar apareceu na função de porta-voz, dizendo que a instituição estava apurando os fatos relatados, mas sem respostas concretas sobre o andamento das investigações, Rita entendeu que o caminho ainda seria longo. A reportagem por fim terminou — quase quatro minutos, ainda assim era pouco tempo para contar sobre uma vida e seu epílogo —, e todos olharam em sua direção, sem que ela desviasse o olhar do aparelho à sua frente. Continuou assim por algum tempo, enquanto Fátima perguntava a Juca, com discrição, se ele tinha se visto, sobre as pessoas que tinham aparecido e os lugares conhecidos da vila.

A repercussão cresceu ao longo do dia, e Rita recebeu telefonemas de outros veículos de imprensa. Sentia-se abatida para responder, mas tinha a consciência de que só falando sobre o sequestro do filho à exaustão poderia pressionar as autoridades para acelerarem o ritmo da investigação. No dia seguinte, Rita foi informada de que investigadores da polícia coletavam informações na rua indicada na reportagem e o que mais pudesse ser periciado. Ela foi convidada a acompanhar. Aproveitou para informar outra vez sobre a camisa do uniforme escolar encontrada um dia após o desaparecimento. Tinha certeza de que pertencia ao filho. O tecido foi recolhido para análise.

Dias depois, novas matérias foram publicadas, estampando fotografias de mãe e filho nas páginas dos jornais. Não demorou para Rita passar a receber ligações de advogados de organizações de direitos humanos interessados em prestar assessoria. Cada ação em torno do caso era celebrada com timidez pelas pessoas ao seu redor, menos por ela, que se sentia cada vez mais abatida. Cada ação prometia encurtar a distância entre ela e a verdade. Cada ação, da mesma forma, prometia também confrontá-la com o inevitável.

À medida que a história se tornava pública, aumentaram os telefonemas com pistas falsas, bilhetes anônimos, pessoas sugestionadas — algumas de boa-fé, outras com segundas intenções — que procuravam Rita ou alguém de seu convívio para relatar que tinham visto Cid vagando pelo centro da cidade, perdido na rodoviária, se divertindo na praia. Ou ainda que escutaram de alguém que ele fora levado para a estrada em direção ao polo industrial ou então para a represa do parque florestal. Quando perguntados se tinham certeza, alguns caíam em contradição, admitiam estarem sugestionados pela notoriedade da história. Outros examinavam a consciência e percebiam que não estavam tão convictos. Assim, Rita retomava suas buscas por informações.

Dias depois da última reportagem, Rita encontra um envelope na área externa da casa. Certamente, alguém o lançara durante a madrugada entre as grades do portão. Talvez fosse mais um bilhete contendo as informações já divulgadas ou pistas falsas. Rita se aproxima, retira o envelope do chão e o abre, cética. Seus batimentos aceleram. No envelope, imagens de homens e mulheres mortos, corpos mutilados. Por alguns segundos considera que são fotografias de Cid. Mas, junto às imagens, havia um impresso escrito em letras maiúsculas:

"Isso é o que fazemos com mulheres fortes."

20

Mulheres fortes. Uma das reportagens, que tinha o título "Mãe coragem", havia publicado histórias de mulheres que procuravam por seus filhos, desaparecidos em circunstâncias semelhantes. Eram mães, avós, irmãs e tias pedindo por justiça, reclamando os parentes retirados abruptamente de seu cotidiano, sequestrados ou mortos em abordagens policiais. Uma fotografia de Rita — de bermuda jeans, uma camiseta com a fotografia do filho e sandálias de borracha — estampava a página em primeiro plano. O crescente interesse da imprensa e de grupos de direitos humanos pelo caso a tornara o centro das atenções na própria comunidade e na cidade.

Algumas pessoas de seu convívio, que ainda não se sentiam à vontade para se aproximar, passaram a demonstrar solidariedade. Outros não escondiam a curiosidade. Rita Preta atendeu aos telefonemas de colegas de trabalho e pessoas conhecidas por dias, e de todos pôde escutar palavras de conforto. Cada ligação encerrada a deixava desolada, como quando a resgataram do rio depois do afogamento.

A partir de então, quando essa mãe fechar os olhos, irá fazê-lo por um átimo para que nada escape a seu olhar examinador. Ela percorrerá os rostos que embarcam e desembarcam dos ônibus, os frequentadores dos mercados e das farmácias de bairro, os que andam pelas feiras livres. Quando viajar no transporte público para peregrinar por delegacias, hospitais, para os encontros com o advogado, ela dará preferência ao assento da janela ou permanecerá de pé segurando a barra de metal para que possa aumentar seu raio de visão e observar os caminhantes nas calçadas, atravessando as ruas ou aguardando nos pontos de ônibus a condução para seus destinos. Essa mãe voltará à escola onde o filho estudou. Trilhará o mesmo caminho por muitos dias e em diferentes horários. Conversará com os adolescentes que estudavam com seu filho e continuará a tentar obter novas informações. Ela buscará pelas expressões do ausente nos jovens que cruzam seu caminho — recordar quando viu seus olhos pela última vez, recordar o tom de sua pele, lembrar dos desenhos de seu cabelo —, empreendendo uma batalha com a própria memória que insiste em atraiçoá-la com o esquecimento. Ela não quer prenunciar como estará esse filho — se vivo ou morto —, nem quer pensar nas transformações que mudaram sua vida. Será que pensava na paixão? Será que chamou a palavra "mãe" ou "pai" ou "Deus" quando sentiu medo? Será que duvidou que sua mãe, com quem tinha frequentes atritos, faria de tudo para encontrá-lo? Será que contavam a história da mesma pessoa? Será que quem testemunhou a abordagem não o confundiu com outro? Será que esse jovem tinha cumprido o prometido e partido para outro canto por pura rebeldia, achando que poderia começar uma nova vida?

Rita intuía que não.

Ela sabia que não.

Contudo, não estava disposta a se antecipar ao destino nem inventar para si uma história capaz de consolá-la. Se, naquele instante, perguntassem sobre o futuro, ela falaria de sua única certeza: continuar a andar para encontrá-lo. Sua resposta sufocaria suas próprias dúvidas, se ele realmente seria encontrado. Se não o encontrasse — e existem muitas maneiras de se encontrar, embora não as imagine naquele momento —, ela direcionaria sua energia vital para investigar e saber o que tinha acontecido naquela tarde quando o filho não voltou para casa. Moveria o mundo que conhecia e o que ainda não conhecia para localizá-lo.

E se depois ainda continuasse sem resposta, essa mãe retornaria ao ponto de partida e retomaria as buscas, sempre, e de muitas maneiras, vivendo o desterro dos que perderam os que amam, sentindo-se mais uma vez desgarrada da terra.

Quando aquele tempo se tornasse um ponto remoto e a vida tivesse recebido novos contornos, ela refletiria com a simplicidade de seus pensamentos que, quando uma mulher perde o marido para a morte, ela fica viúva; quando uma filha perde o pai ou a mãe, ela fica órfã; mas e quando alguém perde um filho? Não é abandono, se foi um ato involuntário; também não cabe a palavra "desamparo" se nenhuma das partes contribuiu para o distanciamento. Talvez não exista um nome, reflete, depois de tentar encontrar uma palavra para o vazio que sente.

E descobre que não há.

Rita leva à delegacia a carta com a ameaça. Está acompanhada de Cainho — Juca ficou sob os cuidados de Fátima — e de Duda, advogado da Anistia Internacional. Dias antes, uma colaboradora da organização telefonou para explicar o interesse no caso e na proteção de Rita e de sua família, além de explicar qual o propósito da Anistia. Não se tratava apenas de um crime, ela disse, mas de uma política de segurança voltada contra uma parcela considerável da população. Rita desconfiou que por trás do interesse houvesse outras motivações, talvez fosse coisa de político, imaginou. Quase não atendeu uma segunda vez por suspeitar que fosse uma cilada. Porém, aos poucos, as pessoas com quem se dispôs a conversar conquistaram sua confiança, e ela se permitiu ser orientada sobre as condutas necessárias para encontrar uma resposta definitiva sobre o caso.

Ao longo dos dias, as ameaças se intensificaram de maneira velada — a sensação de que estava sendo seguida, estranhos perguntando ao filho mais novo sobre a mãe, uma atmosfera de apreensão difícil de decifrar —, e Rita decidiu pedir a ajuda de Jorge para viajar com os filhos. Ela tinha sido orientada pelo advogado diante da crescente ameaça, mas ainda não haviam traçado um plano objetivo — para onde ir, como ir e por quanto tempo. No começo, ele tentou demovê-la da ideia, não considerava necessário, mesmo que estivesse cada vez mais evidente a gravidade do ocorrido. Ele não queria que ela fosse para longe a ponto de não poder vê-la quando desejasse. Depois Jorge passou a temer pela própria segurança diante dos novos relatos — se fosse a própria mulher com quem se casara contando as histórias contadas por Rita, ele a consideraria paranoica — e desejou que fosse feito o melhor. Talvez necessitassem de um tempo para os ânimos serenarem, a apuração avançar a ponto de Rita não ocupar mais a função de investigadora e da justiça ao mesmo tempo, e que as instituições fizessem o que as pessoas necessitadas de ajuda esperam que façam.

Quando ele a visita mais uma vez, depois da divulgação das entrevistas, Rita pede que a acompanhe numa breve caminhada até o local onde a abordagem ocorreu. Ele tem medo, não se sente à vontade e questiona se é seguro. Rita desdenha do homem com quem sustenta uma relação de afeto, como se perguntasse: "Se eu, que estou no olho do furacão, consigo, por que você teme?", e o ignora. Além de parar no local — chão de asfalto, lixo, cães abandonados procurando o que comer — e de tentar imaginar de qual casa Vera tinha visto o sequestro — aprende aos poucos a chamar os eventos pelo nome —, Rita quer verificar se é verdadeira a notícia que recebeu; se Daiane e a família tinham deixado o bairro.

A casa está fechada e há objetos abandonados na pequena varanda ladrilhada. Ela não pode entrar por causa da grade de segurança, mas consegue ver parte das tralhas deixadas para trás. Pensa em perguntar sobre a mãe, a filha, a família, quando a moradora ao lado se aproxima enquanto abre o portão da casa para receber uma encomenda. A vizinha, com uma touca nero bege que esconde sua cabeleira, vestido sem alça, informa que a casa está desocupada, a família não vive mais ali. Todos tinham retornado para o interior. Rita tem curiosidade de saber para qual cidade, mas a mulher não sabe dizer.

Duas malas de tecido comportam toda a roupa da família. A família se resume a Rita e os três filhos, embora as roupas de Cid estivessem acondicionadas numa caixa na casa de Fátima. Quando pensa nessa pequena comunidade coabitando uma casa, mesmo sem saber do paradeiro do mais velho, mesmo carregando a ilusão de que um dia estarão reunidos de novo, Rita sente que todos, mãe e filhos, sem exceção, permanecem unidos. Os eletrodomésticos, a geladeira, o fogão, a televisão, as camas, o sofá e as caixas com utensílios seriam guardados por Fátima, numa parte de seu quintal sombreado por um telhado. Recobrem tudo com uma lona emprestada para evitar danos pelo sol e pela chuva. Combinam de transportar os objetos durante duas noites, com a ajuda dos filhos, para não chamar a atenção dos vizinhos.

A estratégia é retirar Rita e os filhos da vila e deixá-los em segurança, por tempo indeterminado, no lugar escolhido. Para o sucesso da proteção, eles não poderiam compartilhar com outras pessoas o destino da viagem, nem mesmo com Fátima ou Jorge, e somente o advogado do caso saberia onde estavam. Apesar de estar a uma distância considerável, o local permitiria a Rita acompanhar os desdobramentos das investigações e se fazer presente quando necessário. A essa altura, a proteção de Vera, a testemunha, e de seu filho também tinha sido providenciada.

Antes de entregar as chaves ao senhorio da casa, os três arrumam os objetos nas caixas obtidas no mercado do bairro. Rita aproveita para se desfazer dos papéis velhos, dos cadernos sem capa, dos objetos quebrados acumulados ao longo dos anos sem que se desse conta. Aquele ritual era especialmente penoso. Cada dia que o calendário avança é mais um dia distante de Cid; sem perceber, vai se instaurando a certeza de que ele não retornará, de que, sim, tinha sido vítima de uma violência brutal por parte da polícia. Rita permanece de pé — por uma força insondável — quando o mundo impõe que ceda, sem trégua, enquanto tudo à sua volta parece querer rendê-la. Quer transmitir controle aos filhos, e aos que a acompanham e a apoiam em sua busca. Precisa confirmar a operação policial que tirou Cid de sua comunidade, da escola, da convivência com os irmãos. Quer saber por que o arrancaram de sua vida, por quais motivos, e não descansaria nem que fosse a última coisa a fazer sobre a Terra. Rita continuará a viver com grande revolta, um dique de amargura prestes a se romper, despejando seu fel contra todos à sua volta. Arrumar os pertences da casa, viajar escondida, é encarado por ela como uma derrota, uma indignidade, mas algo que precisa aceitar. Recuar para avançar na primeira oportunidade, ouviu do advogado, e, por mais que não se convença e considere aviltante a estratégia, sabe que não lhe resta outra saída naquele instante.

Além da ameaça recebida através da carta, Rita atendeu a telefonemas silenciosos — quem estava do outro lado queria perturbá-la com o som da respiração —, outros com xingamentos, injúrias e mais ameaças. Não se sente mais segura ao continuar com sua rotina de trabalho e afazeres, nem com as frequentes idas à delegacia. Rita sabe que querem sufocá-la, não por procurar alguém, um familiar — afinal, se pergunta, quantos fazem isso todos os dias? —, mas por ela confrontar a polícia, por exigir a verdade, se é que existe: as razões que levaram um grupo de agentes do Estado a sequestrarem seu filho.

Mesmo com o espírito abalado, ela é confrontada por Cainho (logo ele, o mais solidário dos filhos) sobre os cadernos que ele havia guardado no armário e que não encontrava. A princípio, Rita deixa que ele pergunte, não responde de pronto, escuta Juca dizer que não sabe, e não se manifesta por acreditar que ele não insistirá. Está enganada. O filho está colérico, grita (logo ele, o mais pacato dos filhos) e volta a confrontar a mãe. Quem mais se daria ao trabalho de descartar papéis senão ela e seu transtorno por limpeza e arrumação?

Rita então sai do mutismo.

"Cadernos sem capas velhos. Não tinha mais folha limpa. Claro que era lixo."

"Não era lixo. Eram as minhas coisas!", Cainho grita.

"Que coisas? Da escola? Deste ano? Os cadernos deste ano estão na sua mochila."

"Não! São as coisas que eu escrevo", e teve vontade de chamá-la de estúpida, "são importantes."

"Importante? Importante é meu trabalho que traz comida para casa. O que você escreve? Por acaso você é escritor?"

Cainho arremessa a caixa que está arrumando no chão e os objetos caem sobre Rita. Ela se levanta e o puxa pelo braço, perguntando se enlouqueceu. Percebe que ele está perturbado, as lágrimas descem de seu rosto, incontroláveis, mas olhar para o filho não a comove, não naquela hora. Pelo contrário, Rita o considera insensível ao que está vivendo — todos vivem, é verdade, mas é sobre ela que recai o peso da busca, o cansaço sem fim, as ameaças à própria vida — e desfere um tapa no rosto dele.

"Não fale mais assim, seu moleque. Quem você pensa que é?"

Ele põe a mão na face depois do golpe. Olha com raiva para a mãe, aperta os olhos, sente extravasar um sentimento que não consegue mais conter.

"Foi por sua causa que ele sumiu. Você botou ele para fora de casa. Você maltratava Cid, humilhava, batia nele quando se descontrolava. Por sua causa estamos sem ele."

Rita não consegue reagir; está completamente atônita. A boca, escancarada de espanto. Não esperava que o filho que menos lhe preocupava proferisse palavras carregadas de raiva num momento de grande dor, enquanto arrumam o pouco que possuem para escapar de uma violência sem razão aparente, como se o mundo tivesse se voltado contra eles.

"Estou procurando seu irmão há mais de um mês e você me diz que ele sumiu por minha causa? Estou sem dormir, sem comer."

"Você não gosta dele. Você não gosta da gente. Você não derramou uma lágrima desde que Cid sumiu."

Ela continua perplexa, se cala, não consegue reagir e então se senta numa cadeira. Ouve a porta bater, mas não volta os olhos em direção ao pequeno estrondo. De onde está, só consegue ver os próprios joelhos, ressecados. Permanece em silêncio. Cainho observou que ela não tinha vertido uma lágrima nem nos momentos mais críticos. E ela não havia notado que durante aqueles dias de grande desespero seus olhos permaneceram secos ou úmidos, mas lágrimas certamente não tinham saído. Rita não chora há anos. Não chorou quando sentiu as dores para parir cada um dos três filhos, nem mesmo quando a maltrataram durante o parto. Não chorou quando os bebês deixaram seu corpo. Não chorou quando foi surrada pelo pai de Juca, nem quando perdeu o emprego, nem quando, humilhada na casa de família onde trabalhou, descobriu a dureza da vida destinada aos submissos.

Talvez as lágrimas tenham deixado seus olhos pela última vez naquele fatídico dia em que quase se afogou. Rita Preta não chorou com medo de ser levada pelas águas. Não chorou quando a carregaram nos braços em direção à casa da avó, que certamente a puniria pela imprudência, mesmo sendo uma criança. O pranto veio incontrolável ao descobrir, ainda encharcada, que as águas haviam levado seus irmãos menores quando entraram com ela para se banhar. Rita estava encarregada de cuidar deles por ser a mais velha. Aquela era toda a sua família, depois da partida da mãe, depois de se sentir rejeitada pela avó. O rio os levara para sempre; sem aviso, sem despedida, sem que ela pudesse protegê-los como se esperava que tivesse feito, sem poder salvá-los daquele destino.

Rita olha para Juca, de pé perto da porta do quarto, provavelmente preocupado com o desdobramento da discussão entre a mãe e o irmão. Ela contempla sua face, os traços da inocência, e sente vontade de protegê-lo ainda mais para que não sofra, para que não se sinta maltratado pela vida. Rita se pergunta se falhou no cuidado com Cid, como havia falhado com os próprios irmãos.

Quando fixa outra vez os olhos no filho inquieto, consegue antever a extensão do dano provocado pelo que estavam vivendo. As marcas não estão apenas nesse filho, mas no outro que acabou de deixar a casa. Está incrustada em sua própria carne. Entranhada em seu espírito. Só então a correnteza represada em seu peito extravasa, encontra as veredas de seu corpo e inunda o vazio que já não consegue mais sustentar.

Carmelita

I

Seus pés pisam o chão à sua frente, e essa terra lhe parece estranha. Pequenos galhos e gravetos se acumulam em abundância, quebram-se quando pisoteados. Seus pés esmagam também as folhas secas amontoadas e suas frações se misturam ao solo. Está naquele exato local pois acredita que se trata da fazenda onde nasceu e morou durante a infância: como recordar se tudo, absolutamente tudo, parece tão diferente? A memória se revela uma matéria pantanosa, algo incapaz de identificar a paisagem e lhe confirmar se de fato está pisando no mesmo lugar que imagina. Quer saber se aquele domínio era o mesmo em que a avó, a mãe e os vizinhos viveram e trabalharam. Quer saber se é verdade que a lavoura variada dera vez à monocultura que recobria a paisagem como um tapete verde. Se pergunta se é possível comer os grãos que brotam daquela vegetação. O rio de antes — dele restará algo? — não se vê, embora lhe digam que ainda corra, mais estreito, e que nem de longe pareça o volumoso curso d'água de antes. Por vezes é apenas um filete que emite um brilho quase tóxico, noutras resta apenas seco. Em seu lugar, pivôs de irrigação aspergem a água trazida da represa. O horizonte parece estranho aos seus olhos: belo e ao mesmo tempo assustador. Um cobertor verde do qual emana um cheiro asséptico, um cheiro que não é de folha nem de terra. Um odor indecifrável, pouco lembrando a exuberância do passado. Não há casa, não há árvores nem arbustos. Não há outra plantação a não ser aquela sombreando os pés dos encorajados que cruzam a amplidão do campo.

Ela quer encontrar o exato local que deixou há quase trinta anos. De súbito, aquele lugar para onde desejou retornar por uma irrefletida curiosidade — voltaria dirigindo um caminhão para poder ver a estrada e os campos de cultivo de cima da cabine alta — deixou de assombrá-la. Passou os anos decidida a esquecer o Outeiro Velho, e jurou ter conseguido apagar a fazenda da memória. Porém a terra resistiu em seus pensamentos, reminiscências, um receptáculo de perdas. Ressurgiu inesperada em meio ao vendaval que sacudia seus dias. Quando lhe perguntaram se tinha algum parente além dos três filhos, da mãe desaparecida e da avó que a entregou para trabalhar numa casa de família, ela disse que não. Perguntaram então se tinha em mente algum lugar onde pudesse passar um tempo protegida. De imediato, ela se recordou da fazenda, embora àquela altura não conhecesse mais ninguém. Perguntaram qual era sua relação com o lugar, se havia casa de algum familiar, alguém próximo. Não havia. Repetiu o que sabia: lá nasceu e se criou antes de partir para a cidade. Mais tarde foi informada de que em seu destino não havia a estrutura necessária para garantir a segurança de sua família. Embora houvesse uma opção para acolhimento numa cidade a alguns quilômetros de distância. Pensou em desistir — por que retornaria? —, mas o desejo continuava a incitá-la, como deseja que seu filho retorne ao seu colo. Ela não acreditava que fosse possível voltar, e é incrédula que pisa outra vez naquele chão.

O pequeno núcleo onde residiam os trabalhadores da fazenda não existe mais. Sem as casas antigas, sem as paredes desbotadas, rachadas, como permaneceriam em sua recordação, ela perdeu as referências que poderiam ajudá-la a determinar o exato local onde viveu. Resta-lhe perguntar, a quem a acompanha, sobre outros indícios, as casas, o rio, onde moraram as pessoas.

Eles não sabem.

Quando ela chegou à porteira acompanhada de um caminhoneiro que conheceu na estrada — seria seu destino? — próxima à feira da cidade, um homem que conduzia para os portos uma carreta enorme com a carga retirada dos grandes silos, os funcionários que os receberam devolveram suas perguntas com novas perguntas. Foram práticos: disseram que não precisavam de trabalhadores. As máquinas fazem quase tudo. Mas ela não quer trabalho nem se interessa pela vastidão da plantação. O caminhoneiro se antecipa, diz que é uma amiga que nasceu na fazenda. Está de passagem e queria rever o lugar onde morou com a família. Os responsáveis pela plantação se entreolham, desconfiados, imaginando que fosse alguém reclamando as terras, alguém querendo identificar o local para requerê-lo na justiça. O caminhoneiro garante que não, que é só uma andarilha curiosa pronta para levar uma memória do lugar.

Eles não têm autorização para permitir visitas, mas um dos técnicos não vê mal algum nisso e então pede que embarquem na picape, e ela percorre um longo trecho até o rio. Rita está falante, ao mesmo tempo que seu coração estremece sem saber onde aquela breve expedição irá levá-la. Conta apenas as boas lembranças, ou transforma qualquer imagem numa boa lembrança, e afirma entre uma história e outra que não tem vontade de retornar. Mente sobre a vida tranquila, a casa e o trabalho na cidade. Não contará aos empregados da fazenda, tampouco ao caminhoneiro, ter negociado a própria demissão para poder receber os direitos trabalhistas e o seguro-desemprego por alguns meses. Não contará que um de seus filhos continua desaparecido depois de ter sido apreendido por policiais. Quem acreditaria na mãe de um jovem sumido pelas mãos da polícia que existe para protegê-lo? Ela se preserva do preconceito — claro que dirão "é mãe de um bandido" —, e omite ter viajado para salvaguardar sua própria integridade e a da família. Contará dos peixes, do feijão-verde, da palma e das pequenas reses de gado e dos fatos de cabras. Contará sobretudo das brincadeiras de criança crescida no campo e dos banhos de rio. Não falará de seu medo, da desgraça que se abateu sobre sua casa, e só contará de sua partida para dizer que ficou sozinha no mundo e assim foi tentar a vida na cidade. Falará sempre de seus trabalhos no comércio — exceto do trabalho como empregada doméstica — e de como ter bons empregos lhe permitiu ter uma casa, permitiu que os filhos estudassem sem se preocuparem em ajudar com as contas.

Enquanto conversa, não retira os olhos da janela do veículo, e por vezes deixa que os homens interajam entre si para poder se dedicar à tarefa de identificar lugares sem maiores distrações. Procura por casas, árvores — angicos, aroeiras, baraúnas —, arbustos, cercas, mata-burros e colchetes, mas nada resistiu de pé, se é que estavam andando pela mesma fazenda onde crescera.

Quando ela desiste de tentar encontrar a fundação da casa — o que seria da terra sem as casas e os seres viventes, vegetais ou animais, sem o rio, sem a mão de sua gente fazendo e desfazendo mundos? —, vê um descampado. Interrompe a conversa sem fim e pergunta se vão plantar por ali também. O homem então olha para ela, faz que vai responder e aponta além. Pergunta se ela não quer reencontrar o rio sem água, o rio que se estreitou, um caminho, tornado rio outra vez quando a chuva vem. Então aponta em direção ao nada e conta "às vezes o leito enche". Se descerem até lá verão o capim verde abundante que alimentaria os animais — se houvesse —, e por baixo desse capim um solo úmido e fértil. É o leito do rio, o técnico diz. Mas naquele verão — e *verão* são todos os dias de sol — ainda não tinha corrido água.

Todos descem do carro e chegam a um pequeno barranco que configura o vale. “Esse rio está se estreitando como minha garganta”, a frase da avó já não a espanta como antes. Se aquele é o leito do rio onde realizou, com certa dose de fantasia, as peripécias contadas pelo caminho, talvez seu mundo, tal qual o conhecia, tivesse mesmo desaparecido. Para onde correram a fartura de peixe, as ilhas de vegetação flutuantes e as marcas das cheias fertilizando a terra de tempos em tempos? Os homens não esboçam qualquer surpresa. Eles não conheceram o ambiente fecundo disputado a ferro e fogo para o infortúnio de sua família. Quando ela mirar o rio seco não pensará no aquecimento do planeta nem na ganância de sua espécie. Primeiro não acreditará que se trata do mesmo rio, duvidará do técnico, homem forasteiro. Sim, ele não sabe de qual rio ela relembra. Mas se for o rio, e agora chega a duvidar de si, virá a certeza de que sua avó o amaldiçoou pelo que levou.

Mais adiante, ela retoma seu interesse pelo descampado — um contraste que não desperta a curiosidade de ninguém. Mas ela é capaz de perceber diferenças sutis nas embalagens comercializadas no supermercado: códigos de barra distintos, a redução nos volumes de cada item. A plantação, o tapete verde que se estende da porteira até os limites da fazenda — aonde ainda não chegaram —, se descontinua e abre uma curiosa clareira em meio à seara. Rita não resiste e pergunta de novo se estão preparando o solo para o plantio. Não, ali não brota nada, o técnico diz. É uma terra estéril, nada cresce, e assim ficou por uma razão misteriosa. Nem com adubo químico, nem revolvendo o solo, nem trazendo mais solo de outra parte. Um carcará voa rasante e pousa além para caçar sua presa. Quando o pássaro plana sobre o leito de capim, com voragem e beleza, ela pergunta se viram o carcará cruzando o espaço sobre a cabeça deles. Os homens riem e repetem que não, mas que talvez seja, há muitas aves iguais. Ela tenta mostrar, mas eles continuam a conversar sem prestarem atenção. Ela desiste e segue o percurso do animal com os olhos. A ave segura com suas garras uma serpente, alça voo outra vez, o réptil se contorce tentando escapar.

Diante da imagem da caça e do silêncio contornando as vozes que matraqueiam, a memória invade o agora com tirania e confirma o espaço, a fração de terra e a atmosfera onde ela perdeu os irmãos para a cabeça-d'água, a correnteza arrastando os três, até ela se enroscar na ilha de vegetação. Ela também imagina o porquê de nada brotar naquela terra: a avó gastou as parcas economias com sacas de sal, armazenando-as nos cantos da casa. "Quer conhecer alguém?" — a avó perguntava disposta a explicitar a sabedoria da gente com quem conviveu —, "coma um quilo de sal com ele."

No entanto, o sal guardado não seria degustado por tempo suficiente para saber se uma pessoa era boa ou má. Sobre o assunto, a vida já tinha dado a resposta. O sal não salgaria a carne do abate nem temperaria o alimento que saciaria a fome que já não sentia. Salgaria a terra, o chão, para se vingar dos que cobiçavam, a qualquer custo, a terra onde se assentava a própria vida.

2

Numa manhã como quase todas as manhãs da infância de Rita, Carmelita entregou a neta para que fosse levada à cidade. Ela ia trabalhar como empregada numa casa de família. No dia seguinte, arrastou sozinha as sacas de sal acondicionadas nos cantos da casa e as espalhou pela terra sem nenhuma culpa, enquanto sua garganta se fechava com o esforço feito, quase sufocando-a. Arrastava (e o ato exigia uma força descomunal), esbarrava nas rochas, nos declives do terreno, retirava as estacas de madeira abandonadas do chão, puxava pelas raízes as plantas de um milharal seco. O ritual durou muito tempo, e poderia contá-lo se o relógio da casa não estivesse parado. Depois abriu uma por uma, esvaziou-as, viu crescer uma montanha alva em meio aos caules e às folhas ressequidos da plantação deixados sobre o chão que amaldiçoava. Com uma pá, carregou porções, atirando-as contra o vento, o corpo se recobriu de suor e sal, até que não houvesse mais nenhum grão para lançar à terra. A cada pá se seguiam palavras de revolta, lançadas ao espaço, maldizendo a mãe, seus mais velhos, o fazendeiro que a acolheu para explorar seu trabalho, o homem que se deitou ao seu lado e lhe deu uma filha depois de ter tido tantos outros filhos, a filha que foi embora dizendo que voltaria sem nunca retornar. O rio inteiro que levou seus netos homens, o mesmo rio que lhe devolveu a menina, a que de nada serviria, a neta que enviaria para a cidade para tirá-la de seu horizonte, para ser salva da miséria destinada aos desterrados.

O curso d'água cada vez mais estreito se tornava uma grande e única margem quando se revelou seco. Carmelita não estaria sob a terra quando o rio corresse pela última vez.

O rio está se estreitando como minha garganta.

A frase ecoou muitas vezes na memória de Rita, depois de ter levado seus irmãos, e de Carmelita tê-lo amaldiçoado com toda a amargura capaz de verter no fim da vida.

O rio está se estreitando como minha garganta.

Rita a escutou pela primeira vez quando viu da porta de casa um fio de água brilhando como um cordão de prata onde antes corria um rio com peixes. Talvez não tenha dito dessa maneira. Talvez os sons tenham atravessado confusos uma atmosfera estranha. A neta escutou o vibrar do interior da velha em meio ao silêncio que recaía sobre todos como um manto. Ruídos emulavam as palavras e passaram a habitar o imaginário da menina. Carmelita já não se expressava mais como antes: murmurava um fiapo de voz inaudível.

A avó foi até o quintal e lançou no terreiro o cuscuz que não conseguia comer. As galinhas avançaram famintas para ciscar sobre o despejo. Da porta dos fundos, apertando os olhos contra o domínio da luz, a velha mirou uma fina faixa d'água.

Um rio definhando.

Quando caiu a última chuva, no começo daquele ano, Carmelita sentiu a ardência na garganta, que a incomodava de maneira insistente, ainda mais latejante. Dias depois, passou a sentir dificuldades para engolir. Era como se um caroço de manga estivesse parado no meio de seu esôfago e dali jamais fosse sair. A constatação não a abateu, ela se sentia resignada. Não recolheu dos campos folhas nem sementes para fazer uma poção para se curar. Não rezou para santos e encantados e nem mesmo pediu a Deus para lhe devolver a saúde. Ela estava disposta a se levantar mesmo sem conseguir comer. Carmelita abandonou os afazeres: não regou mais as plantas e os arbustos do terreno que circundava a casa; deixou a horta secar. Abandonou a roça com desgosto depois da tragédia com os netos. Deixou que as plantas e flores, crescidas no terreiro, virassem mato, e depois se esturricassem sem água.

Com a morte das flores e dos gêmeos, correu a história de que a casa estava habitada por fantasmas.

Rita Preta nunca tinha cogitado, durante todos esses anos, retornar àquela terra. Apesar de tê-la deixado ainda criança, pressentiu que a avó se aproximava da morte. Se conformou com os laços desfeitos. O lugar, mais cedo ou mais tarde, seria ocupado por novos moradores. Quando decidiu visitar a casa antiga, imaginou-a habitada por estranhos, com alguma marca do tempo despertando imagens distantes — uma mancha na parede, o galho retorcido de uma das árvores do terreiro. Se não estivesse habitada por estranhos, estaria abandonada, ocupada pela vegetação, por morcegos, por insetos, ou sem o telhado mal-ajambrado que lhe servia de cobertura. Então, ela atravessaria os cômodos controlando a emoção. Seria durante o dia, a luz tocaria seu corpo com intimidade, ela se emocionaria por ter vivido sob este mesmo céu. Contaria aos filhos o que viu, a memória a trairia, narraria acontecimentos que não tinham se sucedido daquela exata maneira. Mas ainda assim afirmaria que aquela era sua terra de origem — todos os que vivem nascem em algum pedaço de chão —, e esse chão existiu e persistiu no mundo para que todos pudessem saber. Mas o que contar se não havia casa, árvores, cercas, as marcas do tempo e de um tempo; se não havia rio e se o cheiro emanando das coisas nem de longe recordava o cheiro do curral, da capoeira desbastada, da terra revirada, da chuva, das pessoas vivas. Não existiam mais referências reais — além da suposição da maldição ou do sal que tornou uma fração daquele solo infértil — capazes de confirmar que havia vivido ali.

Rita não imaginava que encontraria coisas com nomes desconhecidos como semeadeira e colheitadeira substituindo a enxada e o arado; o rasteiro verde recobrindo uma vastidão de terra e outro tanto completamente desnudo. Considerava que no campo as coisas não mudavam na velocidade da cidade. Quando chegou a Salvador, o horizonte de muitos bairros não era ainda de grandes edifícios empilhados uns sobre os outros. A rede de supermercado tinha outro nome e o mar estava recuado, deixando a impressão de uma faixa de areia maior que a de hoje. Havia máquinas que moíam grãos de café na hora nas padarias para serem levados quentes para casa. Havia telefones públicos em cada esquina. Muitos rios não tinham sido canalizados e soterrados. Eram poluídos, é verdade, mas havia uma nesga de vida nas margens que resistia antes de tudo ser concretado. Por onde iria correr o metrô existiam canteiros verdes com árvores de muitas espécies e pequenas lagoas que desapareceriam. Havia áreas de mata e animais, como macacos e tamanduás, antes que fossem vendidas às grandes corporações imobiliárias, antes que os animais morressem atropelados nas vias da cidade. Tudo isso num período pequeno da história, entre sua infância-adolescência e a vida adulta.

Contudo, no campo o tempo parecia não correr da mesma maneira, as coisas quase não mudavam. Havia um sentido de permanência. Foi com surpresa que Rita percorreu a transformação, a devastação, o despovoado de pessoas, de mata, de animais. Não imaginou que encontraria cercas perfeitamente aprumadas, estacas e arames medidos com exatidão. Não imaginou que encontraria estruturas altas como os edifícios da cidade, feitas para guardar os grãos colhidos por grandes máquinas.

Foi assim que se descobriu vivendo uma contradição: do deslumbramento — repetido como eficiência, máquinas fazendo o trabalho pesado dos trabalhadores que deixavam sua vida na terra, riqueza para os de sempre, modernidade — e do estranhamento — o rio que não existe mais, a roça sem árvores, sem casas, sem gente, o verde e um grão para o qual sua avó não tinha receita. O solo exposto como a terra de uma cova recém-aberta.

Durante anos, Rita guardou a convicção de sua culpa lançada pela avó, que jamais a perdoaria por ter falhado nos cuidados com os irmãos. Carmelita guardou o luto, o ressentimento nos gestos, a face rígida — uma carranca funérea —, a ausência de palavras e afetos. Não se despediu de Rita quando a neta atravessou a porta com destino à cidade, sob os cuidados de Valdete, para viver na casa em que iria servir.

Porém, naquela noite, depois de retornar da visita à fazenda, depois de pisar outra vez no pedaço de terra envenenado pelo sal, envenenado pelo ódio de sua avó, imaginou outra razão para sua súbita partida: Carmelita sabia se aproximar do fim, e os que cobiçavam aquela terra esperavam por sua morte. Ela resistiu solitária mesmo quando os poucos vizinhos, remanescentes da fazenda, abandonaram suas ocupações, iludidos pelas ofertas de casebres na cidade. Antes de sua derradeira hora, deu um destino à neta, enviando-a para escapar da má sorte que insistia em rondar a família.

Rita sente vontade de perdoar Carmelita. Quer justificar a remissão olhando a vida da avó à luz de sua sorte. Talvez não tivesse lhe dado as costas por puro desprezo. É concebível que quisesse encorajá-la a partir. Para jamais passar por seus pensamentos que estava abandonando uma velha solitária, que definhava aos poucos. Para que não olhasse para trás, mas, se por acaso olhasse, não se demorasse a ponto de sentir saudade.

3

Então dirá aos filhos, naqueles dias de grande desconforto e para abrandar sua imensa dor, que a terra, os animais e as pessoas que estiveram à nossa volta revivem quando recontamos suas histórias. Não diz exatamente assim porque se envergonha de demonstrar sentimentos, de repetir as palavras belas, de exibir emoções que não condizem com a dureza do cotidiano de pessoas como ela. A vida lhe ensinara que se render aos sentimentos pode ser uma demonstração de fraqueza. Ainda assim, resolve contar a história da avó Carmelita, a bisavó que não conheceram, filha da mais velha Donana. Conta sua vida entremeada com os eventos conhecidos, com os que a própria avó narrava, com os que sua mãe repetia, versões distintas em alguns pontos, semelhantes em outros, mas que juntas se complementavam.

Rita se valia da imaginação para amalgamar as lacunas existentes.

Depois que fugiu de casa sem se despedir da mãe, prevendo a desgraça que esta causaria ao homem que tomou como companheiro, Carmelita peregrinou sem rumo sob a chuva por quase todo o tempo. Fazia alguns anos que o irmão Zeca deixara a Fazenda Caxangá em busca de trabalho e morada. Ele havia prometido voltar para levar a mãe e os irmãos quando tivesse se assentado num lugar e começasse o cultivo. Mas se passara algum tempo, e tudo que ocorrera nos últimos meses — o marido da mãe sobre seu corpo, a desordem em seu espírito — empurrou a jovem Carmelita para o mesmo destino.

Anos mais tarde, o irmão voltou ao ranchinho de onde saíra. Havia erguido uma casa de taipa em fazenda alheia, maior que a cabana dos primeiros anos. Zeca andava sozinho, não tinha se juntado à mulher, nem constituído família, coisa que só faria na maturidade. Quando retornou à Caxangá, Donana estava sozinha, seus filhos haviam seguido a trilha dos mais velhos e fizeram seu caminho pelo mundo. Zeca havia voltado para levar a família e encontrou a mãe abatida, sozinha, sem querer deixar a casa por acreditar que Carmelita pudesse algum dia voltar.

A jornada de Carmelita levou semanas e, durante esse tempo, conheceu o mundo que se revelava por horizontes novos. Vagou sem destino, por dias com e sem chuva, com choro, por noites e serenos e tempos correndo sem propósito. Até que um dia ela parou diante de uma porteira: terra de outrem, assim ela enxergava o mundo criado por Deus, dividido em frações de mundo para os eleitos e expectativas não concretizadas para os que Lhe serviam. Naquela fazenda, as pessoas trabalhavam num campo salpicado de algodão, e ela não conseguia imaginar o quanto tinha caminhado.

Carmelita andara como se o mundo não tivesse fim.

A dor era grande — uma dor sentida por Rita —, e ela precisou caminhar vastas distâncias para expurgá-la. Os pés criaram feridas e Carmelita comeu o que encontrava pelo caminho. Durante os dias, evitou pensar na violência que a levara a sair de casa, que a fez desejar desaparecer para sempre da memória da mãe. Evitou recordar essa dor até que se cristalizasse como uma rocha dura e impenetrável que habitava solitária o oco de seu espírito.

Da porteira, ela perguntou se precisavam de gente para roçar o campo, embora no fundo quisesse apenas dormir num lugar limpo e seguro, onde quiçá pudesse passar o futuro. Um capataz a recebeu na porteira, olhando-a dos pés à cabeça. Nova demais, talvez pensasse, mirrada, parecia ter saído há pouco da infância. Se perguntou de que serviria uma menina na propriedade, embora o campo precisasse de trabalhadores jovens e dispostos, que aguentassem o sol e a jornada prolongada da colheita. Perguntou se ela andava sozinha, de onde vinha e por que havia deixado a terra onde morava. Antes de concluir sua resposta, o homem ajeitou as calças e fez uma expressão de desdém. Preferiu negar o pedido e a mandou se retirar da propriedade. Sugeriu que seguisse o caminho pela estrada de chão. Se tivesse sorte, haveria alguém interessado mais à frente.

Uma camada de poeira se levantou com as folhas secas acumuladas, inertes, no chão, formando um pequeno redemoinho.

Mas Carmelita sentia fome e disse; a voz tinha o tom de um grito e a vergonha havia desaparecido. Durante muitos dias, ela acompanhou uma romaria às terras do Bom Jesus, sem nunca pôr os pés no destino. Se alimentou do parco alimento dos romeiros dividido enquanto andavam, ajoelhavam-se ou montavam em animais para a celebração. No momento em que afastava o que podia de seus pensamentos e se unia ao grupo a caminho da gruta da Lapa, ela comeu e afastou a penúria para conseguir chegar a algum lugar onde fosse possível sobreviver à morte com dignidade.

O capataz gostaria de ter sido mais ríspido, mas ouviu a palavra "fome" e era como se tivesse recebido uma determinação divina. Aquela mulher poderia ser um dos seus, da lonjura de onde ele tinha saído. Do mesmo jeito, ele ou qualquer outro poderia necessitar da boa vontade do semelhante para se alimentar. Não abriu a porteira, mas pediu para Carmelita atravessar a cerca entre os fios de arame farpado e se dirigir ao barracão onde os trabalhadores comiam suas boias frias. Estendeu-lhe uma vasilha com os restos da última refeição.

A mistura era insossa, sem sabor, velha e cheirava a azedo, mas foi comida com o desespero dos famintos.

Quando ela terminou a refeição, o capataz esperou que, por conta própria, ela se levantasse e se retirasse da fazenda e de seu campo de visão. Ela havia posto a maçaroca para dentro e parecia disposta a tentar de novo e de novo. Algo em seu íntimo indicava que ela poderia ter de caminhar léguas até chegar de novo a um lugar onde pudesse trabalhar e repousar. "Onde tem um rio para eu me banhar?" Não havia fontes de água fáceis fora das fazendas e chácaras por onde tinha passado. O capataz a mirou com um crescente incômodo, mas indicou com um gesto de cabeça a direção, enquanto dava ordens aos trabalhadores que carregavam fardos de algodão e os levavam ao barracão.

Ele a seguiu para vigiá-la, com receio de que ela se desgarrasse da paisagem e levasse algo da fazenda. Mas quando a viu se despir dos trapos para tomar banho, o desejo cresceu em seu peito e nas calças. Tinha mulher e filhos, mas um homem é também seu desejo, e não se desvia de uma jovenzinha que poderia estar fingindo um simples banho para envolvê-lo em sedução e conseguir ficar na fazenda. Primeiro, atrás de um arbusto na mata, ele a contemplou. Depois, continuou a olhar, se aproximando cada vez mais de sua carne.

Ela por sua vez mastigou seu medo junto com os restos da comida imunda entre os dentes, e os engoliu com a saliva de seus anseios e com a coragem da qual, já sabia, precisaria para viver. A princípio não imaginou o homem a seguindo, mas não estranhou ou esboçou pavor quando percebeu sua proximidade e seus olhos de cobiça. Havia três semanas caminhava sem rota depois de deixar a casa da família — sua mãe, o companheiro de sua mãe e seus irmãos —, tomada por medo, tentação e revolta. Medo do terceiro marido de sua mãe, o que iria se abrigar sob as abas do chapéu largo deixado pelo primeiro.

Esse homem, envelhecido pela miséria, viu a menina crescendo e reivindicou seu direito à satisfação e ao próprio desejo ao se deitar sobre seu corpo, sufocando qualquer fio de inocência que ela ainda conservava.

Ao deixar a casa, sabia que Donana o sangraria. Viu que ela carregava o punhal com cabo de marfim para a mata das bordas da fazenda. Carmelita se certificou de que a mãe havia retirado o objeto do buraco sob a cama e o levado consigo numa sacola de palha. Não tinha certeza sobre como Donana reagiria quando soubesse o que acontecia sob o teto que habitavam juntos, e por isso preferiu nada dizer. Não duvidava de que a mãe ficasse a seu lado, mas também não tinha certeza de que compreenderia seu silêncio e a falta de pedido de ajuda. Donana seguia mais os instintos do que a razão.

Carmelita viu a morte nos olhos do companheiro da mãe, e aquele vislumbre dizia mais sobre sua própria vida do que sobre a dele. Mas antes que a mãe retornasse, tendo ou não realizado o malfeito, ela partiria. Renasceria em outro lugar, não voltaria a casa, embora acordasse depois de qualquer cochilo estrangulando o mistério da nostalgia de um tempo que não mais retornaria.

O homem que a recebeu já não disfarçava. Enquanto Carmelita vestia os trapos sujos, agradeceu o banho. Depois, constatou que lhe restavam duas possibilidades para ter um destino: retomar seu caminho em busca de morada ou negociar com os responsáveis pelo pedaço de chão hostil à sua volta uma maneira de sobreviver.

Quando o capataz perguntou sua graça, ela recordou do nome pelo qual o homem rude da mãe, que a cobria como um animal, a chamava. “Lita”, disse. “Obrigado, senhor. Agora vou seguir meu rumo porque logo mais escurece.”

"Espere um pouco", ele disse. De cócoras, ele revirava a haste do capim na boca, onde faltavam alguns dentes. O capataz se postou de pé e voltou para a trilha que os levaria ao barracão da fazenda. Carmelita nada disse enquanto o seguia, apenas segurava contra o peito a pequena trouxa de roupa. Suspirou em algum momento ao olhar para a nuca do homem, sentindo-se indiferente ao tratamento que recebia.

4

Visitar outra vez a terra que acolheu os restos de seu nascimento, de sua mãe e de seus irmãos — cordões umbilicais e placentas enterrados no quintal —, a terra que os sustentou com grãos e raízes e frutos, onde correram libertos, retiraram o barro para fazer os tijolos de adobe, a terra que recobriu os mortos e devorou os anos dos que se curvaram em labor, onde também correu o rio lavando e fecundando o solo, que deu o alimento, mas também levou vidas, despertou em Rita a vontade de se inteirar sobre os últimos dias de sua avó Carmelita. Queria saber se esteve sozinha, se sonhava com os que partiram, se conseguiu ficar de pé até a hora derradeira. Queria saber quem havia se ocupado de enterrá-la na fazenda ou na cidade, e o destino das agulhas e dos retalhos guardados com cuidado.

Na fazenda não soube de quase nada, como se as máquinas pesadas tivessem esmigalhado todas as referências para desfazê-las em poeira coberta de verde e umidade. Mas foi o técnico da plantação que contou do núcleo de casas na cidade que abrigavam os antigos moradores oriundos da fazenda, depois de terem negociado suas posses. Então, Rita deixa a hospedaria e se desloca de mototáxi para uma vila, cercada de arame e muitas árvores fícus-benjamim de baixa estatura crescendo nas calçadas e sombreando as fachadas.

Pergunta a um homem, que cortava a unha do pé com um facão de desbastar mata, se ele conhece alguém que porventura tivesse morado na fazenda. Qual fazenda? Onde cultivam soja. São tantas as que cultivam soja. O homem ri daquela mulher surgida do nada feito uma assombração, perguntando sobre um tempo que ninguém tem interesse em se lembrar. Depois ele aponta para uma casa no fim da rua. Rita segue em frente, com a mão direita protegendo os olhos da luz do sol.

Dona Marcelina — seria essa a mulher que incendiou as próprias mãos num ato de desespero? Os mais velhos contavam às crianças da autoimolação para servir de exemplo dos perigos do fogo. Uns diziam que as queimaduras foram intencionais para impedir o marido de ir embora de casa com outra mulher. Outros nunca confirmaram, dizendo que era coisa de espírito, a mulher teria sofrido um acesso de loucura. Rita pergunta por Marcelina a uma mulher que varre a porta com uma vassoura de palha. A mulher se mostra surpresa, quer saber se é alguém do posto de saúde. Rita diz que não, que ela é neta de uma antiga vizinha da fazenda do Outeiro Velho, que agora tem outro nome.

Marcelina tem noventa e sete anos, a mulher conta, é sua avó e não se levanta mais da cama, dorme feito um recém-nascido. A mulher diz que não se lembra da tal Carmelita. Não nasceu na fazenda, desde sempre viveu naquela vila. Rita pergunta se elas moram sozinhas. A mulher parece desconfiada, mas conta que vive com a avó, o marido e os filhos.

Rita Preta explica que quer encontrar alguém conhecido de Carmelita, alguém para lhe relatar o fim de sua vida. A avó fora a última remanescente da ocupação da fazenda depois de sua venda. Não existiam mais parentes vivos, ela foi a última descendente a deixar a casa para trabalhar na cidade. Sabe que a avó está morta, mas precisa ouvir sobre o que lhe aconteceu. Ela não diz, mas o sumiço do filho reverbera nos desaparecidos de outros tempos. Sua avó se tornara uma ausência. Talvez conhecer seu destino trouxesse o alento de que tanto necessitava.

A mulher olha para Rita e fala sobre as duas tias, filhas de dona Marcelina, que moram na cidade. Talvez elas saibam, repete, porque nasceram e se criaram na tal fazenda. Contam histórias desse tempo, falam dos vizinhos. O nome Carmelita, ou Lita, continua a lhe parecer estranho, mas quem sabe as tias tivessem alguma informação a respeito.

Ela retira o celular do bolso da bermuda e procura pelo número de telefone enquanto convida Rita a entrar para se abrigar do sol. Pergunta se ela quer um copo de água, e antes que lhe responda, segue para a cozinha. Sentada no pequeno sofá, Rita antevê sobre uma cama pequena, no cômodo à sua frente, uma pessoa com os joelhos flexionados por imposição de um corpo débil se despedindo.

É minha avó, a mulher diz enquanto entrega o copo d'água. Convida Rita para a porta do quarto. Pergunta se ela se lembra da vizinha.

Pelo nome não, confessa, mas examina com atenção a velha que veste uma fralda e uma camiseta antiga, limpa e emanando o cheiro de roupa recém-lavada e passada a ferro. Rita pergunta se ela cuida da avó sozinha. Sim, a mulher diz, mudei para cá com meu marido e filhos há alguns anos. Suas tias estão idosas, sua própria mãe já não vivia entre eles, sendo ela a neta necessitada de uma casa, e por isso passou a morar com a avó. É minha "filhinha", diz, enquanto muda a velha de posição na cama para evitar as feridas decorrentes da pressão do corpo contra o colchão. Rita tenta trazer à luz alguma memória daquele fiapo de vida. Tudo o que via agora era o corpo inerte se desfazendo, ossos proeminentes, a pele fina como papel de seda. O cabelo branco, ralo e longo recobre os ombros feito um véu. Olhos abertos, pálpebras caídas, as íris tomadas por catarata, mas um olhar vivo que busca o infinito além do telhado.

Mas não se recorda.

O celular toca. É uma das primas da mulher, que logo passa para a mãe. Bênção, minha tia, ela inicia, e então diz: tenho visita em casa, a neta de Carmelita. Algo desagradável parece soar do outro lado da linha, porque a expressão cordial da mulher se extingue. Ela quer encontrar alguém que tenha conhecido a avó, a mulher repete, e de novo se cala. Desliga.

Ela está com a memória ruim, diz. Não se lembra.

Será que sua outra tia não sabe?, Rita pergunta.

Tia Jesus é mais velha que tia Candinha. Se alguém tivesse que lembrar, seria tia Candinha.

Nem uma das suas irmãs mais velhas?

A mulher telefona para a irmã mais velha. Conta que não é nada grave, a avó continua viva. Tem visita em casa. Alguém que viveu na fazenda. Quer saber se a irmã se lembra de dona Carmelita.

A que tinha os netos que se afogaram?, ela transmite a pergunta para Rita, esperando a confirmação. Conhece. Que destino teve a velha? Morreu. Enterrada na fazenda ou na cidade? Não sei, mas foi alguém da família que cuidou dela no fim da vida.

Quem da família poderia ter cuidado de Carmelita, se a última parente a deixar a casa tinha sido Rita? Os irmãos morreram na cabeça-d'água, e a mãe, Mazé, tinha viajado para a cidade anos antes, da mesma maneira que a filha partiria depois, para trabalhar em casa de família. Quase trinta anos se passaram e ela jamais teve notícias da mãe. Não acreditava que pudesse estar viva sem que nunca tivesse procurado por ela e pelos irmãos.

Rita relata o encontro a Cainho. Ele aproveita a receptividade da mãe às suas perguntas para saber mais sobre o passado da família. Ela vê que ele se interessa e quer entender o motivo.

Volta, porém, à pergunta mais importante: Onde está seu primogênito? Se desinteressa em dar mais detalhes a Cainho. Encontraria a outra neta de dona Marcelina numa cidade da região. Quando viajou com os filhos, o advogado pediu discrição. Era preciso se preservar e evitar dizer quem era e o que fazia, não revelar onde estava abrigada. No começo, Rita seguiu as recomendações, mas com o tempo foi tomada pela mesma inquietação. Desejava ter notícias das investigações, e as novidades não vinham na mesma velocidade de seus anseios. Junto à sua ansiedade estava a consciência de que se encontrava muito perto da fazenda onde viveu, onde quase morreu, onde havia deixado uma avó que gostaria de poder perdoar. Rita Preta não viajou com qualquer expectativa de retornar ao passado ou curiosa pelo que teria ocorrido depois de sua partida, mas se viu arrastada pela vontade de saber sobre os últimos dias de Carmelita, por quem nutria sentimentos tão contraditórios.

Duas mulheres, nascidas em tempos e paisagens distintos. Compartilhavam laços de parentesco e o sofrimento causado pelo desaparecimento de sua descendência. Essa ausência era um espinho cravado na carne, a memória ressonando como os sons se tornam ecos numa gruta ou num poço abandonado. Três mulheres, se recuasse no tempo e encontrasse a bisavó que não conheceu. E antes, muito antes, quantas caminharam sobre a terra e conheceram o mistério dos que se foram, e prantearam seus pais, filhos e maridos?

Rita Preta atravessou a porta segurando sua trouxa de roupa. Valdete à frente, passos apressados encenando que precisavam ser rápidas para não perderem a condução. A menina hesitou, mas desistiu de olhar para trás e acenar ou mirar sua avó mais uma vez. Sentiu receio de não encontrá-la à porta esperando a silhueta da neta se dissipar em meio à luz, enquanto fazia uma prece de proteção. Temeu não ser correspondida. Então não pôde saber se Carmelita se aproximou para vê-la partir ou se se recolheu na escuridão da casa fechada. Havia se arrependido de ter entregado a neta para servir numa casa na capital? Ou a entregou, justamente, porque percebia a morte próxima, por não poder contar com ninguém para cuidar da criança e porque fizeram promessas que ela própria não poderia oferecer?

Na fazenda não havia terra, tampouco futuro.

Mas que parente teria cuidado da avó? Se fosse a filha, Mazé, não deveria ter procurado por sua filha Rita na cidade? Se a avó não tinha o endereço, o que era provável, poderia procurar pela família de Valdete, para conseguir informações sobre seu destino.

Perguntas que fazem Rita querer voltar à cidade.

5

A outra neta de Marcelina conta a Rita o que ouviu da avó. Segundo ela, era o mesmo que diziam os mais antigos, conhecidos da velha Carmelita: a filha tinha voltado, encontrando-a doente. Não restava mais ninguém na fazenda. Ela era a única que não cedeu às pressões para deixar a terra. Não aceitou desocupar seu lote e morar na vila de casinhas. Ficou por lá, mesmo depois da morte dos netos, mesmo depois de ter ficado sozinha, mesmo com o rio secando e a garganta se fechando. Quando percebeu que não tinha mais muito tempo, salgou a terra para se vingar dos herdeiros da fazenda, os mesmos que tentavam vendê-la.

A mulher diz que se lembra de Rita menina. Pergunta sua idade, diz que é um pouco mais velha.

Rita se esforça. Repete algumas vezes que, sim, recorda, mas a verdade é que não se lembra nem dos nomes nem dos traços das pessoas que encontrou nos últimos dias. Mesmo a avó, com quem conviveu durante a infância, era um rosto indistinto no meio de todos. Lembra das sacas de sal escoradas nas paredes rachadas da casa, dos irmãos levados pela correnteza — e mesmo essa imagem permanece etérea como a de um sonho —, das árvores, da cor da terra, das cercas, mas não das pessoas nem das histórias — a única que sabe com detalhes é a da bisavó Donana à procura do filho.

Rita quer saber se a mãe ficou por muito tempo. Qual foi a reação quando soube dos filhos mortos.

A mulher não conhece toda a história; afinal, faz muitos anos. O que sabe é que Mazé cuidou de Carmelita na mesma casa. Deve ter cuidado do enterro, diz, e depois foi embora de novo, sem deixar rastro.

É a primeira vez em anos que Rita Preta ouve alguém falar sobre a mãe. A memória evoca o olhar inocente da menina e de seus irmãos. Eles não sabiam para onde ela iria. Um dos gêmeos pediu para ir junto, e Mazé prometeu que não ia demorar. Voltaria e levaria todos para esse grande passeio. A lembrança é de um mal-estar entre Carmelita e Mazé, mas a segunda deixou a casa sem expor suas emoções. Meses antes, Mazé travara uma disputa com a mãe: disse que levaria a menina para o tal emprego, e a mãe reagiu, disse não, e numa discussão, agarrou a criança por um braço; a filha a segurou pelo outro — foi disputada como se estivesse num cabo de guerra. A menina riu da briga. Nenhuma das duas levou a melhor, e Mazé viajou sem Rita.

No entanto, a mulher diz que não sabe de muita coisa, afinal era muito jovem. Sua tia sabe mais.

Rita conta que a irmã telefonou para ela quando esteve na vila de casinhas. A tia havia relatado que não conhecia Carmelita.

Ela sabe, a mulher contesta. A tia é geniosa, diz. Está velha, é verdade, mas tem uma memória de elefante.

Então, por que não ela quis falar sobre Carmelita?, Rita Preta pergunta.

Nunca foram comadres. Na verdade, se odiavam. Marcelina e as filhas precisaram tomar as dores de dona América, a mulher do fazendeiro. Não aceitaram a traição de Carmelita à patroa.

Rita desconhece a história e por um momento parece confusa, não quer saber de mais nada. Perde o interesse de se aprofundar nos assuntos da avó. Quer ter mais notícias da mãe, ainda assim pergunta o que a avó fez.

Antes de tia Candinha trabalhar como empregada da fazenda, quem fazia o trabalho era Carmelita. Até que ela engravidou do fazendeiro e a mulher descobriu. Por isso a loucura da velha no fim da vida. Dizia que a família tinha feito feitiço para a filha ir embora, para os netos morrerem afogados. Salgou a terra porque os herdeiros se recusaram a cumprir o acordo do pai com Carmelita. Uma promessa de muitos anos feita pelo proprietário à ex-empregada, feita pelo suposto pai à filha. Mazé não seria registrada em cartório com o nome da família, mas conheceu o dono da fazenda como seu padrinho.

A mulher não tinha certeza, mas corria o boato de que Carmelita havia mandado Rita embora por medo de que lhe acontecesse algo ruim.

Rita se mostra atordoada com a revelação e pergunta se ela se lembra do nome do fazendeiro.

Rita Preta retorna para a hospedagem. Dessa vez não relata o que ouviu ao filho do meio. Admite que todos já têm problemas demais. Quer esquecer o que escutou e continua sem notícias do paradeiro da mãe. Não vai procurá-la, decide; se Mazé ainda está viva, a verdade é que nunca a havia procurado. No mínimo não fez esforço algum para encontrá-la. Não merece seus pensamentos.

Nada do que ouviu importa, a não ser a constante sensação de estranhamento de todos os dias; cada despertar é seguido da incapacidade de identificar onde se encontra, de dizer em qual tempo, e às vezes em que vida. Já não sabe quantos dias se passaram e vê o desespero crescer, uma tromba-d'água, quando atravessada pelo sentimento de que não voltará a ver Cid.

Durante o restante daquela temporada, ela não sai de casa a maior parte dos dias, e, depois das últimas incursões pela região — a visita à plantação e a procura de informações sobre a avó e a mãe —, permite que o silêncio ocupe seu espaço e tempo enquanto reflete sobre a própria vida.

Quando está esgotada de pensar no filho, sua cabeça é atravessada pelas histórias que ouviu nos últimos dias, embora insista que aquela viagem não tinha como objetivo esquadrinhar o passado. Porém, a teimosia de retornar àquele lugar indicava a esperança de resgatar frações da memória de seus primeiros anos, nas entrelinhas, nesse instante em que parte de sua vida desaparecia. E quando surgiu a oportunidade, Rita viajou às origens para tentar reunir os fios de sua trama. Passou a vida com a certeza de que a avó havia morrido solitária. Durante um longo período esteve indiferente àquela imagem — talvez por mágoa —, mas quando se tornou mãe e acumulou experiência, tentou compreender seu envio para a cidade de uma forma menos passional. Carmelita não morreu sozinha, agora ela sabe, estava acompanhada de Mazé.

A mãe deixara os filhos para servir como empregada anos antes. Valdete atraía conterrâneas para trabalhar nas casas de família, mas Mazé havia estabelecido outros contatos sem sua intermediação. Diante da falta de perspectiva, muitas adolescentes e jovens mulheres deixavam o campo para servir em lares e comércios da cidade. Rita conheceu algumas moças que eram recrutadas logo depois da puberdade para cuidar de crianças, cozinhar, fazer a limpeza pesada do nascer até muito além do pôr do sol. Dormiam em quartos minúsculos contíguos à cozinha, sem janelas e qualquer ventilação. Esperava-se que executassem as tarefas domésticas, fizessem as compras, lavassem e passassem toda a roupa da família. Esperava-se ainda mais, que acordassem para fazer chá no meio da noite e fizessem toda atividade considerada indigna. Alguns homens da casa esperavam que se deitassem com eles na ausência de suas mulheres ou que participassem da iniciação sexual dos rapazes da família. Rita ouviu muitas histórias, ela própria tinha as suas. Se a mãe foi trabalhar em casa de família, havia passado por momentos difíceis. O que não entende é a ausência de notícia, um telefonema para o armazém de gêneros da cidadezinha — o mesmo onde a avó comprava todos os meses as sacas de sal —, e o recado viajaria no bolso da camisa de um portador montado em lombo de animal.

Quando os gêmeos foram levados pela correnteza, não sabiam como fazer chegar a Mazé o acontecido. Então a velha decidiu enviar a menina para a cidade — para puni-la, por loucura ou para salvá-la da má sorte —, mas não se preocuparam mais em saber se a mãe estaria ou não de acordo.

Viviam como se Mazé não fizesse mais parte da família.

A ansiedade de Rita Preta se intensifica. Ela envia mensagens de texto todos os dias para o advogado que acompanha o caso. Se não obtém resposta, telefona. Não há novidades, mas ele garante que segue atento. Rita não fica satisfeita, está perturbada, prestes a entrar em colapso. Pede para voltar. Como mãe, precisa pressionar as autoridades policiais. Pergunta se Vera prestou depoimento. Ele parece desconversar, e ela está aflita e não insiste. Evita elaborar perguntas para o advogado, se a polícia tem esperança de encontrar o filho vivo. Ela também não se questiona sobre o amanhã para não sucumbir e enlouquecer. Fala outra vez em voltar, mas o advogado a desaconselha, pontuando a seriedade das ameaças recebidas. Ela diz que viveu com medo de ter como vizinhança o tráfico, o medo da brutalidade das incursões policiais no bairro. Aquele medo a sufocava, e pouco adiantou para proteger o filho do pior. Além do mais, os meninos precisam voltar à escola, o fim do ano letivo se aproxima, outro se iniciará em poucos meses. Deseja um destino diferente para eles. Duda pede para ela dar tempo ao tempo.

Desliga o telefone.

Rita decide voltar a Salvador.

Depois, adormece. Tem um pesadelo. Ela está na cidade carregando vários sacos de lixo. Caminha pelas ruas do bairro, sozinha, e parece se esforçar para não ser reconhecida. À medida que encontra caixas coletoras com plantas mortas, entulho, restos de construção, colchões velhos, ela deixa um dos sacos. Apressa os passos e mais adiante vê outro contêiner de lixo, deixa mais outro. Quando percebe que resta apenas um, resolve abrir para conferir seu interior. Vê uma cabeça humana. Ela descarta o último saco numa ribanceira que vai dar no rio do bairro. Rita tem a impressão de que é seguida por alguém, volta para a casa alugada da vila. Tranca o portão, depois a porta. Liga a televisão e espera. Quer saber se noticiarão o crime: o desparecimento de um homem e o encontro dos restos mortais nas lixeiras da cidade. Ouve uma voz chamar por seu nome do lado de fora.

Desperta. É o celular tocando. Na tela, o nome do advogado. Devem ser notícias do caso. O coração dispara.

Fátima tinha sido presa.

Terra-sudário

I

Antes de entrar na sala para a revista íntima no conjunto penal feminino, o incômodo habitual — a corrente elétrica que se expande até o couro cabeludo — percorre o corpo de Rita Preta. Ela reflete que já viveu muitas experiências, mas nenhuma a deixou com esse desconforto, dividida entre a vergonha e o medo. A cada pessoa que entra na sala, ela observa a fila de espera avançar mais um pouco. Perceber que se aproxima sua vez a deixa exposta e vulnerável ao desconhecido.

Uma agente dá ordem para que ela siga até a sala. Despe-se. As paredes estão descascadas, manchadas, há poucos objetos no ambiente. Rita entregou os documentos na entrada, naquele dia não tem nada nas mãos porque não sabe exatamente o que pode ou não levar. Nunca passou por sua cabeça entrar num presídio, nem mesmo quando notava a violência se expandir pelas ruas dos bairros nos quais morou. Agora, ela é vigiada pelas mulheres que fazem a revista, embora não se detenham sobre o corpo das visitantes. Rita deseja manter os braços alinhados ao longo do corpo, mas a vergonha a faz cobrir a vagina, enquanto os seios pendem livres e sem sustentação.

A ansiedade do instante traz à sua mente os contornos íntimos de sua mãe e de sua avó observados com contida curiosidade em momentos distintos de sua infância. Depois vem à lembrança os corpos de muitas mulheres: a troca de roupa da patroa, com quem residiu nos primeiros anos na capital; as grávidas em trabalho de parto durante o nascimento dos três filhos em hospitais; as colegas de trabalho no vestiário do supermercado; as moradoras de rua tomadas pela loucura do desamparo. As andarilhas da cidade eram as que mais a tocavam: sujas, maltrapilhas, os cabelos crescendo livres. Elas recordavam as narrativas de Carmelita sobre os lunáticos procurando pela ajuda dos sacerdotes de jarê em sua terra natal. Era assim que chegavam às casas de curadores, clamando para serem ouvidas, com sua fera interior completamente desperta. Riam, gritavam, choravam, uivavam feito um animal. Ouvir sobre a sina dos que endoideciam, os encantos e desencantos, a fez temer adoecer de loucura, ser possuída pelos espíritos perturbados. Qualquer pensamento que atravessasse seu caminho, na velocidade de um disparate sem sentido, a assombrava com o pânico de terminar seus dias sem reconhecer a si mesma — nem ao mundo. Agora essa sala a asfixia, e ela imagina que não poderá transpor os limites do conjunto penal tão cedo, talvez nunca mais, sentenciada pelos que estavam lá fora a ficar confinada entre paredes e grades. De repente, pensa que talvez esta seja a loucura a temer: não poder caminhar livre, viver como uma nômade, a alma confinada entre muros.

Ela estende os braços, afasta as pernas. O calor e o nervosismo lhe umedecem a pélvis e as mãos. Um espelho é posicionado para inspecionar suas cavidades íntimas. Rita Preta se agacha quando pedem, a vergonha aperta, entrevê a insanidade se apossando de sua mente. Passa por seus pensamentos o medo de soltar um peido ou de urina escorrer por entre as pernas. Ela se ergue, revistam seu cabelo, tocam em seu corpo até se sentir devassada. Se soubesse, não teria passado creme para pentear, se envergonha de lambuzar a mão da agente, embora ela esteja usando luvas próprias para inspeção. É diferente de quando os homens a tocam com seu consentimento, mesmo que de vez em quando ultrapassem os limites estabelecidos.

Ali, cada toque se assemelha a um golpe, um tapa diante dos olhos de todos. Ela recebe suas roupas, se veste na frente das mulheres, vê a fila avançar outra vez. Segue para um grande portão de ferro enquanto tenta dar um jeito no cabelo desarrumado. Não tem a vaidade de antes, mas a dignidade de parecer limpa e sã se impõe. Chega a um pátio descoberto, a luz do sol incide diferente na construção. Vê mulheres de todas as idades vestidas com o uniforme laranja, algumas conversam com entusiasmo, outras permanecem solitárias. São sobretudo mulheres como ela, com origens semelhantes, morando nas franjas dos bairros nobres, nos limites da cidade ou nas encostas desprezadas pelas construtoras. Poderiam ser de sua família, embora não concorde com a generalização. Rita caminha à procura. Dá uma volta no pátio e a agitação a desorienta em sua busca.

Tocam em seu ombro. Ela se vira.

Fátima está abatida. Os olhos vermelhos, o rosto aparentando profundo cansaço. Elas se abraçam.

Rita está decidida a não perguntar o que aconteceu. Decidiu também não aconselhar. Não fará nenhum juízo moral, apenas corresponderá ao que for requerido por sua comadre. Por isso começa a falar da temporada no campo, do que encontrou na fazenda onde havia nascido e das histórias desconhecidas sobre a avó e a mãe. Fátima a escuta de pé e de repente a leva para o lado, para poderem se sentar em cadeiras de plástico recém-desocupadas.

"Te maltrataram antes de entrar?"

"Não. Tudo normal. Temos que tirar a roupa. Mas nessa idade nem sentimos mais vergonha." Rita mente.

"Eu continuo sentindo. Aqui tem muita mulher sapatão querendo ousadia. Mas elas se assanham mais com as mocinhas."

"Mas mexem com você?"

"Comigo mesma, não. Sou mais velha, mãe de dois adultos."

"Os meninos vieram te ver?" Rita Preta quebra a promessa de não perguntar. Tenta emendar outra pergunta, mas é tarde.

"Só Ronaldo. Leriane está com raiva de mim."

Rita Preta sabe por que Fátima está ali. Ela não se pergunta se seria capaz de fazer o mesmo, mas quando olha para o que lhe aconteceu nos últimos meses e considera os desafios enfrentados, não duvida de que também seria capaz. Fátima começa a chorar, Rita segura suas mãos com firmeza. Se emociona com o desabafo sem palavras que corre livre diante de seus olhos. Conhece-a há tantos anos, sabe de suas preocupações para criar os filhos como mãe solteira. Se ao menos Fátima tivesse contado de sua revolta e de seus planos, ela a teria desencorajado. A violência tinha devastado a vida de Rita, não conseguia pensar em mais nada que não fosse escapar com sua família do turbilhão de pavor em que imergiram. Talvez por vivenciar com Rita sua aflição de mãe à procura do filho desaparecido, Fátima não compartilhou suas adversidades como fez em outras vezes. Embora o mais comum fosse falar somente depois de ter resolvido. Tinha uma vida agitada, trabalhava sem descanso, estava acostumada a resolver parte de seus problemas em silêncio.

Elas pensam no tempo. Fátima se sente melhor para contar sua versão.

Demitida, ela se viu angustiada para cumprir seus compromissos. Contava com o que tinha a receber da rescisão de seu contrato de trabalho. Uma, duas, três vezes telefonou para a patroa para saber quando receberia o devido e se teria de volta sua carteira de trabalho assinada. Enquanto aguardava uma resposta definitiva, saía em busca de emprego. Mas sua vontade mesmo, confessou, era poder ficar em casa por alguns meses e descansar dos anos de exploração. "Hoje em dia não é assim com todas", ela pondera, "mas tem muita gente ruim tratando empregada como escrava." Fátima não se sentia como uma escrava, mesmo quando a filha dizia que a exploração era a mesma. Contestava dizendo que seu trabalho era remunerado, muito mal, concordava, mas recebia pelo que fazia, mesmo com os atrasos recorrentes; as cativas não voltavam para casa para cuidar dos filhos, eram castigadas caso não cumprissem o determinado; pior, não tinham uma casa, e ela tinha um lar alugado. Foi por causa desse lar, de seu teto e o de seus filhos, que Fátima resolveu agir depois de saber que, passados vinte anos, sua carteira de trabalho não tinha nenhum registro. Quantas vezes havia pedido pelo documento? Em todas elas ouviu desculpas para continuar com a carteira de trabalho retida.

Quando entendeu que continuava sem registro, Fátima estava em pé na porta de serviço enquanto sua ex-patroa falava num tom acusador, querendo lançar a culpa sobre a falta de registro sobre ela. "Vinte anos", Fátima pensou enquanto a mulher falava, "e eu achando que me aposentaria daqui a dez anos." A bile deixou um gosto ruim em sua boca, as pernas começaram a tremer, e ela interrompeu a mulher para pedir um copo d'água. Vinte anos. E agora? Se encontrasse um novo emprego, precisaria trabalhar os mesmos vinte anos outra vez, além dos anos faltantes, para poder se aposentar? Ocorreu-lhe que talvez não estivesse mais viva para usufruir do dinheiro que receberia se não a tivessem enganado.

Fátima andava com o aviso de despejo de sua casa. Perguntou à patroa o que ela faria para pagar o devido, não poderia mais esperar. Sobre a mesa da cozinha, restos do café da manhã: um pote de manteiga, queijo, baguete da padaria da esquina, que tinha inaugurado fazia poucos meses. Havia também uma tigela de frutas apodrecendo e xícaras de café sujas. Fátima sente o gosto do pão dormido com café preto tomado pela manhã. Não tem certeza se poderá tomar café dali a dois dias. A mulher pede que lhe telefone na próxima semana, promete pagar o calculado. Como havia prometido todas as outras vezes.

Fátima sente vertigem, prefere não usar o elevador, está tomada pela náusea. Procura um lugar para se sentar. Abre a porta corta-fogo da escada de serviço. Não consegue parar de pensar no que fará. Cogita retornar enquanto a mulher está em casa, para se humilhar por uma cesta básica. Desiste. Até aquele instante não havia pedido por nada que não fosse seu por direito. Não se rebaixaria, ainda mais por uma cesta de alimentos. Sente vontade de invadir a casa e surrar a mulher. Viu sobre a bancada uma faca comprada na última viagem para o exterior. Poderia usá-la para assustar a ex-patroa, fingir-se de doida e acelerar o pagamento de indenização rescisória. Deixaria a raiva devolver todos os maus-tratos, os acordos não cumpridos, as humilhações sofridas. No dia em que foi demitida, desfiaram um rol de reclamações, dentre elas que Fátima não cumpria as tarefas por estar mais lenta, e a lentidão era resultado direto da obesidade. Ela ouviu perplexa, sem saber como responder.

"Miserável", Rita se revolta, "sei bem como essa gente é. Já te contei as poucas e boas que passei naquele inferno quando cheguei a Salvador."

Fátima não sabia se havia adormecido num canto escuro da escada pelo cansaço ou se tinha desmaiado de fraqueza por estar se alimentando mal. Quando despertou, sua cabeça estava encostada na parede. Procurou pelo celular para saber a hora. Telefonou para a patroa, mas ela não atendia. Então ligou para o telefone da casa. Sem sucesso. Resolveu voltar. Tudo em silêncio. Precisava voltar para falar de suas necessidades. Começou a procurar algo na bolsa até encontrar uma chave perdida. Não se tratava da chave usada para entrar no apartamento todos os dias, sem incomodar os patrões, essa já havia sido retirada de Fátima. Era outra cópia, que Fátima não se lembrava de ter.

Com a casa livre, não houve tempo para sopesar o que fazer. Precisava agir e garantir sua reparação.

2

Rita Preta não nota, mas o vapor da atmosfera se condensa ao encontrá-la. De seu rosto escorrem linhas de suor. Debaixo dos braços e dos seios se forma uma mancha de umidade. Sente um aperto grande ao deixar o conjunto penal sem saber quando Fátima poderá fazer o mesmo, transpor a guarita e encontrar a rua e a liberdade. O advogado que acompanha Rita não pôde aceitar o caso, mas usou sua rede de conhecidos para encontrar um profissional para ajudá-la.

Quando se despediu, prometeu retornar na semana seguinte. Listou mentalmente as coisas que precisava fazer. Não poderia voltar à vila em razão da própria segurança, mas procuraria pelos filhos da comadre para dar notícias. Se pergunta quem Leriane pensa que é. "Só porque faz um curso superior se acha melhor que a mãe? Não é certo, não é justo." Filhos, filhos, para logo depois sentir um peso grande nos ombros e uma sonolência que custariam a passar.

Não retorna na semana seguinte como prometido, nem nas subsequentes. Sente-se doente e acumula sintomas difusos que não lhe permitem imaginar o que possa ser. Fica febril a maior parte do tempo, além de perder o apetite. Os braços coçam na região anterior ao cotovelo, a ponto de sentir vontade de arrancar a pele. Não há nada visível para justificar a manifestação. É tomada por episódios de sono profundo a qualquer hora do dia. A indisposição é a regra, e dificulta a movimentação para cuidar do quarto e sala onde passou a dormir com os filhos desde o regresso da família à capital.

Rita sente uma vontade de chorar desmedida, embora não consiga. Ela pensa em Jorge. Os dois se falaram exatas quatro vezes desde que ela precisou deixar a vila, mas faz mais de dois meses que não recebe um telefonema dele. "Não era para ser", diz a si mesma. O desaparecimento do filho eclipsou a ausência do amante. O vazio cresce e Rita terá medo de morrer quando a debilidade for mais constante. Cainho e Juca se revezam na cozinha improvisada preparando refeições simples, precisam exercer a função dos adultos para fazê-la se alimentar. Quando eles se aproximam com o prato de legumes, ovos e arroz, Rita se vê tomada por ternura, quer aproveitar o tempo, ainda que doente, ao lado dos filhos. Passa por sua cabeça a ideia de que está acometida por uma doença fatal. Se é como crê, em breve seus filhos estarão desamparados. A essa altura, começa a apresentar sensibilidade à luz, sentindo-se mais confortável na escuridão.

Os filhos se revezam em vigília. Cada dia um dos dois dorme a seu lado para deixá-la hidratada, aferir se tem febre e administrar o antipirético.

"Meu Deus", ela chega a dizer, "nunca imaginei que me sentiria tão doente." É inevitável se perguntar, todas as vezes que observa os filhos se alternando em cuidados, como seria se Cid estivesse reunido à família naquele cubículo. Estaria a seu lado ou seria indiferente? Como saber, se o levaram para longe e Rita ainda não pôde alcançá-lo?

Diante da crescente indisposição, recebe a visita do advogado. Duda se preocupa com o estado da cliente, telefona para conhecidos. Propõe levá-la a um médico para que ele avalie seu estado de saúde e prescreva o tratamento adequado.

É na anamnese que Rita relata os sintomas, responde às perguntas, mas não consegue exprimir tudo. Onde havia luz, agora há cegueira. Onde havia calor, impera o frio. Onde havia amor, reina a ausência. Há um vazio indizível em seu ser, começa no ponto de partida de sua dor. Seu coração está fatigado, engasgado — a dor é física e se concentra entre os seios, irradiando para o lado esquerdo —, e o médico prescreve alguns exames para começar. Quando descobre que precisará ficar internada para hidratação, Rita hesita, nega-se a aceitar, mas não resiste por muito tempo, falta energia para contestar. Então, pergunta ao advogado quem cuidará dos filhos agora que sua comadre está presa. Ele garante que não é necessário se preocupar, os garotos irão para seu apartamento, se juntarão à sua família. No dia seguinte, levará os dois para visitá-la no hospital.

Um corpo oco e fundo que não sustenta as emoções nem fornece a vitalidade necessária para prosseguir reclamando justiça. Ela não crê no juízo dos homens, mas confia na raiva para movê-la por seu calvário, trazendo algum consolo capaz de redimi-la do que já não consegue suportar.

Casa ruindo, rachaduras aumentando. Rita Preta tem pesadelos recorrentes com água abundante, com as mãos sujas de terra, com Cid criança em situação de perigo ou mostrando algo que considera importante. Não se sente preparada para ver a ordem natural da vida se alterar, uma mãe não pode sobreviver ao filho. Foi assim com os gêmeos, mas intui que Mazé, sabe-se lá por qual motivo, tenha sobrevivido às mortes e ao desencontro com Rita. Ela a imagina culpando-a pela tragédia, como a avó fizera, e talvez por isso a tivesse abandonado à própria sorte.

Quando revê os filhos na sala do hospital, sente renascer a confiança no que não pode ver, embora esteja lá nos dois irradiando fulgor em sua presença, capaz de se enunciar com os olhos e os gestos, com a euforia e o tédio, com as incertezas e os sonhos. O médico apresenta seu diagnóstico, não fala a palavra "luto" para não retirar daquela paciente qualquer expectativa de reencontrar seu primogênito. Chama sua enfermidade de transtorno depressivo. Ela não acredita que sofre de um mal, mas aceita ser medicada. Vai dizer para o advogado que essa melancolia é de família, não pôde conviver com a mãe, é verdade, mas a avó padecia do mesmo vazio que a dominava, e contava também das histórias de tristeza e desencanto da bisavó.

Um banzo de outros tempos, de perdas acumuladas por muitas vias e razões: ser desgarrado da terra, perder os parentes e a comunidade, ser privado de liberdade, ter o corpo explorado e aniquilado.

"Tire a roupa", a agente repete. Rita deixa a bermuda jeans dobrada junto à camiseta com a fotografia de Cid e as sandálias para serem inspecionadas. Não usa as mãos para cobrir sua intimidade, mas ainda tem receio de que o nervoso a faça perder o controle sobre o corpo. Ela se agacha outra vez com mais desenvoltura, depois mais duas vezes a pedido da agente. Rita vê seu rosto de relance no espelho posicionado para examinar sua vagina, o rosto lhe parece levemente deformado. Obedece ao pedido para que afaste o tecido dos grandes lábios para uma revista efetiva. A agente pede que tussa, precisa saber se há algo para expelir em sua garganta. Pensa no caroço que estreitava a garganta de Carmelita, nenhuma tosse foi capaz de pôr para fora o incômodo.

Antes dela, uma senhora idosa acompanhada dos dois netos contou que fariam uma visita à filha, mãe das crianças. Conta para Rita: a filha está lá há mais de um ano porque foi induzida pelo companheiro a levar uma "encomenda" a um local onde ele próprio não poderia ir por estar jurado. Rita imagina a mulher de idade avançada se despindo na frente dos netos. "Eles precisam tirar a roupa", ela diz. "Fico de coração partido porque tratam as crianças como bandidos."

Entregam-lhe as roupas, Rita suspira fundo. Dessa vez, levou frutas e as recolhe depois de serem inspecionadas. Avista a comadre conversando com duas mulheres antes de se aproximar. Fátima parece aliviada ao vê-la, pensava que Rita havia ficado tão envergonhada de passar pela revista que não quis mais voltar. Só então se atualiza daquelas semanas sem visita, como havia prometido, mas Rita tinha adoecido, esteve debilitada, temeu não sobreviver. Fátima quer saber se a comadre está bem, se os remédios têm efeitos desagradáveis.

"Passou a vontade de transar. Mas eu já não tinha cabeça mesmo, depois de tudo."

"E Jorge?"

"Não sei de Jorge."

Fátima hesita, mas pergunta como anda a investigação do desaparecimento de Cid. Não quer reavivar memórias difíceis, ainda mais agora informada do adoecer de Rita. Mas ignorar a pergunta pode parecer descaso, decide arriscar. Rita conta da investigação, o depoimento da testemunha ocorreu, mas ela tem a impressão de que Vera não contou tudo. Em sua memória, havia mais detalhes do que os revelados. Não sabe se a mulher teve medo — provável — ou se estava ansiosa demais no depoimento para revelar os pormenores. O inquérito não havia sido concluído, ela não sabia o nome dos policiais. Receava que o caso fosse arquivado sem que houvesse denunciados. O desgaste seria ainda maior, porque ela não aceitaria se fosse esse o resultado.

"Quanto mais o tempo passa, mais parece que vão livrar da acusação os monstros que levaram Cid."

"Rita, sabe aquelas duas que estavam comigo ainda agora? A mais alta e forte?", vira-se discretamente em direção à mulher reunida com outras internas. "O nome dela é Sheilão. Ela é moradora daquela comunidade perto da rodovia para Feira e chegou à penitenciária faz duas semanas. Todo mundo aqui sabe do seu caso, e de outros que estão acontecendo por aí, mas ela disse que tem um conhecido preso com informações sobre o caso de Cid. Você quer falar com ela?"

Rita Preta parece abalada, enquanto enxuga as mãos subitamente suadas na própria roupa. "O que ela sabe, Fátima? Diz!"

"Quem sabe é o amigo, que foi preso junto com ela. Ele contou por que os homens pegaram Cid."

3

Naquela noite, Rita Preta não sente sono, mas quando se deita deseja sonhar com o filho. Depois de seu nascimento, nunca esteve por tanto tempo distante de seu gênio, de seu jeito irrequieto, de seu corpo que crescia e ocupava a casa, a rua, o mundo. Ela quer sua presença, mesmo que seja no plano onírico, para preencher o vazio crescente. Rita acredita na capacidade dos sonhos de revelar o porvir e de iluminar passagens difíceis da vida. Se nada for verdade, valeria sonhar apenas para rememorar os mortos e os ausentes. Ela nunca deu atenção aos sonhos, mas agora a possibilidade de sonhar é acompanhada de expectativas.

Quando os irmãos foram levados pela correnteza, eles costumavam retornar nos sonhos de Rita. Uma sucessão de imagens sem nexo, quase sempre carregadas de tensão e perigo. Uma vela inclinada, que ameaçava incendiar a casa; uma chuva torrencial que prometia aumentar o nível do rio e inundar o terreno. Os gêmeos surgiam e desapareciam na sequência. Ela sabia que precisava cuidar deles, mas só conseguiria protegê-los se os encontrasse. Durante um ano, teve medo de dormir por causa dos pesadelos. Depois, não voltou a sonhar com os irmãos.

Desde quando Cid foi levado, Rita o espera durante as horas de vigília e de sono. Embora não se sinta religiosa, cresceu numa família crente na comunicação com os mortos durante o sonho, como revelação capaz de antecipar o futuro para quem sabe alterá-lo. Carmelita instruía Mazé, e depois a neta, para que contassem os sonhos de mau agouro — quando sonhavam com dentes caindo — à correnteza. As águas levariam as previsões ruins. Mesmo depois de se mudar para a cidade, Rita continuou a contar os pesadelos diante do vaso sanitário para em seguida acionar a descarga. Não tinha confiança absoluta na crença, mas não custava segui-la, se mal não fazia.

No entanto, agora vive noites longas, insones, contrastando com o período anterior de fraqueza e sonolência. No silêncio da madrugada, a mente se agita e os pensamentos vagam e se sucedem, incansáveis, uma história desgovernada. Rita não pode prever seu desenlace. Precisa decidir o que fazer com a informação descoberta por Fátima sobre o paradeiro de Cid. Contará a Duda o que escutou, embora tenha receio de ser repreendida por estar se expondo em visitas ao presídio quando deveria se manter reclusa para se proteger das ameaças. A informação é importante, pode revelar o que ocorreu durante a abordagem e facilitar a identificação dos envolvidos no desaparecimento.

É também uma nota triste: embota o fio de esperança que Rita, porventura, ainda nutra de reencontrar Cid vivo. Quando reflete sobre aquela informação, ela o faz com reservas e dúvidas, mas é inegável que é atingida por um duro golpe. Um vendaval leva ao chão o que resistia de pé.

Quando o corpo cede ao profundo cansaço, ela adormece.

Mas não sonha.

Rita Preta encontra o advogado, relata a visita a Fátima e fala sobre o que escutou por lá. Ele fica surpreso, diz que irá investigar e, se for verdade — precisa averiguar a veracidade da informação para solicitar sua inclusão ao processo, sob o risco de, se isso não for feito, terem a denúncia desacreditada —, pode ser um grande passo para a conclusão do inquérito e apresentação da denúncia à justiça. Pede que ela, por meio dos parentes de Fátima, faça a ponte com o interno da penitenciária: precisa do nome, precisa que seja anunciado pelo detento como interessado na visita.

Rita deixa o encontro confiante de que em breve saberá mais sobre o caso.

Ela telefona para o filho de Fátima, pergunta quando ele fará uma visita à mãe. Ela faz um breve relato do que sua mãe lhe contou. Precisa apenas que Sheilão faça a conexão entre o advogado com o tal homem que diz ter informações sobre Cid. É uma manobra grande, afinal os dois estão presos. Ronaldo parece inseguro, ressabiado, mas diz que fará isso, sim, quando visitar a mãe. Antes de desligar, pergunta se Rita pode emprestar algum dinheiro, ele está em dificuldades sem a mãe por perto. Precisa de valores para transporte, comida, e sua relação com a irmã é péssima. Leriane não tem visitado a mãe e também é pouco provável que empreste algo ao irmão para a visita. Rita já havia conversado com Fátima sobre o filho "nem estuda nem trabalha", a própria mãe fazia reclamações. Ele quer vida fácil e explorou a mãe até empurrá-la para a prisão, Rita pensa. Sente revolta, mas não se indispõe com Ronaldo naquele instante, precisa de sua ajuda. Isso não a impede de concluir que, se ele trabalhasse, talvez a amiga não tivesse se desesperado com as dívidas a ponto de buscar reparação retirando algumas peças da caixa de joias da antiga empregadora. Sente vontade de repreendê-lo, as palavras vêm à boca, mas desiste. Diz que não tem dinheiro algum, recebeu a penúltima parcela do seguro-desemprego há poucos dias e pagou as contas pendentes. Ele fica em silêncio, quando tudo que ela quer é vê-lo disposto, trazendo informações da prisão em que se encontra a mãe. No fim, ela diz que tem uns tostões, combina de encontrá-lo no terminal de ônibus, ainda não pode dizer onde mora.

Quando desliga o telefone, percebe que Cainho escutou a conversa.

Ele pergunta à mãe sobre a história de ir ao presídio masculino. O que uma trabalhadora e mãe de família faria naquele lugar se não havia nenhum parente ou conhecido preso? Ela não pode negar o que ele escutou, mas não informa ao filho todos os detalhes. Fala da visita a Fátima, da história que ouviu. Alguém diz que sabe sobre Cid, ela repete, os olhos bem abertos, é preciso averiguar. Fala com entusiasmo quase infantil, mas não comove o filho. Cainho a repreende, sugere que a mãe está perdendo a sanidade, não pode acreditar em tudo.

"O que um bandido preso na penitenciária pode saber do Cid? Ele não era envolvido com nada disso."

"Ninguém está dizendo que Cid estava envolvido em crime. Mas esse homem sabe o que aconteceu, e, se ele sabe, eu também preciso me informar para que a justiça seja feita. Esse processo precisa andar. Eu quero saber quem levou Cid."

"Você é muito ingênua, minha mãe. Não está vendo que isso não é verdade? Esse homem morava no bairro? Conhecia Cid? Por que ele saberia?"

"Eu não sou ingênua. Você que é um garoto soberbo, Carlos Luís, sempre disposto a dar lição em mim. Acha que não sei de nada porque vim da roça? Acha que sabe mais porque estuda, porque lê esses livros que não servem para nada? Por que se acha melhor que os outros? Você se acha melhor que seus irmãos."

"Eu não me acho melhor que ninguém, mas às vezes me sinto mais velho que a idade que tenho, desde cedo precisei criar o juízo que a maioria não tem. Eu ficava sozinho em casa para você trabalhar e namorar", Cainho se engasga quando percebe que a discussão chegou a esse ponto, "eu tinha que cuidar do Juca e muitas vezes tinha que cuidar do Cid também."

"Quem aguenta sua vida sofrida? Coitado!", ela eleva a voz e debocha do lamento do filho. "Você tem tudo, moleque: comida, roupa lavada, cama para dormir. Eu faço tudo por vocês. Você nunca precisou trabalhar. Eu comecei com doze anos em casa de família. Sabe o que é isso? Ser retirada de casa e ser mandada para essa cidade sem um conhecido? Ser humilhada, comer restos, não ter descanso, dormir num quartinho mofado e sem janela no fundo de uma cozinha? Depois a vida não melhorou o suficiente para eu deixar de ser explorada."

Cainho franze o cenho, deixa o ambiente onde estava com a mãe.

Rita prolonga a expiração. Deixa-se sentar na cadeira. Reflete sobre a animosidade com a qual Cid a tratava nos últimos tempos, agora despertando em Cainho também.

Quando retorna da visita à mãe, Ronaldo é objetivo no recado: o nome do jovem preso informado pela tal Sheilão é Edson Santana, mais conhecido como Brinquedo. Ele não aceita falar com o advogado, como proposto por Rita, mas pode encontrá-la numa visita. Ronaldo dá as orientações: ela deve procurar uma jovem de nome Kelly na porta do presídio no dia determinado para se cadastrar como visitante. Brinquedo pedirá à administração do conjunto penal a inclusão de seu nome na lista de visitantes; ela deverá retornar no domingo para o encontro e levar uma pequena lista de itens: desodorante, lençol e alimentos.

Por um momento, passa pela cabeça de Rita que Cainho tem razão sobre a veracidade das informações. É arriscado ir ao encontro de alguém desconhecido, habituado a enganar, roubar, matar, ela não sabe por que ele está preso. Pergunta-se o que os investigadores dirão quando descobrirem que a mãe do jovem desaparecido após uma "suposta abordagem", entrevistada por jornais e que acusa a polícia, anda frequentando presídios. Até Fátima se mostrou reticente diante do que tinha ouvido na prisão.

Mas o que levaria alguém, que ela nunca havia encontrado, a falar sobre seu filho procurado? Inventar uma mentira a troco de quê?

Ela não irá. Não arriscará a integridade da família.

Rita entra no quarto onde dorme e encontra o mais novo debruçado sobre uma folha de papel. Ela se aproxima e o vê concentrado, às vezes deslizando o lápis de maneira delicada, outras vezes com rigor. Permanece em silêncio e observa. Aos poucos vê surgir a expressão de Cid, o nariz, os traços da boca, o cabelo. Mas são os olhos repletos de detalhes — íris, pupila, pontos lacrimais, pálpebras, cílios — que dão vida à imagem. Ela pressente: a busca pelo filho pode estar próxima de um desfecho.

"Mãe?", Juca diz e não olha para a mãe, recolhendo o papel em que desenha. Talvez ele queira preservar aquele momento entre irmãos, seu jeito particular de criar memórias. Rita está surpresa, não sabia do talento do mais novo para o desenho. Sai do quarto sem dizer nada.

Ela também quer encontrar Cid, quer reelaborar suas próprias memórias. Precisa ouvir o que todos têm a dizer sobre o que aconteceu. Nem que para isso seja preciso ir ao inferno.

4

É uma criança e quer saber quantos anos tem o Sol. Como eu vou saber?, ela se pergunta. Deve ser tão velho quanto o mundo. Ele segura um balão de aniversário e se diverte perguntando se quando ela era criança o Sol já existia. O Sol sempre existiu. E a Lua? a criança quer saber. A Lua é velha também. Já existia quando você era pequena? ele questiona enquanto pula por cima de uma poça d'água. Você vai acabar caindo, ela diz. Sim, a Lua é tão velha quanto o Sol. E as estrelas? ele não parece satisfeito com as respostas. As estrelas, as estrelas. Não sei, estão no céu da noite desde que me entendo por gente, responde. Quem é mais nova, a vovó ou as estrelas? Sei lá, essas perguntas me confundem. Acho que minha mãe, sua avó. Quem é mais velha, sua vovó ou as estrelas? As estrelas, ela diz sem olhar para ele, tentando encontrar a casa que procura. E a vovó de sua vovó? Ela é mais velha que a Lua, não é?

Ela para, olha para o céu. É dia. Vê o Sol no horizonte poente e a Lua no nascente. Nunca se permitiu imaginar que a mãe, a avó, a bisavó e todos os seus que vieram antes tinham vivido debaixo dos mesmos astros, sob o mesmo céu. Ela não pode compreender, mas aquela descoberta traz conforto para seu espírito.

A Lua deve ser mais velha que todas as pessoas que nasceram.

Quantas pessoas nasceram no mundo?

Num dia qualquer, ela interromperia a sessão de perguntas com um "cala a boca", mas seu filho a faz meditar sobre a solidão. Ela não está tão sozinha como imagina. É capaz de compartilhar sons, horizontes, paisagens, uma visão dos astros atravessando as eras e unindo as pontas de vidas separadas pelo tempo. Conforta-a imaginar sua mãe olhando para a mesma Lua que por sua vez foi admirada por seus mais velhos. Esse mesmo astro continuará a ser contemplado pelos que virão. Todos compartilharão as representações de seus mundos, e esses mundos, mesmo que se tornem diferentes, se tocarão em alguns pontos, emprestando uma unicidade à memória. Por mais que o tempo modifique parte da paisagem, haverá representações intocáveis como as apontadas por seu filho. O Sol, a Lua e as estrelas observados naquele dia continuam iluminando o universo e sua memória. Muitas vezes essa cena de descoberta interpretada por pais e filhos, avós e descendentes, se repetiu ao longo de incontáveis gerações, em muitas línguas — copta, mandê, iorubá, tupi, português e todas as que deram origem a essas e às que ficaram no meio do caminho —, com muitos significados, de maneira lúdica ou tediosa, com temor ou desassombro.

Por mais que o tempo passe, só mesmo o esquecimento é capaz de eclipsar a amplidão do que tocaram juntos.

Rita Preta encontra Kelly no horário e dia combinados. Passou mais uma noite insone, mesmo tendo em mãos remédios que poderiam fazê-la dormir. Preferiu permanecer acordada para pensar até a exaustão. Ela não é tão jovem quanto imaginava e parece desconfortável nas roupas comportadas, Kelly confessa a Rita. No calor sem trégua da cidade é preciso compensar o desconforto diminuindo a quantidade de tecido que recobre o corpo. Mas há um código de conduta e vestimenta a ser seguido, se não quiser ter seu cadastro para visita negado. Kelly segura uma sombrinha porque a fila costuma se estender, dependendo da boa vontade da administração do presídio, e o calor pode derreter sua maquiagem.

Rita aproveita para perguntar por que Edson, o tal Brinquedo, está preso. Kelly conta que o chefe dele atrasou o pagamento dos "homens". Chefe, Rita repete, e pergunta com o que ele trabalha. Ele vende "palha", a moça responde, mas não é o dono do negócio. Os donos são os grandes, ficam com o dinheiro. Começou há algum tempo, estava indo bem, mas "vacilou".

"Em qual área ele vende?"

"Na saída da cidade, estrada do CIA. É lá que a gente mora", Kelly repete enquanto confere a cada dois minutos o celular para verificar novas notificações. "Sheilão, que botou vocês em contato, também é de lá."

É um local próximo à vila onde Cid desapareceu. Com certeza eles não se conheciam, pensa. Rita se pergunta sobre o que está fazendo ali, naquela fila, debaixo daquele sol, sujeita à violência e à humilhação para fazer um cadastro de visita a um bandido, alguém desconhecido. Precisará aguardar mais uns dias até conseguir encontrar Brinquedo durante a visita e ouvir o que ele tem a dizer sobre o caso.

"Você conhecia Cid, meu filho?"

"Não, senhora. Nunca ouvi falar."

"E o que o rapaz, Edson, quer me dizer?"

A moça olha para Rita e faz um movimento estranho com a mandíbula, projetando-a para a frente. Rita não sabe o que ela quer expressar, mas acha que, se Kelly soubesse, teria dito. É daquelas que não consegue guardar a língua dentro da boca, ela supõe com desdém. Elas passam o resto do tempo em silêncio à espera de sua vez. Combinam de se encontrar no domingo às oito da manhã. Kelly avisa a Rita que precisarão passar por revista; as agentes são rudes, sem nenhuma empatia com os visitantes. Para elas, familiar e amigo de presidiário também é bandido, ela precisa estar preparada.

Rita Preta passará os dias especulando sobre a futura visita, se antecipando à conversa. O mais provável é que esteja perdendo tempo, admite, tudo não passa de um grande equívoco. Um criminoso não pode saber nada sobre Cid, a não ser que ele próprio tenha feito mal ao seu filho; e, se tivesse feito, jamais chamaria a mãe para contar e se redimir. Mentiria até o fim para se livrar da punição. Ela precisa afastar os pensamentos que devoram sua energia, abundantes em seu estado de ansiedade, mas tem certeza de que o filho não tinha nenhum envolvimento com o tráfico nem andava com ninguém do meio. Esse é o medo difundido entre as mães das comunidades, poucas não se confrontarão com esse fantasma. A maioria passará ao largo, se sentirá vitoriosa em avistar os filhos seguirem caminhos semelhantes aos seus. Outras não terão o mesmo êxito e se sentirão derrotadas, responsáveis por não conseguirem afastá-los de um mundo atraente negado desde o nascimento — aventura, possibilidade de ascensão social, dinheiro. Rita se inclui entre as primeiras, mas o encontro marcado abala suas convicções.

A fim de escapar do mal-estar, os pensamentos agitados como água em ebulição, ela se desvia do caminho habitual para transgredir a reclusão imposta pelas circunstâncias. Por um breve tempo, permite-se pensar que o filho está em segurança, onde quer que ele esteja. Gostaria de subir na cabine de um caminhão e guiar pela cidade, mirando-a de seu assento, contemplando a paisagem desigual, o seu mundo. Na impossibilidade de dirigir — e chega a sentir falta de Jorge —, ela toma a condução para o centro da cidade. Caminha entre as lojas de tecido, de roupas baratas, pelos armarinhos, lojas de festas e farmácias. Ela não quer se distrair entrando e saindo dos ambientes, não quer ser abordada por vendedores. Não deseja observar os preços do que não pode comprar. Rita quer respirar livre num dia comum, como se não estivesse ameaçada, como se sua família estivesse reunida à sua espera. Ela caminha, desvia das calçadas cheias de camelôs. Junta-se aos mais apressados, disputa as vias de asfalto com ônibus, carros, motocicletas, carrinhos de comércio ambulante.

Observa o antigo relógio.

Os ponteiros imóveis.

Quando será que o tempo parou?

Na praça, depois de circundar a escultura do poeta Castro Alves com o braço direito estendido e a palma da mão voltada para o céu, os olhos mirando o infinito de uma cidade — gestos de quem clama por liberdade —, Rita se debruça sobre a mureta de concreto e observa as ruínas do casario antigo aos seus pés. A poucos metros, no seu lado direito, as paredes inexistentes do teatro demolido há quase um século depois de um incêndio destruí-lo. Persistem as sombras humanas dos frequentadores da plateia e dos que, privados de liberdade, o construíram. Além dos prédios, as águas calmas da baía refletem a luz do dia, viva, enquanto as ruas trabalham. Rita contempla o horizonte e as muitas camadas da história que sobrevivem ao tempo: o forte do Mar, redondo como um bolo, suas paredes escuras, onde revoltosos nagôs e hauçás foram aprisionados há quase dois séculos acusados de subversão; alguns foram condenados à prisão, outros à morte, teve quem fosse punido com mais de mil chibatadas; o monumento à Fonte da Rampa do Mercado, feito de brancura e manchas do tempo, inaugurado exatamente no dia do nascimento de Rita; o casario em ruínas descendo a ladeira da Montanha; barcos, lanchas, grandes navios, onde se avistaram em outros tempos saveiros e galeotas; o mar, o mar, e a ilha além das águas ornando o limiar de sua visão.

Ela não sabe o nome dos monumentos nem a história por trás de cada um deles. Mas é uma paisagem familiar pelo simples fato de que pode reconhecer. Aprendeu a identificá-los e ter como referência para se encontrar na cidade que nunca parou de crescer. Essa cidade que já foi muitas, com um pouco de cada época, feita de palha, de tijolo, de madeirite, de concreto. Camadas de gente e matéria soterradas, enquanto outras tantas são erguidas e se constroem num sem-fim vertiginoso.

Olhando a paisagem, ela não pensa naqueles que carregaram as pedras em todos os tempos para construir essa fração de mundo, fascinante e violenta, tornando-a o lugar de pessoas como ela. Também não imagina que seus pés se encontram sobre o chão onde se levantou um antecessor distante de sua linhagem, vindo do oceano, desembarcando sem bagagem, carregando coisas belas e tristes em seu peito, sonhos e desejos, revolta e medo, a herança que ela revive sem saber que lhe pertence.

5

Rita deixa Kelly passar à sua frente e se prepara para o constrangimento da revista antes de chegar ao interior do presídio. A ansiedade se reflete na respiração e aumenta também a sudorese de suas mãos. O desassossego é maior porque ela escondeu de seu advogado a nova visita à prisão. "E se algo der errado?", ela não para de se perguntar, e pede aos santos e encantados que nada de ruim lhe aconteça. Enquanto aguarda sua vez, conversa com Kelly; pergunta há quanto tempo o casal está junto, e fica surpresa ao saber que faz menos de seis meses. Naquele momento, por mais que tente conter seus pensamentos, vêm à sua mente imagens de rebeliões transmitidas pela TV com detentos e agentes mortos, além das notícias de corpos mutilados. Julga a mulher, dizendo para si mesma que, se fosse seu namorado e a prisão estivesse justificada pelo crime cometido — a jovem não negou a legitimidade do cárcere —, aproveitaria o contexto para se afastar. Ela não diz com as mesmas palavras, mas inventa a história de alguém inexistente, que aproveitou a prisão para terminar o namoro. Kelly diz que conhece casos parecidos, mas os detentos mandam matar suas amantes se se sentem abandonados. Rita se impressiona, a conversa aumenta sua perturbação. Ainda assim, pergunta se Brinquedo seria capaz de fazer algo parecido. "Não sei", responde Kelly.

Rita fecha os olhos; sua vergonha parece ainda maior nesta revista. A umidade do ar toca sua pele e se impregna em seu pescoço, no antebraço, no púbis, embaixo dos seios. Ela se agacha e se levanta. Outra vez. Mais uma. Tem os olhos apertados, ouve piada das agentes que perguntam se está se sentindo mal. “Não”, ela responde. As mulheres querem saber se o preso é conhecido. Não tem por que ficar ansiosa se não há nada de errado com a visita, dizem. Rita treme e entende a inquisição como desconfiança sobre sua visita. As agentes inspecionam o desodorante roll-on, lençóis lavados e passados, embaraçam as peças e as deixam como uma trouxa de roupa desarrumada. Abrem os pacotes de salgados e Rita entende que a má vontade é grande o suficiente para enviarem os restos de sal na embalagem — e não há dúvida de que é sal — para o exame toxicológico.

Ao fim dos minutos intermináveis da inspeção, pedem que se vista. Kelly está impaciente do outro lado aguardando por Rita. A jovem repete a quase certeza de que a visita tinha ido por água abaixo. Rita não comenta a demora nem o excesso de vistoria, quer se ver livre daquele pedido descabido do tal Brinquedo — lençóis, desodorante, comida — para ela, uma desconhecida que está desempregada, e entrega o pacote a Kelly. Está farta de carregar o embrulho. Elas se dirigem ao pátio descoberto com cadeiras de plástico dispostas para visitantes e detentos se sentarem durante o tempo de visita.

O coração de Rita acelera. Por mais que não admita em público, teme a decepção se descobrir um lado desconhecido de Cid. Mesmo afirmando com convicção sua inocência, não consegue se libertar das expectativas que o mundo projeta nos seus.

Antes que conclua seus pensamentos, ela avista um homem, a uma considerável distância. Ele tem a silhueta parecida com a de Cid e veste a roupa dos internos. Rita fica paralisada, percebe-se aflita, quer se aproximar para observar as semelhanças com mais atenção. Kelly se junta ao homem. Se tocam, estão

tão próximos e receiam não resistir ao desejo. Rita deixa o casal conversar a sós, fica de longe esperando o momento exato para se aproximar.

Por fim, quando se aproxima, percebe que Brinquedo não é tão semelhante a Cid como aparentava quando distante. Eles têm algumas parecenças: o tom de pele, o cabelo, o porte físico mais esguio. Alguns traços do rosto também são semelhantes aos de seu filho: o risco na sobrancelha — o de Brinquedo é uma cicatriz, o de Cid foi feito durante o corte de cabelo —, o formato e o tamanho dos olhos. Mas o homem à frente é visivelmente mais velho; ela lhe daria pelo menos dez anos a mais. Brinquedo não a cumprimenta, a chama apenas de "dona", diz que soube do caso pela TV e a "parada" o deixou "bolado". O que aconteceu a Cid deveria ter ocorrido a Playmobil, seu irmão foragido. Ele era o alvo da abordagem que culminou com o sequestro do jovem. A polícia estava na "cola" dos irmãos e de seus comparsas, mas a operação tinha dado errado, Cid foi vítima da confusão e terminou sendo levado.

"Para onde eles levaram Cid?"

"Eles prendem, enchem o cara de pancada até dizer onde tão os outros. Se acham que o cara tá mentindo, eles *apagam*. O pessoal da *firma* lá da comunidade me disse pra eu não aparecer por lá enquanto a ronda tivesse nessa aula que os caras tavam."

"Aula?"

"Os aprendizes da polícia. Eles tavam acompanhados do tenente e do capitão. Tavam ensinando eles a forjar flagrante. Eles não tavam ali pra pegar meu brother Playmobil, entende? Mas aconteceu do seu filho aparecer e os caras quiseram mostrar serviço."

Rita quer saber se ele tem certeza de quem são os agentes responsáveis pela operação. Brinquedo conhece apenas os dois tenentes. Soube por recado dos *radinhos* da *firma*, os olheiros, observando a movimentação na comunidade. Um tem a alcunha de Faraó, o outro atende pelo apelido de Cara Gorda. Ela memoriza os nomes, não teria como fazer anotações naquele ambiente. Rita volta a perguntar sobre o local para onde o filho foi levado. Brinquedo revela que não existe um único local porque são muitos os lugares para o acerto de contas e posterior desova. Ela insiste na pergunta — nem que para isso precise ir a todos —, e Brinquedo parece desconversar. Rita se mostra obstinada, não deseja voltar àquele presídio mais uma vez. Pretende memorizar todas as informações para compartilhar com as autoridades. Então, ele enumera, sem se aprofundar, o parque do subúrbio, as margens das rodovias estaduais, saídas da cidade, a barragem. Há muitos outros lugares, ele complementa, mas não conhece todos.

É muita terra para se procurar por um filho — ela não quer pensar num corpo sem vida, nem nas palavras *restos mortais*. Precisa que Brinquedo seja mais específico. Ela pergunta para onde acha que o levariam se tivesse sido capturado.

Não o levariam para um lugar muito distante, ele não tem dúvida. Perto da vila, nos limites da cidade, as estradas vicinais se multiplicam e levam a sítios, ferros-velhos, galpões, sobretudo terrenos baldios. Há árvores frondosas e mato alto por todo canto, o que pode ajudar na ocultação do crime. Rita sente vontade de perguntar a Brinquedo se os policiais tinham motivos suficientes para atentar contra sua vida, contra a de Playmobil, se não haveria chance de serem poupados, de serem apenas levados para o cárcere, como de fato aconteceu com ele. Mas, no fundo, ela sabe a resposta e por isso recua, sufoca o ímpeto inicial.

Ela examina aquele homem e tenta a todo custo sentir o quanto de verdade há em suas expressões, na língua dura e indecifrável das quebradas, nos tiques, na experiência transmitida enquanto observa seus olhos. Se as relações se estabelecem com a confiança mútua, ao longo do tempo aprendeu com a cautela da descrença, embora a urgência do momento não lhe desse tempo e espaço para explorar a situação em profundidade. Ela conclui: Brinquedo já se deu por satisfeito, não quer revelar mais nada. Tomou por óbvio que ele não tinha interesse apenas no suprimento agora sob sua posse — qualquer um poderia levar lençóis e desodorante —, mas a convidara para aquela visita com o intuito de expor os nomes de seus algozes à polícia para que alguém fizesse justiça por ele. Nomes revelados, ela não lhe interessava mais.

Rita Preta deixa de lado o incômodo e adota uma postura intrépida. Repete algumas vezes que não tem medo, então pede que ele faça um esforço, mesmo com a agitação de sua vida antes da prisão, para rememorar tudo o que sabe. Insiste no suposto local para onde teriam levado Cid. Talvez não seja tão difícil; afinal, acertos de contas dessa natureza costumam circular entre rivais para comunicar vitórias e derrotas, avanços e recuos estratégicos. Aflora nela um lado de investigador ardiloso, aliando sagacidade e firmeza nas perguntas, sem meandros que permitam o vacilo do interlocutor.

Ele revela, ainda que não tenha certeza, o local para onde o teriam levado.

Pode ser que se encontre sobre a terra.

Ou debaixo dela.

Depois, o silêncio se instaura. Enquanto Kelly e Brinquedo conversam durante o tempo restante, Rita é deixada de lado e permanece sentada mirando os rostos de internos e visitantes. Naquela tarde, mulheres — em sua grande maioria — atravessaram o portão e expuseram seus corpos novos e velhos, de cores e formas distintas, diante das agentes de segurança. Guardaram a vergonha em algum canto fora do presídio e se permitiram encontrar os que amavam. Mostraram-se dispostas a apontar o lado bom da vida sonhando com o dia em que não precisariam se juntar de novo sob os olhares cansados e hostis dos carcereiros. Para essas mulheres, a salvação não estava na prisão, seus homens não pagariam por nada, porque na vida nada se paga. Se assim fosse, a condenação de antes, a que carregavam desde o nascimento — a fome, a brutalidade do mundo, a falta de perspectiva —, era punição por qual delito? Desejavam poder vê-los deixar o cárcere; vê-los reunidos à família; desejavam ver os amados reconhecidos pela humanidade compartilhada.

Seus olhos vagam nos gestos repetidos ao infinito.

Depois, tornam a ficar úmidos quando é assolada pelo persistente pensamento de que não poderá ver, como aquelas mães e mulheres, os olhos de um de seus filhos outra vez.

Kelly a desperta da divagação, tinham combinado de saírem juntas. Quando deixam o presídio, a jovem abre a sombrinha para se proteger do sol e sugere que caminhem juntas até o ponto de ônibus anterior para viajarem sentadas. Rita anda na calçada irregular, a cabeça distante examinando a terra desconhecida apontada como possível depositária dos restos de seu filho. Kelly parece agitada, olha para os lados, reclama da sandália quebrada. Pede a Rita para segurar a sombrinha enquanto se abaixa para verificar o calçado, mas ela fixa os olhos num urubu se alimentando do lixo exposto no outro lado da via.

O som de uma rajada de tiros.

O urubu sai em revoada enquanto a sombrinha se move aberta no asfalto.

6

Rita esperou que as luzes da casa fossem apagadas. Pé ante pé, deixou o quarto de empregada, seguiu até a cozinha. No primeiro encontro, aquele objeto era apenas uma caixa metálica azul. Ficou impressionada quando descobriu as funções de uma geladeira. A luz de seu interior se acendeu; a cozinha, antes na penumbra, se iluminou. Ela abriu a porta do congelador, onde estavam guardados as carnes das refeições e o gelo. Transformou as mãos em garras, cavou os flocos brancos que recobriam as paredes do compartimento e os levou à boca. Sentiu o frescor se irradiar; o gelo se liquefez, a água umedeceu sua garganta. Transformou as mãos em garras outra vez e retirou uma boa quantidade de cristais. Colocou tudo numa embalagem vazia de biscoito cream cracker. Sua respiração estava agitada. Guardaria uma pequena mostra daquela descoberta debaixo do colchão. Quando retornasse para sua terra, iria levá-la consigo para mostrá-la aos filhos, quando viessem a nascer.

No dia seguinte, ela despertou antes de todos. Na cozinha, preparou o desjejum. Café coado, manteiga fora da geladeira, pães comprados e mesa posta. Fez sua refeição e voltou para o quarto. Levantou o colchão para poder admirar o gelo guardado.

Havia apenas uma embalagem molhada.

Ela repetiria a experiência mais uma vez até compreender que os cristais se desfazem na temperatura ambiente.

Depois tornaria a sonhar, a sorrir, a contar para os colegas de trabalho, a se emocionar nos momentos de solidão com a pureza da menina de doze anos. Mesmo tendo perdido os irmãos levados pelo rio, mesmo obrigada a partir sem poder optar por ficar, Rita sustentaria sua ingenuidade em relação ao mundo e às pessoas. Depois esse sentimento desapareceria pouco a pouco pelas mãos dos homens que cruzaram seu caminho, pelas ordens dos que exploraram seu trabalho, pelo improviso com o qual habitou a cidade em locais temporários, pelos limites impostos para vidas como a sua, diante da violência à espreita, sempre ameaçando levar-lhe algo precioso.

Sentada no pátio da prisão, lembrou da história do gelo contada à exaustão.

Com o gelo, recordou a palavra "pureza" e o que não gostaria de ter perdido.

Nem a pureza nem a esperança de voltar a ver seu filho.

Agora, Rita se perguntava se foi ingenuidade ter feito a visita a Brinquedo. Se perguntava o quanto de verdade havia no que tinha escutado sobre o rapto de Cid, sobre os tenentes Faraó e Cara Gorda. Se perguntava se os tiros que mataram Kelly eram de fato dirigidos a ela ou se o destino era seu corpo jurado pelos carrascos.

Depoimento prestado à polícia, ela evita olhar para Duda; sabe que traiu sua confiança ao omitir a visita. Não se pode dizer que esteja de todo arrependida, mas foi surpreendida por um desfecho brutal para aquela transgressão. Considerava o advogado sincero, justo, responsável, e não estava contente em decepcioná-lo. Ele também não parecia estar feliz de ter sido surpreendido pelo telefonema de Rita, que pedia para ir ao seu encontro porque havia presenciado um assassinato. Ela deveria continuar no programa de proteção às vítimas, deveria ter mudado de nome e cidade, assim como Vera, a testemunha, já deveria ter trocado, mas não o fez. Rita havia falado em público sobre o caso, dado entrevistas. Denunciava abertamente a violência por onde passava. Exigia justiça. Rita não fazia nada diferente do que outros, que perderam seus filhos, maridos e irmãos, tivessem feito. Paravam o trânsito, incendiavam pneus, iam para todo canto carregando a fotografia dos desaparecidos em cartazes e roupas. Duda precisa entender que as estratégias de justiça são muitas e não estão apenas nos códigos legais dominados pelos advogados. Passam pela subjetividade das vítimas, à espera de respostas que às vezes não chegam. Rita se cobra por essa solução e se pergunta por quantos anos ainda precisará esperar até encontrar a verdade. Em breve, terá que procurar emprego. Terá que dividir suas horas em busca do filho com a procura por um trabalho remunerado para poder sustentar a família e continuar a viver com alguma dignidade.

Mesmo sem ter tido tempo e condições emocionais para assimilar o choque do assassinato que vitimou Kelly — anos mais velha que seu primogênito, cravejada de balas ao seu lado. Aquela cena de horror a fez pensar se tudo não seria um pesadelo. Chegou a se perguntar se a morta de rosto irreconhecível era a mesma pessoa que havia caminhado viva ao seu lado. Rita repetiria para Duda que sua disposição para encontrar a verdade continuava inabalável. Não ficaria refém da conjuntura, da boa vontade da polícia civil em investigar os policiais militares, algozes de seu filho. Até que ponto não se protegiam, ela indaga a Duda, e obtém como resposta o silêncio. Por mais que o advogado afirme que as investigações são demoradas, ela não consegue antever um genuíno interesse por parte dos agentes com quem se reúnem para desvendar esse drama prolongado que exaure de todas as formas sua família. Considera que houve tempo suficiente nos últimos meses para o avanço das investigações. Mas até agora não havia autoria confirmada, motivação, não havia Cid, vivo ou morto. Como mãe, ela não poderia esperar a boa vontade das instituições, principalmente quando as mesmas instituições estão implicadas e são suspeitas de abrigar os praticantes do crime. Iria gritar, cavar, acusar de dedo em riste, exigir, investigar de forma paralela, mesmo sem método, seguindo sua intuição e sua vontade de justiça. Não pararia de procurar, não queria outra identidade nem outra cidade para viver enquanto não soubesse de fato para onde haviam levado Cid. Não o deixaria sozinho, por mais que não soubesse onde ele estava, mesmo diante da impossibilidade de trazê-lo de volta para casa, para o seu convívio e o dos irmãos. Amava a vida, mas a sua não era a mesma sem o filho. Rita precisava reunir o pedaço que lhe foi arrancado para poder olhar e esperar por um futuro, como sempre esperou. Enquanto não o encontrasse, enquanto não o segurasse nas mãos, enquanto não soubesse o que lhe fizeram — porque o retiraram de uma maneira tão violenta de sua vida —, ela não descansaria.

Sua vida não era mais valiosa que a vida de nenhum de seus filhos. Se ele foi violado em sua dignidade, por que ela deveria proteger o próprio corpo, se colocá-lo a seu serviço poderia ajudá-la a encontrar a verdade?

"Eu senti uma dor filha da puta quando pari Cid. Meu primeiro filho. Diziam que eu não tinha passagem. Evilásio me levou para aquele maldito hospital. Depois, eu não quis mais parir lá. Sofri todo tipo de ruindade. Pedi ajuda, a dor era grande. Mordia minhas mãos, meus braços. O pai do menino não pôde ficar comigo. Ninguém. Eu era só, sem mãe, sem irmãos, sem família. Urrei de dor, pus tudo para fora, para ver se aquela agonia passava. Sabe o que eles fizeram quando viram o menino demorando para nascer? Um enfermeiro subiu na minha barriga. Primeiro fez força com o cotovelo para a criança sair. Depois se sentou sobre mim. Sim, sentou como se eu fosse um banquinho. Eu lutei até não poder mais para tirá-lo dali. Eu sabia que ele podia matar meu filho. Podia me matar. Joguei ele no chão. Ameaçaram me pôr para fora do hospital. Eu gritava que eles podiam me colocar pra fora, mas a mim e a meu filho não iam matar. Quando a agitação passou, eles desistiram de mim, o menino começou a nascer. Vi a cabeça para fora. Desmaiei de fraqueza e cansaço. Só acordei depois para amamentar. O senhor acha que quem sobreviveu à violência, à incerteza, se vai ter comida, se vai ter escola, se vai ter médico na doença, tendo que deixar criança de madrugada na casa de vizinha cuidadora para ir trabalhar, o senhor acha que quem passou por tudo isso vai desistir de procurar um filho? Vai deixar tudo nas mãos da polícia, sendo que foi a própria polícia que tirou ele da família?"

Quem tem o direito de dizer a uma mãe que não deve procurar por aquele que foi gerado para ser amado? Quem pode impedir uma mãe de procurar pelo filho amamentado em seus seios, por quem havia trabalhado, sonhado, por quem se entusiasmou quando o viu aprender as primeiras letras, com quem dividiu o pão, a miséria e a beleza da existência? — Rita defende sua postura sem titubear: não aceita a passividade da espera sem fim. Continuará desconfiando das investigações, seguirá outras pistas que surgirem, irá ao fim do mundo se preciso for para encontrar Cid.

Duda não oferece carona dessa vez, diz que tem um compromisso familiar e deixa a delegacia sem dizer mais nada. Rita Preta tem certeza de que o silêncio é indicativo de que ele deixará o caso. Ela se encontra sozinha na porta da delegacia e tenta traçar alguns trajetos em sua mente de como fazer para retornar à residência onde seus filhos estão à sua espera. Só não estão preocupados com a demora da mãe porque ela telefonou em meio ao pânico, enquanto esperava Duda, para dizer que chegaria mais tarde. Pediu para ficarem trancados. Não contou nada do que havia acontecido, para não assustá-los.

A rua parece mal iluminada. Antes de começar a caminhar, ocorre a Rita olhar para a própria roupa e saber se guardava alguma marca do atentado. Ela passa a mão pelo cabelo e respira fundo, como se precisasse de todo o ar à sua volta para encher os pulmões, arejar o peito. Sem perceber, um homem se aproxima de seu corpo, toca seu ombro. Ela se põe numa posição de defesa, conhece a guerra na qual batalha, sabe que sua vida está por um fio. Mas há algo preservado em seu interior, indicando que ela não corre perigo. Rita tinha notado aquele homem na delegacia, auxiliava o escrivão que transcreveu seu depoimento.

"A senhora está sozinha? Seu advogado já foi?"

"Sim, estou tentando saber onde estou, pensando no melhor caminho para chegar em casa."

"Eu posso te dar uma carona até a metade do caminho."

"Por favor, não tome trabalho."

"Não é incômodo. A senhora deve estar cansada depois de tudo."

Rita fecha os olhos aliviada. Pede a ele que a chame pelo nome. Ele diz o dele, e o nome soa delicado e familiar enquanto Rita escuta. Então, o homem a leva para o estacionamento ao lado. Entrega-lhe um capacete. Rita para alguns segundos, olha para o objeto, mas resolve não dizer que nunca andou de motocicleta. Quando estiver nas ruas sem tráfego do domingo à noite, se segurando ao corpo daquele desconhecido, vai se entregar à ventania do deslocamento; permitirá que o vento faça por ela o que talvez ninguém pudesse fazer.

7

Depois do atentado, Rita passa semanas sem registrar nenhum sonho. O sono fragmentado ao extremo se torna um desafio para que sua mente imagine uma narrativa com algum sentido. Restam-lhe as imagens desagregadas capazes de suscitar horror e beleza. Aparece-lhe com frequência um sapo azul: pulando, ou num quadro, ou simplesmente representado num brinco na orelha de uma mulher de pele clara. Aparece-lhe também a voz da avó repetindo em muitas entonações que a garganta está se estreitando como o rio. Fecha os olhos e vê uma enorme onda marinha engolfando seus irmãos. Dessa vez eles não estão no rio, mas na beira do mesmo mar que lhe provocou medo e fascínio quando o viu pela primeira vez. A onda leva as crianças, os baldes plásticos para brincar na areia, as sandálias dos patrões. Rita fecha os olhos e vê o rosto fresco de Kelly, íntegro, iluminado antes que de seus olhos, nariz e boca começasse a brotar sangue. Rita fecha os olhos e está à procura de Juca, que deveria ter chegado da escola, mas não retornou. Ela olha para o céu e pede respeito de Deus, pede que Ele não a desafie levando outro filho. Rita se vira para o lado e nem precisa fechar os olhos para se ver na cabine de um Volvo, guiando o veículo pela terra de desova onde esteve meses atrás. Ela derruba paredes e árvores, antes de o caminhão prender a roda num poço artesiano abandonado. Rita adormece e as folhas dos cadernos perdidos de Cainho a despertam voando, encontrando seu rosto, quase a asfixiando.

Para imaginar esse carrossel de memórias ela nem sempre precisará fechar os olhos. São muitos os dias em que voltam as imagens de Kelly imóvel e alvejada no chão, sem respirar, as pernas estiradas sobre a calçada. Rita havia caído com o impacto dos projéteis no corpo de Kelly, e permaneceu deitada porque entendeu de pronto o que acontecia. Era preciso se fingir de morta — quantas vezes é necessário fingir que não existe, ela se pergunta — para escapar da violência avançando de súbito, uma brisa se deslocando sobre a terra num dia quente.

Os estampidos ecoam a qualquer hora e conduzem Rita até o evento.

Depois de um breve silêncio, homens e mulheres que transitavam por ali vieram acudir as duas mulheres. Rita sentiu alguém segurar seu rosto, outro dizer as palavras "está viva". Essa comoção permitiria que ela se imaginasse protegida, por um lapso de tempo. Uma pessoa telefonou para o serviço médico de urgência; os paramédicos, ao constatarem a morte, acionaram o IML. A polícia coletou informações, Rita pediu para falar com seu advogado. Desde o começo a linha de investigação apontava para um acerto de contas. Mas ela não se amedrontou nem se envergonhou, contou que é mãe de um desaparecido pelas mãos da polícia e foi posta em descrédito por um dos agentes que atendeu a ocorrência. Outro policial quis ouvi-la, pôs-se ao seu lado, discordou do colega. Pelo contrário, incentivou-a a desabafar e a contar o que sabia. Perguntou se ela já havia denunciado o caso à corregedoria. Esse homem tinha consciência de que a corporação abriga malfeitores, que de fato aquela mulher podia ser uma vítima como tantas outras da violência conhecida da gente que mora nas comunidades. As pessoas não reagiam porque as fizeram acreditar que a "penalização sumária" é justiça. Essa mãe está abalada, e nas horas seguintes ao atentado daquela tarde se sente quase morta, então afasta o medo de seu entorno e conta a razão de estar nas proximidades do presídio, relata as ameaças, do período em que esteve escondida no interior, de sua peregrinação sem fim para encontrar o filho levado sem despedida. Rita ignorará o policial hostil e se dirigirá aos demais, um interessado, outros oscilando entre interesse e desinteresse sem querer assumir uma posição. Ela dirá tudo o que sente e sabe. Depois daquela tarde, precisará falar mais e mais diante de todos.

Pensa que se expor poderia ajudá-la mais que o silêncio.

Além do vento que a envolve em conforto na viagem de motocicleta depois de um dia repleto de descobertas e dor, Rita se sentiu acolhida com grande interesse por Edgar, o auxiliar do escrivão que ofertara uma carona até a metade do caminho, mas resolve se oferecer para levá-la, por fim, a sua casa. A mulher havia sobrevivido aos últimos meses reduzida ao papel de mãe. Rita estava disposta a viver muito mais tempo peregrinando para investigar as causas daquela ferida. Mesmo exausta, golpeada e acarinhada pelo vento forte, seus pensamentos vagavam desordenados, precipitando uma miríade de informações conflitantes sobre o que se sabia até o momento.

"Você acha que aqueles tiros eram para mim?"

"A possibilidade existe, mas só as investigações podem confirmar", ele diz sem rodeios, olhando nos olhos de Rita. Sabe que o melhor a fazer por ela e seu desamparo é dizer a verdade.

Rita agradece a carona e se dirige a casa. Edgar pergunta se pode ficar com seu número de telefone. Promete obter mais informações sobre o andamento do processo. Ela não hesita, repete os números, precisa exatamente do que ele lhe oferece. Edgar se interessa pelo drama que a tem arrastado por um mundo de sombras e incertezas. Se não viveu a dor sem nome daquela mãe, imagina como seja de tanto se confrontar com a realidade. Para Rita Preta, alguém que não passou pela mesma perda jamais poderá saber como essa aflição fere como uma lança, invade o corpo e atinge a alma.

"O rapaz da visita, o que está preso", ela diz, "disse que devem ter levado Cid para um local conhecido como 'cemitério de carros', carros roubados, desmanchados para aproveitarem as peças." Edgar imagina qual seja o lugar, mas antes de qualquer coisa levanta dúvidas sobre a boa-fé de Brinquedo. Se ele, de fato, dissera o que sabia sobre o caso ou se havia atraído Rita para uma emboscada que deu errado.

Ela não tinha aventado a possibilidade, mas sabe, tudo é possível. Ainda assim, precisa saber que lugar é esse.

E saberá, ela acredita.

Rita gostaria de entrar em casa e se dirigir à janela para ver a motocicleta desaparecer na rua escura, mas segue seu instinto de proteção, conferindo se os filhos estavam dormindo. Cada um em seu colchão. A luz estava acesa e ela intui que sentiram medo durante sua ausência até a madrugada. Imagina os temores que passam pela cabeça dos dois, afligindo seus pensamentos.

Naquela noite, ela permanecerá acordada, faminta, encolhida num canto da sala, em vigília pelo sono e pela paz dos filhos.

Quando Rita Preta chega ao "cemitério de carros" e contempla o terreno repleto de lixo, mato alto e carrocerias abandonadas, não decide se deve ou não pedir aos céus para encontrar naquele pedaço de terra as respostas para suas aflições. Ela havia relatado ao delegado do caso e à corregedoria, em momentos diferentes, todas as informações, falsas ou verdadeiras, recebidas de Brinquedo no presídio naquele dia fatídico. Repetiram-lhe o dito por Edgar, era preciso investigar a veracidade do relato, mas, sim, todo o relato poderia ser verossímil. Marcaram diligências e possíveis oitivas, mas não informaram quando seriam feitas. Ela decide não esperar o desenrolar do inquérito, vai pôr os pés na rua e a boca no mundo. Perguntará até a exaustão se alguém testemunhou o que se seguiu à abordagem de seu filho.

Rita resolveu telefonar mais uma vez para Jorge. Eles não se viam havia tempos, mas ela ainda recordava com alívio e confiança da companhia dele. Sabe também que ele não se negaria a estar a seu lado quando necessário. Naquele dia, ele estava viajando, mas concordou em acompanhá-la pelo terreno indicado quando retornasse a Salvador. Ela não contou que não sabia se havia sido vítima ou presenciara um atentado, temeu impressioná-lo, suscitar medo e fazê-lo desistir do reconhecimento do terreno. Então, foi assim que eles voltaram a se encontrar naquele dia num local próximo à estrada, num ponto de ônibus apinhado de passageiros, facilitando seu anonimato.

Um dia nublado, sem uma nesga de luz solar que transpusesse a densidade das nuvens. Eles descem do veículo, andam por veredas, encontram ferros-velhos corroídos pelo tempo e tomados por ervas daninhas, pneus velhos, sacos e vasilhames plásticos espalhados, terra por toda parte, chão, cercas, algumas casas com os tijolos à mostra, algumas pessoas passando de forma esporádica.

Enquanto caminha, Rita imagina como encontrar algum vestígio da presença de Cid, de seu corpo em crescimento abandonando o casulo da infância; como encontrar indícios de seus sonhos, de seus medos, de seus amores em meio ao desconcerto daquela terra sem lei. Ela não dispõe de giz, marcadores, luminol, não sabe como investigar a presença de projéteis, digitais, estilhaços, rotas de fuga.

No entanto, Rita Preta tem a crença nos laços que a unem aos filhos, e por sua vez a todos os seres em todos os tempos, memória de seu corpo vivo.

8

Naquela paisagem de mata e veículos depenados, ferros retorcidos, enferrujados e queimados, quinhão minado pelo crime, cenário de roubo e de morte, Rita encontra dois lavradores, Eurides e Rosalvo, que cultivam em silêncio uma roça de subsistência. De início, o homem se mostra arredio e lacônico diante dos pedidos de informações. A mulher parece disposta a responder, embora tenha consciência do perigo. Ainda assim, conta que mora a uma distância considerável daquele local onde trabalha. Eles não tinham permissão para cultivar em terrenos próximos à casa, somente naquela fração de terra junto ao acostamento. Dali retiravam o pouco de que precisavam, e as sobras eram negociadas com os caminhoneiros.

Rita sabe que a condição daquele casal é difícil e beira a indigência. Eles não habitam uma casa de paredes e telhados, mas um apanhado de madeirite, restos de peças de compensado do que foram móveis, folhas de metal, telhas de fibrocimento e lona preta. Eurides veste uma calça masculina e uma camiseta suja com muitos furos, quase se desfazendo em seu corpo. Ela tem outro trapo por baixo para lhe conferir alguma dignidade. Calça um par de sandálias de cores distintas. A situação de Rosalvo é ainda pior; trabalha sem camisa, está esquálido, as faces cavadas, a calça jeans amarrada à cintura por um cordão de sisal.

Eles contam que estão ali de forma provisória. Chegaram há pouco mais de seis meses. Já tiveram tempo de ver de tudo: tiro, vaivém de carro depois do pôr do sol, veículos incendiados depois de serem depenados. Rosalvo não conta, mas Eurides diz que, ao retirar uma raiz de mandioca da terra, se deparou com ossada humana — "não é osso de bicho, era osso de gente". Por isso a vida desse casal sem filhos é feita de silêncios, e mesmo os dois cães que os seguem se agitam ao menor indício de perigo, sem precisarem latir.

Se eles estavam ali havia seis meses, e aquele local era para onde Cid tinha sido levado, talvez soubessem de algo, tivessem presenciado alguma movimentação estranha, tivessem registrado em suas memórias algum crime. "Não", a mulher diz. "Não", o homem repete. Nada em particular que chamasse a atenção envolvendo um adolescente. Naquele intervalo de tempo já fingiram não ver as chamas de um incêndio criminoso se alastrando, e depois carregaram latas d'água para apagar o fogo que ameaçava devorar qualquer coisa; do barraco ouviram tiros para executar um homem e precisaram prender a respiração para não chamar a atenção de quem corria pelos atalhos em fuga; encontraram mais ossada arando a terra, e quando miram a fotografia de Cid guardada no bolso da calça de Rita, eles relatam não tê-lo visto nem vivo nem morto.

Nem um grito? Nem um pedido de socorro?

Eles silenciam. Rosalvo volta a limpar o terreno do mato que vai crescendo entre os pés de aipim. Eurides recolhe as embalagens plásticas atiradas da estrada pelos carros e enroscadas na plantação. Rita se afasta de Jorge; continua sem notar a pochete levada por ele ao ombro, o revólver carregado em seu interior. Ela se aproxima de Eurides, vai ajudá-la a recolher o lixo, levando as embalagens para uma lata de argamassa vazia destinada aos resíduos. Por um breve momento, elas se encaram como se executassem uma coreografia. "Não", a mulher repete. Depois Rita caminha até Rosalvo e observa as covas recém-abertas para plantar as mudas novas. "Eu também vim da terra como o senhor." Quer sensibilizá-lo em relação à sua dor de mãe, pensa em falar de Carmelita e Mazé, dos gêmeos, mas tranca a boca para conter a raiva que ameaça extravasar. "O peixe morre pela boca." Então nota que os dois compartilham os mesmos saberes. Ele não diz "não", e a única coisa além dos eventuais motores de automóveis é a enxada ferindo a terra. "Nem esse som", ela pensa em perguntar, "nem esse som de enxada cavando a terra te diz algo?"

Rita se afasta, o peito é um mar revolto, e por isso ela precisa ser rápida e entrar na cabine do caminhão. Jorge a acompanha olhando para os lados para saber se não estavam sendo observados. Os lavradores continuam a ignorar os dois visitantes, trabalhando como se nada estivesse acontecendo. Até que Eurides rompe com a aparente indiferença e faz um sinal, pedindo para Rita aguardá-la.

Ela caminha limpando o suor que lhe escorre da face, segurando as raízes de aipim como se carregasse uma criança de colo. Se aproxima de Rita para ofertar a dádiva, mas ela está fraturada e parece pouco interessada no que tem a receber. Ainda assim, aceita o embrulho.

Não diz obrigada.

Eurides se põe a caminho de Rosalvo, mas de repente para. Toma o caminho oposto, retorna até o caminhão. Rita chega a pensar que se encaminha em sua direção para levar de volta as raízes pelas quais não agradeceu.

Eurides para. Olha para os pés calçados com o par de sandálias diferentes. O calçado do pé esquerdo é preto e ligeiramente maior que o do pé direito, o florido. Ela retira a sandália e a levanta com a mão direita, entregando-a a Rita.

Ainda que não disponham de estetoscópio, elas conseguem escutar as batidas de dois corações acelerados por altas doses de adrenalina.

"Onde você encontrou?"

Rita Preta caminha segurando a sandália. Jorge segue seus passos, mantendo a mão perto da pochete para qualquer emergência. Tenta recordar quando foi que deu por falta do par, o único par de sandália, além do tênis da escola de Cid. Talvez tenha sido no terceiro ou quarto dia, quando vasculhou o guarda-roupa e a casa em busca de sinais que a ajudassem a entender o que estava acontecendo. Ele estava de sandálias, concluiu, porque o tênis continuava em casa, sujo e malcheiroso. Suas pernas estão repletas de carrapichos, às vezes eles picam sua pele. Mas ela está com os sentidos do corpo embotados e o desconforto não chega a incomodá-la.

Rosalvo observa a mulher passar pela roça e parece perplexo com o que vê, embora não tente impedi-la. Eurides abre picadas em alguns trechos e caminha por trilhas abertas em outro. Chega a uma pequena clareira com mais carrocerias de carros e pneus abandonados. "Eu encontrei aqui", ela diz, apontando para um local indistinguível de qualquer outro à sua volta. Rita olha em volta, procura por um pedaço de madeira ou galho de árvore, mas não encontra.

Eurides continua a ouvir os mesmos rumores de botas pisando o mato e os sons de pneus correndo a estrada de chão. Continua a ouvir gritos e estampidos. Sabe de onde vêm o crepitar e o cheiro de queimado, e por isso não se anima a ir até o local, não quer ser testemunha outra vez de nada que não dissesse respeito à sua vida. Tinha preocupações demais, não precisava de outras. Rosalvo concordava e não precisava dizer nenhuma palavra. Depois encontrou a sandália no caminho para aquela pequena clareira. Ninguém morava naquele quinhão, ninguém notaria uma sandália sem par e perdida. Eurides ponderou se poderia ser útil, não tinha dinheiro para comprar qualquer coisa. Guardou-a em seu barraco.

Há pouco mais de quinze dias, a tira de uma das sandálias — também encontrada nos lixões na beira da estrada — rompeu.

Lembrou do pé guardado, era exatamente o pé esquerdo. Servia, embora fosse maior.

"E por que você me entregou?"

"Perante Deus! Eu sonhei com um rapaz vindo buscar o pé de sandália. Aí aparece a senhora aqui falando do seu filho, justamente hoje."

Elas se encaram outra vez como se algum segredo cruel — uma confidência que envolvia as duas — tivesse sido revelado. Sentiam-se ligadas por esse fio invisível. Elas permanecem assim por um tempo, cercadas pelas carrocerias carcomidas, o terreno irregular, o ar de calmaria que contrasta com a ventania percorrendo o interior dessas duas mulheres. Até que ouvem passos; Rita procura por Jorge e percebe que não está mais ao seu lado. A marcha se torna mais firme, os gravetos se quebram com mais intensidade, as folhas são pisoteadas com pressa, transmitindo uma atmosfera de inconstância e perturbação.

Primeiro surge Rosalvo com as mãos acima da cabeça, o semblante atemorizado. Em seguida, Jorge, apontando a arma para as costas do homem. Até mesmo os cães seguem a trilha, latindo assustados.

"Fale! Fale! Eles pagaram para vocês enterrarem o moleque não foi?"

"Não! Não! Eu não sei de nada. Nós não sabe de nada. Eu juro pela alma da minha mãe que não sei de nada."

"Nós não sabe de nada, moço, já disse tudo que eu sei."

"Eles pagaram quanto a vocês para abrir a cova e enterrar o menino?"

Rita está paralisada. Ao ver Jorge portando uma arma — desde quando?, ela se pergunta —, não consegue mais articular os pensamentos. Por um lado, a coação pode surtir efeito e revelar o que de fato aconteceu. Aquele rompante de inesperada violência pode culminar no desfecho da incerteza que a arrasta pelos meses de ruas, entrando e saindo de edifícios e circulando por chãos de terra como este em que pisa. Ao mesmo tempo, tudo é incerto e há o temor de que Jorge esteja cometendo uma grande injustiça ao acusar o casal de algo que talvez não soubessem, algo em que nem mesmo estivessem implicados. Eurides começa a chorar e se ajoelha, implora para que Jorge não faça mal ao companheiro. Eles não sabem de nada, jamais viram o jovem da fotografia.

Jorge parece disposto a ir mais longe em seu rompante de violência.

Rita, não.

"Basta", ela grita. "Não quero que faça isso. Deixe os dois em paz. Se fossem bandidos, estariam trabalhando sem terra na beira da estrada? Teriam pelo menos uma casa decente."

A mulher dobra os joelhos sobre a terra e se prostra desolada. O homem continua de pé, os braços pendendo do corpo, os olhos fechados sem querer acreditar no que estava acontecendo.

"Tinha marca de fogo, quando escutamos os gritos antes de encontrar o chinelo", ele aponta para o oeste de luzes, o sol se pôs há poucos minutos. "Teve fogo e cheiro de carne queimada. É o que sei", diz, antes de levantar a mulher do chão para tomarem o caminho de casa.

9

O fogo tingiu de cinza o solo vermelho-escuro, imprimindo no chão os contornos de um corpo humano. A terra exibiu, efêmera, as marcas de seu flagelo. Não havia lenha queimada nem frações do tecido de suas vestes. O líquido inflamável penetrou o solo, extinguiu os brotos de vegetação, antes arrancados manualmente, insistindo em crescer. Fez da terra um sudário e assim permaneceu até a primeira chuva; repentina, intensa, limpou o chão como se lava o átrio de uma construção. Carregou os detritos, a erva morta, os restos de insetos queimados pelo incêndio. Não existia mais uma marca humana, somente uma sombra fugidia; em breve seria varrida pelo vento, por mais chuvas, iria se alterar com a inconstância do orvalho, desapareceria com o tempo. Não resta nada, e a terra é apenas terra outra vez; talvez, em breve, torne a ser recoberta por mato. Mas, enquanto o solo continuar desnudo, indicará uma silhueta.

A mãe não vê nem distingue essa mancha. Para ela é difícil se fixar no horror e ler naquele lugar os sinais do epílogo de sua história. Sente vontade de se deitar sobre a terra, de escutar o que os arbustos, pássaros, insetos, as pequenas árvores têm a contar. Mas a noite avança sem abalos e o vale é tomado por sombras que tornam as formas indistinguíveis. Precisa seguir, retornar para casa, devolver Jorge para sua vida antes que cometa um crime. Sente que está perdendo emoções preciosas naquela paisagem moldada pelo abandono, pelo terror. Não quer se desumanizar, deixar o mal extremo embotar seus pensamentos e sentimentos, assim como quase fez ao não proteger de imediato o casal da violência de seu ex-amante. Ela voltará à delegacia com a sandália nas mãos para fornecer o achado às autoridades. Se não escavarem o solo em busca de elementos para confirmar o crime contra Cid, ela própria revirará a terra na sua jornada em busca de resposta.

Rita Preta permanece em silêncio boa parte do caminho para casa. De súbito, interrompe a calmaria, não sabia que Jorge portava uma arma. Ele parece indócil, não se desculpa por não ter dito, não revela sua vontade de fazer algo para mitigar aquele sofrimento sem fim. É um homem áspero no trato, precisou ser rude para sobreviver. Ele não diz que acha a história da sandália suspeita, e sim, achava que o casal participou ou testemunhou algo. Jorge se esquiva de dizer mais porque Rita nunca falou do filho sem vida. Quer preservá-la. Por mais que seu sentimento por ela esteja mudando, e possivelmente o dela também, ele sabe, não teria coragem de dizer a uma mãe — a mulher embalada em seus braços e com quem se conjugou na cama — que seu primogênito está morto, pois tudo parece indicar que este tenha sido seu destino.

Ela decide não questioná-lo sobre o revólver nem repreendê-lo pelo sofrimento causado ao casal de lavradores. Sente-se algoz e cúmplice da ameaça presenciada. A sandália suja de terra continua entre suas mãos e Rita a segura com tanta força que, quem pudesse vê-la, poderia perceber seu temor de que o objeto desaparecesse. A fixação pela relíquia e seu silêncio são sintomas de seu desamparo. O veículo se desloca com velocidade e o vento revolve seus pensamentos. Por um átimo, ela deseja que Jorge guie seu caminhão para um dos hotéis baratos frequentados pelos dois. Deseja que ele a possua outra vez para se sentir viva; que a retire do estado vegetativo, incapaz de reagir, como se precisasse se entregar ao mundo para terminar de ser destroçada de uma vez.

Ele a deixa num local distante de sua casa, sem sequer se despedir.

Ela precisa concluir o percurso sozinha.

Quando chegar em casa, os filhos perguntarão sobre a sandália, querendo saber se pertence ao irmão. Ela não poderá afirmar com certeza, mas em troca os envolverá em seus braços, gestos substituindo as palavras que lhe faltam.

Quando a polícia se dirige ao campo de desova, o casal não está mais no local. Removeram as placas de metal e madeira, as paredes do barraco; recolheram também os instrumentos e os poucos utensílios; retiraram as raízes antes do tempo e abandonaram outras na terra para crescerem e cumprirem seu destino de alimento. Colocaram os pertences numa carroça velha e seguiram a pé, sem direção, em busca de um lugar para trabalhar e permanecer em segurança.

O homem puxa a carroça.

Seguido dos cães, que desbravam o mato do acostamento para escapar do asfalto quente.

A mulher descalça percorre a trilha de seus animais com medo de ser picada por cobra.

Rita Preta não os julga por terem fugido. Fosse ela, faria o mesmo para se proteger. Ela pensa nos dois enquanto acompanha as buscas no terreno. Rita está acompanhada de Duda. Assim, esperam pela definição dos locais de escavação. Ouve dos peritos que, existindo necessidade, solicitarão uma retroescavadeira, mas antes é preciso fazer uma exploração manual para evitar danos ao terreno. Três trabalhadores da região ajudam nas escavações das imediações onde existiu a suposta marca da queima, onde a sandália havia sido encontrada.

Ela contempla os buracos abertos na terra disforme. Em momentos de torpor se sentirá como num sonho, os buracos que se tornam grandes bocas a engolir arbustos, árvores, terra, se aproximando cada vez mais para devorá-la. Rita não teme a terra, e a desafia. Não teme mais o rio que levou seus irmãos. Nem a rejeição da avó nem a solidão de se sentir abandonada pela mãe. Não teme a hostilidade de seus patrões, eles já não têm domínio sobre sua existência. Mantém-se de olhos bem abertos para saber o que a terra tragou, quantas vidas devorou em cumplicidade. Quer saber das partículas de entulho, das rochas, do solo que muda de cor enquanto o torturam tentando chegar ao seu profundo.

No fim do dia, os peritos informam sobre os fragmentos de ossos recolhidos para análise. Antecipam: talvez não pertençam a quem procuram, indica o exame preliminar, ainda não completou um ano do desaparecimento do filho. Rita retorna para casa, o corpo frio, e o único gesto que faz é estender a mão afastando os filhos. Não há nada a dizer.

Dias depois, Duda telefona para Rita: os fragmentos de ossos analisados não eram humanos. Eram ossos de boi, datados, estavam havia um bom tempo enterrados. O resultado devolve ao mesmo lugar a incerteza sobre as últimas descobertas e faz com que se sinta ainda mais esgotada.

À tarde, para sua surpresa, é a vez de Fátima telefonar para contar de sua soltura. Responderá ao processo em liberdade. Mas antes de deixar a prisão precisa da ajuda de Rita: descobriu que não tem mais casa. Sem condições de pagar o aluguel, a filha havia entregado as chaves ao senhorio e foi morar na residência universitária; Ronaldo tinha se unido à namorada e disse que não havia espaço para a mãe na casa da sogra, onde residia. Os pertences de Rita já estavam em sua residência provisória, mas Fátima descobriu que não tinha onde ficar. Alguns móveis, roupas e eletrodomésticos haviam sido transportados com o filho. Letícia, a única irmã de Fátima, quis lhe dar abrigo, mas foi impedida pelo mesmo marido que não a deixara visitar a colônia penal.

As duas se abraçaram desajeitadas na saída do presídio. Sentiam-se aliviadas, mesmo sabendo do julgamento por vir, que poderia devolver Fátima à prisão, embora o advogado estivesse otimista com a reversão da pena para uma prisão domiciliar ou prestação de serviço comunitário. Fátima aparenta estar mais velha; o cabelo com mechas grisalhas, a pele ressecada, o corpo mais magro, as roupas parecendo largas. Rita dormiria por enquanto com os filhos no quarto, Fátima se instalaria de maneira provisória no sofá da sala.

Ela sabia do assassinato de Kelly e do crime testemunhado por Rita; anuncia que tem suas próprias conclusões sobre o atentado. Queriam atingir Rita, se tratava do mesmo grupo de policiais que deram cabo da vida de Cid, embora as investigações não tivessem chegado a uma conclusão. Ela pede à comadre mais cuidado. Rita reage às preocupações de Fátima com todos os argumentos repetidos ao advogado para justificar sua investigação paralela, as entrevistas, a contínua aparição pública. Não pode se proteger se o filho correu risco, perigo. Simular que está conformada não lhe trará resposta. Precisa se expor, denunciar aos quatro cantos da cidade a violência. Precisa apontar o dedo para os que retiraram Cid de sua vida. Precisa continuar.

Naquela noite, elas se sentam à mesa e fazem uma pequena refeição na companhia de Cainho e Juca. Nenhuma das duas comenta o tempo da prisão diante dos adolescentes, mas Fátima conta, em privado, sobre um grupo de leitura de livros organizado pela professora Denise — ela faz questão de lembrar do nome — que as tratava com um respeito inexistente atrás das grades. A cada livro lido, sobre o qual precisavam escrever, diminuíam alguns dias da pena. Nem todas as internas liam, é verdade, mas as que liam gostavam, conversavam por dias, traziam as personagens para a rotina da cadeia. Durante aqueles meses leu poucos livros, gostou da experiência e de um livro em especial do qual não recordava o título — "Rita, minha cabeça anda fraca". A história de duas irmãs separadas pelo marido de uma delas e que vai para a África.

"É uma história triste e bonita. A mulher come o pão que o diabo amassou. Mas o final é feliz. Eu prefiro histórias com o final feliz." Diz também que leu outro livro, o diário de uma mulher chamada Carolina — ela lembra —, moradora de uma favela em São Paulo. Essa história a fez passar em revista a sua infância e a vida dos pais.

A conversa é interrompida pelas imagens de reportagem na TV sobre a chacina cometida por policiais na Vila Moisés. Escutam fragmentos do discurso do governador dizendo que o policial precisa ter a frieza de um artilheiro na frente do gol. "Covarde", Rita fala sem deixar de olhar para a tela.

"Mas será que não eram bandidos, Rita?"

"Meu filho não é bandido. Eles fazem perversidade com qualquer pobre, com gente como a gente. Não lembra como chegavam tocando o terror no bairro? Eram doze filhos, maridos, irmãos, netos, Fátima! São doze mortos. E se tiverem cometido algo? Não existe a Justiça? Ou a justiça é a vingança de um policial?"

A revolta de Rita Preta extravasa de seus olhos iluminados pela luz do televisor. Quem fala não é mais a mulher, a trabalhadora, a amante que quer apenas seguir sua vida.

Quem clama é a mãe. Quem ruge é a fera.

10

Eu perdi quatro filhos em dois anos. Dois num ano; dois noutro. Eram cinco filhos homens. A polícia matou quatro. Sobrou um filho, o que cuida de mim. Eu não sei se eles estavam envolvidos com coisa errada, só sei que não traziam arma pra dentro de casa. Eu via dois fumando "o negócio" deles. Somente um tinha passagem por furto, os outros não, senhora, não tinham. Um deles, meu mais velho, já era pai de dois meninos de mães diferentes. Toda vez que penso nos meus netos, eu oro a Deus e peço que fortaleça esses meninos, que tire eles do mal caminho. Me doeu demais enterrar meus filhos, não desejo essa dor a ninguém. Dois num período de três meses. No ano seguinte, mais dois. Demorou pra aceitar que eu não ia ver mais meus filhos. Quando mataram os primeiros, chegaram na minha porta e disseram que tinham encontrado eles no terreno lá pra baixo. Fui debaixo de chuva reconhecer o corpo do primeiro. Quando vieram me chamar por causa do segundo era de madrugada. Deram tanto tiro que eu não consegui ver o rosto do meu filho uma última vez. Ele não era mais nada ali, sujo de lama, estirado no barro, a chuva levando o sangue que não parava de correr.

O terceiro eu reconheci no IML. *Me deu um beijo antes de sair à noite. Pedi que tomasse cuidado, que não tinha nada que fazer na rua à noite. Ele jurou que ia voltar cedo. Não voltou. Disseram que encontraram ele com uma arma. Eu ainda não consigo acreditar. Era um menino bom, tinha dezoito anos, nunca pegou em arma. Não que eu soubesse. Gostava das músicas lá dele, daqueles cantores cheios de ouro. Eu não gosto dessas músicas, não, só gosto de louvores. Mas não impedia que escutassem. Que mal pode fazer uma música? Às vezes eu pedia pra eles procurarem por Deus, ir pra uma igreja. Quando eram pequenos, eu levava pra igreja. Depois foram crescendo e não queriam mais ir comigo. Esse meu filho não era de briga, era tão bom menino. Foi o que mais chorou dos cinco quando os dois primeiros foram mortos. Nunca se recuperou.*

Imagine chegar naquele lugar frio e pensar que, se é verdade que é seu filho, se ele está ali, é porque não está mais vivo. Passa um filme na cabeça: as dificuldades, os maus-tratos, as humilhações que a gente passa pra trazer comida pra casa, pra dar roupa, dar um teto. Eu criei esses meninos sozinha, sem marido, sem parente pra ajudar. O pai deles vinha aqui, fazia filho, ia embora. Trazia a feira, às vezes material de construção. Eu era inocente, não atinava pra nada, não percebia que estava sendo enganada. Quando o primeiro nasceu, eu tinha catorze anos. Lavei roupa, trabalhei na feira, fui empregada doméstica a vida toda. Nunca tive carteira assinada. Trabalhava como uma escrava. Até tapa na cara levei de patroa. Eu morava com os dois mais velhos na comunidade das Malvinas. Veio a prefeitura e disse que a gente tinha que deixar nosso barraco. Hoje eu sei que queriam desocupar a área pra construir apartamentos pra quem tinha dinheiro. Na época, aceitei o lote pra construir lá no fim da avenida Suburbana. Era isso ou nada. Onde eu ia criar meus filhos? Foi assim que viemos morar em Fazenda Coutos.

Quando chegamos no bairro era tudo mato. Tanta árvore. As crianças cresciam livres. Nadavam na lagoa da Paixão. Tinha licuri e dendê aos montes. A gente conseguia o material pra construir e levantava as casas. Morava sem acabamento, às vezes sem teto completo. Um vizinho ajudando o outro. Um carregava areia, outro os tijolos, as mulheres traziam o balde d'água. As primeiras casas foram construídas assim, de mutirão. Em trinta anos o bairro mudou muito. Tudo é asfalto. Acabaram com as árvores e com a paz. Tudo foi tomado por construções. Os crimes cresceram também. Não sei o que aconteceu: se foi gente de fora que chegou trazendo os males de onde vinha. Só sei que uma parte da juventude se corrompeu. Foi mexer com drogas.

O último filho foi tirado de dentro de casa por dois policiais. Ele sabia que os homens iam levar ele pra matar. Se escondeu debaixo da minha cama. Eu pedi pelo amor de Deus, que não levassem meu filho e que se não tivesse como não levar, que não fizessem mal a ele. Tive vergonha de dizer que já tinham matado três dos meus, pros policiais não acharem que podiam fazer o mesmo com o quarto. Meu filho. Meu Deus, quando eu conto parece que estou falando dessas histórias que a gente escuta e não sabe se é verdade. Às vezes me pego duvidando. Meu filho. Eles tiraram meu filho das minhas vistas pra matar a sangue-frio, mas eu preferia que tivessem feito mal a ele na minha frente. Queria ter morrido naquela hora, junto, dizer que o Estado tinha matado minha família. Iam levar o quinto também?

Só posso orar a Deus e pedir que me conforte, que tire os sentimentos ruins de dentro de mim. Mas eu sou gente e sinto raiva. As orações que eu faço não são pra trazer meus filhos de volta, porque isso Deus vai fazer no dia do Juízo. Oro pra me livrar desse pecado, para não deixar essa raiva me envenenar, me matar, porque essa dor que está em mim, essa dor não tem fim.

Rita Preta sabe que não conseguirá agendar uma audiência com o governador. Ele não vai atender uma moradora de comunidade que acusa a polícia, chefiada por sua autoridade, de sequestro, morte e ocultação de cadáver. Sabe, porém, que ele estará presente na inauguração da duplicação de uma avenida num bairro de classe média alta e outro surgido a partir de uma ocupação popular e que por muito tempo foi conhecido como Invasão das Malvinas. Ele vai cortar uma fita inaugural diante dos fotógrafos; ela vai na direção contrária, tentando atar os fios de sua vida. Não se ilude achando que sua manifestação diante do governador vá devolver seu filho, mas nunca esteve disposta a viver sua espera sozinha nem em silêncio. Todos precisam saber de seu calvário. E por isso ela vai espalhar por onde passar que a polícia levou alguém de sua família.

Rita está distante do local onde ocorrerá o ato. Seus olhos percorrem atentos as possíveis passagens entre os presentes, tentando definir o caminho a seguir quando for se aproximar. Precisará esperar uma hora e meia até o início da cerimônia, mas nem mesmo o sol é capaz de fazê-la recuar.

Então o cerimonial dá início às apresentações e saudações das autoridades. O governador começa seu discurso. Rita escuta as frases esparsas, não encontra sentido no que ele diz; é sua primeira vez num evento dessa natureza. Tece sua própria crítica; segue o senso comum de que todo político é mentiroso. É assim que se dividem as opiniões pelas comunidades por onde passou: os defensores — e defendem com afinco — e os que pouco se importam, por não notarem mudanças concretas no cotidiano. Ela se inclui no segundo grupo. Olha para o homem vestindo um terno de grife por trás do microfone. Não sente nenhuma simpatia por sua imagem e não se trata apenas de uma antipatia de classe. Seu discurso é um palavrório sem conexão com a vida que Rita bem conhece. Parece com as exposições de seus patrões e chefes, sempre se sentindo superiores, opinando a respeito de tudo, sem jamais conhecer a vida longe de seus círculos. Assim como eles, o governador relembra um tempo de dificuldade, mas mora em bairro nobre, é proprietário de imóveis de alto valor, frequenta os confrades de uma aristocracia moribunda, embora se ponha, nas campanhas políticas, ao lado do trabalhador. Anos mais tarde, quando Cainho se sentar paciente a seu lado e os dois tiverem uma conversa franca e política sobre os traumas da vida da família, falando sobre a herança do passado que reverbera feroz no cotidiano de sua gente, Rita concordará que a elite de seus dias em nada difere dos senhores e conquistadores de outros tempos.

Quando, durante a cerimônia, o governador se aproxima para cortar a fita, e a rompe sob os flashes das câmeras e dos celulares, Rita ultrapassa sem alarde o bloqueio policial que faz a segurança. Tenta fazer sua voz se sobrepor aos ruídos e aplausos.

"Governador, governador! Aqui!", diz, acenando com a mão, enquanto tenta chamar sua atenção para que ele se vire em sua direção. "Aqui, governador!", repete, sem sucesso.

Então, Rita se aproxima mais e segura a fita caída, agita-a nas mãos. Está cada vez mais perto e ouve de dois policiais da segurança que não pode se aproximar.

Mas ela desobedece. Descobriu que nascera para desobedecer.

E finge que não está impedida de se aproximar da autoridade pelos homens de sua segurança.

"Meu filho", as palavras ecoam sob a tenda, "meu filho foi raptado pela polícia, governador. Vim saber o que o senhor vai fazer. Quero que me tragam ele vivo, como ele foi retirado de mim. Mas, se por acaso a polícia matou ele, me digam onde está o corpo para que eu possa dar um enterro digno a ele. Para que eu e os irmãos dele, a gente possa se despedir e viver nosso luto. O que estamos vivendo não é vida, governador. Não é vida! Nem luto. Nem esperança. Morremos com ele. Todos os dias eu vejo uma mãe chorando pelo seu filho morto. Polícia não é justiça, governador! Muitas choram pelos filhos mortos nas operações da polícia. Eu já conheci várias..."

A audiência aos poucos silencia para ouvir a voz de Rita.

"Senhora, a cerimônia já acabou. O governador tem outro compromisso", um dos homens da segurança diz, enquanto mantém Rita afastada do governador.

"Mas o que é mais importante e mais urgente que uma mãe procurando pelo seu filho, meu senhor? O governador precisa me ouvir. Ele não é o chefe da polícia?"

O governador para por alguns segundos e parece escutar Rita Preta.

"A polícia não é jogador de futebol e nossos filhos não são o gol."

"Minha senhora, vai ofender o governador?"

"Não estou ofendendo. Quero justiça. Estou defendendo meu filho, minha família. A ditadura não acabou aqui, governador. Nunca atinei para os estudos, mas meus filhos me ensinam muita coisa. Para as mães da periferia, a ditadura nunca acabou. Vocês continuam a sumir com nossos filhos."

O governador faz um gesto pedindo para alguém tomar nota das informações de Rita Preta. Um assessor promete com ênfase que irá procurá-la. Ela retira um papel dobrado do bolso e estende a mão para entregar direto ao governador, mas o assessor se antecipa e retira o papel de suas mãos. Entregará ao destinatário, garante. Escreveu a carta com a ajuda do filho do meio, pedindo providências em relação ao caso de Cid. Não acredita que será lida, mas está determinada a incomodar, porque incômodo é o que sente sem cessar.

II

Cala a boca, sua puta! Ou você para de falar por bem ou vai parar por mal. Prefere acordar com a boca cheia de formiga?

Há dias em que Rita Preta responde aos telefonemas com a mesma ferocidade de seu interlocutor. Noutros, se poupa: ignora, desliga e segue com seus afazeres.

"Quem telefonou, Preta?", Fátima pergunta, percebendo o incômodo de Rita.

"A mesma pessoa que de vez em quando telefona para me ameaçar. Querem que eu tenha medo", Rita responde enquanto deixa o celular de lado para continuar lavando a louça do almoço.

"Você não se preocupa? Já tentou mudar de número?"

"Eu tive medo por toda a minha vida. Em alguns momentos se tornou uma coisa fora de controle, enorme, como quando vi meus irmãos arrastados pelo rio ou minha avó me mandando embora com aquela mulher para a cidade. Quando eu vi o mar pela primeira vez, corri das ondas. Senti um medo que não era capaz de controlar. Mas depois do sumiço de Cid percebo que sentir medo não me protegeu do pior, Fátima. Então esse medo que ainda resistia em mim foi desaparecendo. Quantas pessoas, para sobreviver, precisam dominar seus medos?"

"Eu mesma tive pavor quando fui presa. Achei que ia morrer de tanto medo."

"Mataram uma mulher do meu lado, Fátima. Até hoje não sei se foram as pessoas que me ameaçam ou um acerto de contas com ela e o tal Brinquedo. A polícia está 'investigando', é o que o advogado diz. Sabe Deus até quando."

"Eu não consigo imaginar seu pavor. Quando a gente percebe, essas coisas na comunidade já aconteceram, mas nunca pensa que da próxima vez será com a gente."

"Eu pensei nas histórias que minha avó contava sobre minha bisavó. Nunca a conheci. Se chamava Donana. Minha vó Carmelita dizia que o irmão Zeca enlouqueceu e minha avó passou muito tempo procurando por ele no meio da mata, das fazendas, perguntando a quem passava se tinha visto o filho doido. Depois foi minha vó Carmelita que sumiu de casa por causa do marido da mãe. Mas precisou de coragem para superar as vezes que ficou viúva, os filhos que morreram pequenos, para trabalhar na roça e manter a família. Depois, as complicações da vida. Com minha avó não foi diferente. Com minha mãe também. Eu não me lembro do pai. Quantos vieram antes de nós e tiveram que controlar o medo para poder continuar vivendo? Não vou me permitir ser intimidada por esses bandidos. Podem até me parar, como prometem nas ameaças. Mas, se não me pararem, eu não paro. Não vou ter paz ficando em silêncio. Eu só vou ter paz se souber que fiz tudo que estava ao meu alcance para descobrir o que aconteceu com meu filho. Não posso dar mais espaço ao medo na minha vida."

No chuveiro, Fátima reflete sobre o que Rita acabara de dizer. Ela própria precisou reprimir seu medo durante o cárcere. Viu-se obrigada a lidar com a agressividade e a revolta das internas; com a hostilidade diária dos agentes penitenciários; com a solidão e a melancolia; com a rejeição e a indiferença dos filhos; até mesmo com o receio de passar mal depois de comer a comida servida às internas. Se desse espaço apenas ao pavor e aos maus pensamentos, teria se fixado à ideia de que tinha chegado ao fim e não sairia mais da prisão.

Acordar era afastar o medo do sono eterno; sonhar era o contrário da desesperança.

Fátima fizera o mesmo: afastou o medo que dominava seu peito.

Rita Preta e Fátima decidiram produzir e vender refeições em marmitas para garantir uma receita, depois de terem concluído que não seria fácil conseguir emprego quando descobrissem que uma delas tinha antecedentes criminais. Apesar do choque da prisão, a liberdade tinha devolvido a Fátima o entusiasmo. Ela retomou os planos de alugar uma casa e prosseguir com a vida. Quando contou à comadre sua ideia, Rita concordou de imediato: era o tipo de trabalho que lhe permitiria continuar frequentando as audiências, as reuniões do grupo de mães, além de seguir percorrendo a cidade em busca de informações sobre Cid. Em pouco tempo, conseguiram uma bicicleta e uma mochila de entregador usadas e contaram, a princípio, com a ajuda de Cainho, e depois de Juca, para as entregas, antes que os dois seguissem para a escola. Elaboraram um cardápio simples e conquistaram uma pequena, mas cativa clientela.

Enquanto cozinhavam a primeira refeição — à espera de dias melhores —, o feijão com o qual preparariam o quíntuplo de marmitas dali a seis meses estava sendo semeado a cerca de cento e cinquenta quilômetros da fazenda onde Rita viveu seus primeiros anos. As mãos de homens e mulheres cavavam covas e lançavam sementes com a mesma fé que seus antepassados tiveram na colheita. Com a mesma expectativa, Rita e Fátima experimentavam os condimentos, o sal, para que a comida fosse agradável ao paladar de quem se alimentaria dela. A fé movia as nuvens e a chuva, que fariam o grão crescer forte. Movia também os braços de Rita e Fátima picando cebolas, tomates, coentro, esmagando os dentes de alho, mexendo o fundo da panela para o refogado não queimar. Sete dias depois, os lavradores veem o grão germinar e crescer e o despontar das primeiras folhas. Enquanto os lavradores se certificam da umidade do solo e celebram a chuva parca caída na última noite, Fátima segue para a feira do bairro levando o pagamento da semana para comprar mais ingredientes, enquanto Rita caminha para encontrar o advogado numa audiência com o delegado responsável pelo caso. Quando os primeiros botões do feijoeiro florescem, elas falam dos sonhos, não dos que se apresentam durante o sono, mas do desejo vivo e intenso que torna a movê-las: assim que o negócio crescesse, poderiam procurar um ponto comercial, abrir um pequeno restaurante com mesas e cadeiras para servir pratos feitos, além das marmitas para entrega. Quando brotam as primeiras vagens, os lavradores aplicam herbicida e inseticida para livrar a plantação das pragas — seguem os grandes produtores que atestam a melhora da produtividade, desprezando os perigos dos agrotóxicos; Fátima calcula os gastos, e o pequeno lucro a deixa desanimada. Com a maturação das vagens, e depois a colheita, os homens preparam a terra para um novo ciclo; as mulheres juntas batem o feijão com varas para separar os grãos das cascas secas. Juntos, homens e mulheres acham que a safra foi menor que aquela com que sonharam, mas agradecem ao criador pela colheita; Rita reclama do aumento do preço do feijão para a operadora de caixa do mercado do bairro, conta outra vez o dinheiro, mas leva consigo a quantidade planejada. Não louva os deuses, mas agradece ao mundo pela dádiva de poder viver do próprio trabalho, sem chefe e sem registro de ponto.

O ciclo da terra conhecido de Rita Preta, das memórias de sua infância — a avó, a mãe, os vizinhos arando o chão, abrindo covas, lançando sementes que germinariam se o céu ofertasse chuva —, se repetia no asfalto da cidade, promessa de vida, mesmo quando tudo parecia ter chegado ao fim.

Quando Rita lê os nomes dos policiais participantes da ação que resultou no desaparecimento de Cid, se vê tomada pelo mais profundo ódio. Ela recorda da raiva sentida em diversos momentos da vida, e, vez ou outra, algum sentimento mais contundente e próximo da fúria. Não havia fotografias; eram nomes sem corpo, feições, cores, não podiam ser identificados. Ela deseja com ardor poder ver o rosto deles, saber quem são; é a primeira pergunta feita ao advogado. Agora há nomes, ela repete, mas não diz com exatidão o que deseja com a identificação dos investigados.

Sua primeira aspiração não parte de um senso de justiça, ou melhor, não se alinha ao que se convencionou chamar de justiça. Rita Preta deseja vingança. Já que retiraram o filho de sua convivência, planeja devolver a tragédia aos seus algozes retirando os filhos de cada um dos citados, executando uma vingança impiedosa. Talvez depois que o sono a envolva, no dia em que seu corpo estiver tão exausto a ponto de não resistir mais de olhos abertos, no dia em que o ódio estiver quase dormente depois de ter dominado cada segundo de seus pensamentos, ela desperte com outros propósitos, imaginando outros caminhos que não sejam o da aniquilação, da destruição, do sofrimento. Por ora, ela anota todos os nomes, quer saber quando concluirão o inquérito, quando o Ministério Público apresentará a denúncia à justiça. Ao obter as respostas, algumas firmes, outras evasivas, continua a projetar em sua mente — nessa hora chamada de coração — a vontade incontrolável de revanche.

Rita retorna para casa e da janela do ônibus olha as estrelas, esparsas, quase invisíveis, competindo com as luzes da cidade. É tomada por sentimentos contraditórios de indignação e de afeto, conversa com o filho ausente como se conversa com os santos; promete-lhe justiça numa dimensão da vida em que a lei é tudo o que sente.

No dia seguinte, ela telefona para Edgar, o auxiliar do escrivão. Ele parece surpreso e ao mesmo tempo excitado. Rita não diz de pronto que precisará de seus préstimos na apuração do caso, apenas sugere um encontro. Ele aceita.

Não menciona seu verdadeiro interesse, mas sabe que nenhum conhecido além dele pode descobrir mais informações sobre os investigados.

12

O que Rita não imaginava mais é que dançar num salão de dança na Cidade Baixa poderia reconfortá-la de uma maneira que as igrejas jamais conseguiriam. Fazia quase um ano, desde o início de seu périplo, que Rita não saía para qualquer atividade que não envolvesse a busca de informações sobre o paradeiro de Cid.

A essa altura, ainda que não admitisse em público, não o procurava com vida. Havia uma razão para não reconhecer sua morte: se a polícia retirara seu filho da rua, deveria devolvê-lo com vida à família. Rita Preta não aceitaria menos que isso. Admitir para qualquer pessoa que Cid estava morto ia de encontro à justiça que exigia punição para os que feriram sua família. Esse ponto era inegociável. Só pretendia aceitar a morte dele quando a arbitrariedade de seu desaparecimento fosse reconhecida, e o local em que se encontrava seu corpo fosse indicado.

Por seu luto, Rita cogita declinar do convite de Edgar, o mesmo escrivão gentil que a levara até sua casa meses atrás numa motocicleta. Ela se censura ao pensar no que os filhos dirão de seu encontro com um estranho, se irão considerar desrespeitosa aquela saída com outro homem que não fosse Jorge, mesmo sem conhecer as reais intenções da mãe. Decide ir apenas porque alguém, aparentemente confiável, pode lhe fornecer mais informações sobre os acusados. Ele se surpreende por ela ter telefonado, afinal, se passara tanto tempo.

Rita se senta, discreta, numa mesa. Recusa a bebida alcoólica. Pede apenas um refrigerante. Ela não está vestida como nos velhos tempos: com muitas cores, saia curta, sandálias de salto alto, maquiagem, o cabelo cacheado e hidratado. Agora as cores são sóbrias — mesmo com um guarda-roupa cada vez menor —, veste uma bermuda jeans, uma camisa marrom com detalhes em preto, o cabelo está mais curto. Ainda assim, o olhar do homem é de interesse, por sua beleza madura atrás da máscara que jamais a abandonará não só por Cid, mas pelo suplício de todos os tempos.

Eles conversam sobre os nomes dos investigados. Ela retira um papel com as anotações da bolsa, embora não precisasse: havia conseguido decorar todos os nomes. Então ele diz que conhece os policiais, não porque compartilhe o mesmo ambiente de trabalho. Está há mais de seis anos na corporação e, embora não trabalhe diretamente com os militares e seja um mero auxiliar das investigações, os nomes de pelo menos três são citados em outros inquéritos. É um grupo de extermínio, ele conta com cautela para não chocar Rita, medindo cada palavra e reação. Não quer levar mais desespero à mãe; por mais duro que pareça, deseja confortá-la com a verdade.

"Então o que o rapaz preso, Brinquedo, contou pode ser verdade? Que meu filho foi levado por engano? Ele foi confundido com o tal de Playmobil?"

"Pode ser verdade", ele bebe o resto do primeiro copo de cerveja.

"Eu queria ver as fotografias, saber quem são, se eles me seguem, se meus filhos correm risco. Você poderia conseguir para mim?"

"O quê?", ele pergunta sem entender. É preciso falar mais alto para ultrapassar o som da voz da cantora que embala o salão naquela noite.

"Eu quero olhar para o rosto de cada um. Saber se eles me seguem. Eles continuam me ameaçando."

"Sim." Ele diz. Os olhos de Rita se iluminam com sua concordância.

Naquele instante, ela escuta em silêncio a música interpretada pela cantora de cabelo cacheado cor de mel. Conhece a letra, foi a trilha sonora de seus últimos anos. Havia quanto tempo não a escutava? Ela repete as palavras com discrição, não quer ser notada. É como se estivesse descumprindo um ritual, como se a culpa que carrega por não estar presente no dia do rapto de Cid aflorasse, impedindo-a de demonstrar seu apreço pela canção. Mas o homem nota seu interesse, sua completa imersão na melodia envolvendo-os. Consegue ver uma lágrima despontar comedida no canto do olho, e Rita rapidamente leva a mão ao rosto para disfarçar.

Não vou voltar atrás
Nem tão pouco olhar
O passado
Que já foi
A minha derrota
Sou vitoriosa
Sei que sou.

"É Nira Guerreira!"

"Quer dançar?", ele pergunta com suavidade, e segura a mão de Rita repousada sobre a mesa.

Rita não responde nem assente com o olhar. Permite-se permanecer imóvel por alguns segundos. Então se levanta antes de Edgar, não sabe bem o que a guia até o salão. Ela se une ao corpo do homem e o braço dele a envolve, conforta, transmite energia, é o afeto possível em seu caminho de abandono. Ela não cantarola mais, deixa apenas a música preencher as ausências, narrar seu sofrimento, cingir sua existência. Seu corpo desliza em pedaços no chão do salão, mas ainda é ela,

Rita Preta, viva, de olhos fechados e se entregando aos movimentos que curaram as dores dos que viajaram, carregando as coisas mais valiosas na mente e no coração para recriar, nesse chão, um mundo repleto de referências, e assim se manterem vivos.

Rita recebe pelo celular as fotografias de parte dos investigados. São imagens três por quatro, incapazes de revelar o que é mais importante. Mesmo assim, ela as mostra a Fátima. Depois, aos filhos. Pede para as fixarem na memória e ficarem atentos a qualquer aproximação.

Embora não estivesse de posse de todos os retratos, conclui que correspondem à descrição de Vera: mais da metade é formada por jovens: dois homens de pele clara, três de pele parda, dois homens pretos. Do relato inicial, faltava apenas a imagem da mulher. Quando estiver sozinha e voltar a fitar as fotografias, o ódio crescerá a ponto de seus pensamentos se embotarem com a profusão de atos de vingança surgindo e se sucedendo de maneira frenética. O grupo de mães vítimas de violência policial discute os assassinatos dos jovens da periferia como genocídio contra as pessoas negras. Rita concorda com a discussão, olha para as imagens das vítimas, conhece bem as áreas nobres da cidade e sabe: nenhum dos jovens de classe média, nenhum jovem identificado como branco, será abordado por um policial e deliberadamente alvejado. Concorda que a chance de se tornarem vítimas de um ato de violência por parte de agentes policiais é pequena. Então, por que aqueles homens nascidos em comunidades pobres, prováveis vítimas de preconceito e discriminação de origem, de cor, de classe, se voltavam contra seus iguais? Rita não racionaliza sua indignação. Desconfia que, se fizer essa pergunta na próxima reunião do grupo de mães, as lideranças lhe darão respostas genéricas — e são as pessoas como ela as vitimadas nessa teia de violência em nome da segurança coletiva —, sem lhe responder de forma satisfatória. Para Rita, é preciso chegar à dimensão íntima do humano. Por que um homem comete um ato vil contra outro homem sem motivações aparentes? Por que um homem negro, que carrega uma história de discriminação desde o nascimento, se torna agente do extermínio em curso para eliminar seu semelhante?

Considera provável que eles odeiem suas histórias, suas origens, se envergonhem de onde vieram. Que tenham sido ensinados a odiar o próprio passado. Pensa nas vezes que foi levada a praticar o auto-ódio, seja pelos patrões, seja quando se percebeu vítima de preconceito. Mas nenhum desses pensamentos a livra da intensidade da destruição que toma conta de seus dias, de seu desejo de infligir dor àqueles que trouxeram o luto para a vida de toda a sua família.

Rita chega em casa depois de uma audiência e se preocupa ao encontrar Fátima aflita na porta, andando de um lado para outro com o celular nas mãos.

"Estava tentando ligar para você."

"Meu celular descarregou."

"Juca saiu para entregar as marmitas e não voltou. Ele não foi para a escola."

"Meu filho", Rita deixa a bolsa de lado, "onde está Cainho?"

"Eu fui até a escola e pedi que liberassem ele para me ajudar a procurar Juca", Fátima tem as mãos trêmulas, a expressão transtornada. "Caminhamos o bairro todo, Rita. Não encontramos nem sinal dele."

Rita deixa a comadre para trás e caminha proferindo uma prece; repete ao infinito a palavra "não".

"Não. Eles não podem ter levado outro filho."

"Não. Deus não pode ter me tirado outro filho."

"Não. Eu não devia ter permitido que Juca entregasse marmita."

"Meu filho ainda vai completar catorze anos. Não."

Quando dobra a esquina, Rita encontra uma viatura se deslocando pela rua em baixa velocidade. Faz sinal para que o veículo pare. O carro continua a ronda; os dois policiais ocupantes, o motorista e o passageiro, rolam a tela de seus celulares. Ela corre para alcançá-los, acha que não vai conseguir, mas o veículo para no semáforo quando o sinal vermelho se acende.

Ela bate na janela, continua ignorada. Bate com mais força. Grita que está procurando pelo filho? "Que filho?", um dos policiais devolve a pergunta.

"Vocês levaram meu filho", ela diz, se agarrando ao uniforme do policial.

13

Meu filho foi levado num dia de semana. Era uma sexta-feira, fim de tarde. Depois eu soube que a abordagem dos assassinos — não posso chamar os monstros que levaram meu filho de trabalhadores, policiais, preciso chamar pelos nomes; eles são sequestradores, torturadores, assassinos — ocorreu quando eu estava no ônibus voltando para casa. Se eu chegasse um pouco antes, talvez conseguisse salvar Davi, talvez ele ainda estivesse com sua família, comigo, com o pai e as irmãs. Desde o acontecimento, passei a maldizer tudo o que me aconteceu naquele dia e antes: o transporte sempre atrasado; a supervisora que não me deixou sair na hora certa quando completei as horas de trabalho; os vizinhos incapazes de intervir e proteger um adolescente inocente. Ele foi abordado, encapuzado, levado por um grupo de marginais. Se meu filho fosse um bandido, ele ainda teria direito à defesa, como vocês falam aqui no grupo. Mas ele não era bandido, nunca se envolveu com nada de errado. Era um menino, havia completado dezesseis anos, só tinha tamanho, ainda estava aprendendo a viver. Eles o abordaram na rua quando voltava da padaria do bairro. De segunda a sábado, ele ia comprar o pão da noite e do café da manhã. Pão da noite porque refeição de pobre à noite, vocês sabem, é café com pão. Todo dia ele fazia esse mesmo trajeto.

Era um menino sadio. Eu conhecia os amigos, todos vizinhos e filhos de gente direita. Eu ficava de olho com quem ele andava. Se por acaso não conhecesse, perguntava a um e outro, procurava saber quem era. O terror de toda mãe de comunidade é que o filho se envolva com coisa errada. Então, a gente corta um dobrado para manter todo mundo na linha, afastado dessa doença das drogas e da violência.

Não sei por que levaram meu filho. Nunca me disseram. Talvez eu nunca venha a saber. Os acusados também não dizem, negam, cínicos, que estavam lá, que fizeram algo errado. A promotoria diz que o GPS da viatura foi adulterado, pediu o indiciamento dos sete policiais. A justiça acolheu a denúncia. Faz quatro anos que eu espero o julgamento. E vocês acham que eles foram afastados das funções? Só um foi deslocado para "trabalho interno". Os outros continuam com farda e arma nas ruas prontos para matar nas comunidades. Isso quer dizer que amanhã ou depois pode entrar outra mãe por essa porta para contar a história do filho que está vivo nesse instante, mas que será morto numa chacina mais adiante. Vai sumir e nunca mais será achado.

Todo dia eu desejo sonhar com meu filho. No começo, eu sonhava com frequência. Fui deixando de sonhar sem perceber. Eu queria saber como foi que aconteceu, acompanhar passo a passo o que ele passou. Deve ter sido um martírio e eu sofro por não saber. As mães querem saber de tudo. Queria ter consolado ele de qualquer sofrimento, ter posto ele ferido ou sem vida no meu colo. Ter amaldiçoado Deus por essa provação. Por quê? Por que fizeram isso com meu filho? Eu não tive nem o direito de chorar e de me despedir? Quando alguém desaparece, é como se a vida não terminasse. Está faltando alguma coisa. É uma história sem ponto-final. Vocês não concordam? Eu não acredito em mais nada, mas os espíritas dizem que o morto não sossega. Eu digo mais, nem o morto nem os que o amam. Meu filho foi parido, não cuspido. Foi amado, protegido, nos desentendemos, todos nós erramos, somos humanos. Quando alguém que amamos desaparece, ninguém descansa. Nossa sina vai ser andar pelo mundo procurando o que não podemos mais encontrar.

Meu maior medo é morrer e não ver os monstros serem julgados pelo que fizeram.

Os policiais pararam a viatura, fizeram anotações, se comunicaram com outros agentes que estavam fazendo rondas nas imediações. Mostraram-se irritados com as acusações de Rita. Mas quando ela contou que era mãe de um jovem desaparecido após uma operação policial havia um ano e meio, por alguma razão não contestaram, mostraram-se solidários e empenhados em encontrar o caçula enquanto pudessem circular pelo bairro.

Foi assim que, noite alta, Juca foi encontrado por policiais contatados via rádio nas imediações da Feira de Água de Meninos. Estava sozinho, ferido, sentado no meio-fio perto de um ponto de ônibus. Contou que sua bicicleta, o dinheiro e a mochila de entregador tinham sido roubados, mas antes ele foi obrigado a levar na garupa um adolescente que portava uma faca até uma rua desconhecida e distante. Acabou sem rumo, perdido, andou por horas sem saber exatamente onde estava. Quando perguntado por que não pediu ajuda aos passantes, ele começou a chorar. Estava em choque, tinha medo de contar e ser desacreditado em sua versão, que quisessem levá-lo para a prisão.

Os policiais que faziam a ronda na região da feira levaram Juca para casa na viatura. Ele teve medo de entrar no veículo, um agente quis saber o porquê. Ele não falou, chorou de soluçar. A história do irmão levado pela polícia ainda estava muito fresca em sua memória. Ele não sabia se contava o ocorrido com o irmão, se seria mal compreendido. Os policiais poderiam achar que Cid era um bandido, pensava, e por isso estavam livres para fazer o mesmo com ele. Percebendo o medo de Juca, um dos policiais se sensibilizou, pediu que ele confiasse e contasse, e se fosse mesmo o jovem desaparecido da mensagem do radiocomunicador, iria levá-lo até sua casa para encontrar a mãe, já entregue ao desespero.

Quando Juca sai da viatura acompanhado dos policiais, Rita abraça o filho com a urgência de que talvez não houvesse uma próxima vez para demonstrar seu afeto. As palavras ditas por ela são incompreensíveis, crescem, se enrodilham na saliva abundante em sua boca. Pânico, devoção, dádiva, sentimentos fundidos à existência e se transmutando em graça. Cainho se junta ao irmão, à mãe, os três se confortam em silêncio, mas também lamentam a ausência do outro, do primogênito, do irmão mais velho, o que, durante o tempo em que viverem, jamais será esquecido. Seus corpos tremem, unidos, como se um vento frio abrisse caminho na noite quente. Num canto próximo ao portão, Fátima os observa com emoção, pensando nos próprios filhos e nos laços que os unem, indefiníveis, difíceis de interpretar. Então, ela se lembra de agradecer aos policiais, retira a família da rua, conduz mãe e filhos para casa, onde servirá um chá quente e calmante para que se recuperem do abalo que haviam acabado de sofrer.

As encomendas de marmitas aumentaram a ponto de não precisarem que Juca voltasse a fazer entregas aos clientes, pelo menos durante a semana. Contrataram um entregador por demanda, que conhecia o bairro e as redondezas e conseguia fazer mais entregas num menor tempo. Alguns meses mais tarde, quando Fátima conseguiu alugar uma quitinete perto da casa de Rita — e as duas se sentiram aliviadas por não precisarem viver de maneira improvisada —, elas passaram a visitar pontos comerciais — com menos de trinta metros quadrados — para receber o pequeno restaurante de prato feito e marmitas. Então se depararam com opostos: quando o local parecia bom e não precisava de muitas intervenções, o valor do aluguel era alto; em contrapartida, os locais mais baratos eram também aqueles mais precários. Elas rabiscavam cadernos, faziam as contas, mas a realização parecia distante. Não tinham recursos suficientes para alugar um espaço, comprar os ingredientes das refeições e pagar o entregador. Mantiveram a entrega, enquanto refaziam as contas ao final de cada mês para voltar a discutir a possibilidade de abrir outra frente para o negócio. Adiaram o projeto, embora voltassem a discutir o tema vez ou outra.

O carregamento de arroz atravessa a estrada na carreta guiada pelo mesmo homem que conduziu Rita Preta até a fazenda onde ela havia nascido. Trabalhadores braçais carregam e acondicionam as sacas de grãos na carroceria de nove eixos. Durante a viagem, ocorrem pequenas perdas, os grãos se perdem na estrada, embora não fosse nada a impactar no montante a ser entregue. Grãos brancos, pequenos, júbilo dos pássaros que se arriscam a pegá-los no asfalto em meio ao tráfego para convertê-los em alimento. A carga desembarca numa indústria da região metropolitana para ser selecionada e distribuída aos supermercados e comércios menores. Os grãos são colocados no silo de uma empacotadora automática controlada por meio digital. As porções são pesadas, ensacadas, separadas, levadas por uma esteira mecânica para outros sacos transparentes, formando fardos. Acondicionados em paletes, embarcam em outro caminhão e são distribuídos no comércio antes de chegar às marmitas de Rita e Fátima.

A cadeia de produção se repete tantas vezes que ninguém mais se pergunta de onde vem o alimento até chegar ao prato. Em particular, o ciclo da semeadura, da colheita, da distribuição nunca se finda, e as pessoas não pensam no que comem por estarem imersas nos próprios desafios cotidianos. Desde que Cid desapareceu, esse processo se repetiu milhares de vezes somente nessa única fábrica que manufatura, atribui uma marca e distribui o arroz preferido de Fátima por causa de sua textura, qualidade e, sobretudo, preço.

No entanto, é justo quando Rita está com o carrinho de compras cheio de sacos de arroz que se vê de frente com um dos acusados de raptar Cid caminhando distraído em sua direção. A imagem do homem está viva em sua mente — ainda que desejasse sem nenhum remorso sua morte —, e não tem dúvidas de que é ele, Ângelo dos Santos — o Faraó, para os conhecidos e os que o temem —, que circula à paisana, de óculos escuros, acompanhado de uma mulher. O ódio de Rita Preta vem como um refluxo, queima o peito, a garganta, deixa o gosto de fel em sua boca. Ela empurra o carrinho com doze sacos de cinco quilos de arroz na direção do homem reconhecido por Vera e acusado pelas investigações de ser um dos criminosos que deram sumiço em Cid.

O homem sente o peso do carrinho se chocar contra seu corpo. A mulher grita. Ele se aproxima de Rita, segura seu braço direito, move-o para trás tentando imobilizá-la. Ela reage, movimenta bruscamente o corpo, grita, aviso de que o sinal foi avançado. Os clientes do supermercado param para observar o que está acontecendo.

"Eu sei quem é você! Onde está meu filho?"

14

Rita Preta desliza serena num ilê axé. Não sente nenhum anseio, desejo, medo. É um sopro livre, a corrente leve de ar levantando bandeirolas coloridas, alinhadas às ripas de madeira que seguram o telhado do barracão. Faz muito tempo que não participa de uma cerimônia de axé. Esteve presente apenas duas vezes depois de seu primeiro filho nascer. Não se recordava mais da sensação de estar numa celebração nem dos sons dos atabaques, dos cantos, do branco das vestimentas em contraste com o negro da pele de sua gente. As janelas de madeira pintadas de azul estão abertas, e uma luz especial toca o ambiente. Não é a luz de um dia ensolarado, mas um clarão difuso, afável, que ilumina a atmosfera e se integra à aura daquela comunidade que celebra Tempo. Louvam a memória do que resistiu e se transformou na longa travessia por mar e terra, de vida e morte, pelos séculos passados e os vindouros.

Eis o verdadeiro tesouro — e o corpo se acende. Não é o ouro nem são os edifícios altos, modernos e seculares, nem mesmo a vastidão de terra a nos circundar. Nossa herança continua a ser carregada no ori e no okan; resistiu ao mar, à exploração, aos castigos, à morte. Floresceu a cada manhã na mente e no corpo, fincou raízes no coração, cresceu como uma frondosa árvore verde e viva, transcendeu cada corpo. Tornou-se sons, palavras, conhecimentos, cantos, movimentos. Arou e semeou o chão. Retirou do profundo da terra o que nomearam riqueza. Ergueu grandes e pequenas cidades, fronteiras e nações. Recriou mundos e deu sentido ao que parecia não ter rumo.

Rita Preta evolui no salão, gira, os braços flexionados se agitam. O branco de suas vestes reflete o brilho que a envolve e as pessoas à sua volta cantam e batem palmas, saúdam Tempo. Os corações de ontem e de hoje se unem num só; ela dança, ela é o tempo. Ela é Mazé, é Carmelita, é Donana; Rita é o corpo dividido em cada um de seus filhos e dos filhos de seus filhos, e de todos aqueles que ainda virão. Ela é os olhos dos que a glorificam em palmas e saudações.

"*Zara*, Tempo."

Então outra Rita a toma nos braços, embora ela não a conheça. Ela se apresenta sem mover a língua. Apareceu para sua mãe quando Rita se abrigava em seu ventre. Eis por que carrega seu nome. Uma alma tão antiga, sem começo nem fim, vinda dos primórdios da existência. Conhecia o riso e o pranto, a boa e a má sorte, o gozo e a dor. Conhecia os caminhos trilhados por todos os que vieram antes e os caminhos que serão percorridos pelos que estão por vir. Santa Rita Pescadeira é Tempo e lança a rede de apanhar peixe sobre a outra Rita.

"É minha", a encantada vibra ao redor de Rita Preta, empunhando a rede pesada e sem peixe, como se estivesse carregando um arrastão de xaréu, "a sua dor é minha."

Okan mimo.

És um coração puro.

És um coração sem medo.

Rita desperta quando os raios da manhã atravessam a cortina fina. Não se levanta da cama, quer retornar ao sonho. Fecha os olhos. Recorda que é seu aniversário. O terceiro 11 de janeiro sem notícias de Cid. No último em que estiveram juntos, o filho a abraçou e a chamou de "coroa". Rita se esforçou para não rir, fingiu estar aborrecida. Depois, o desespero da espera sem fim.

Torna a pensar no sonho, se esforça para compreender seus significados. Jamais tinha visto ou participado de uma festa para Tempo. Considera seu conhecimento pequeno: Tempo é a gameleira do Instituto Médico-Legal; Tempo são as árvores ostentando o ojá do povo de santo ao redor do Dique do Tororó. Nunca foi de santo. Esteve poucas vezes numa roça no Engenho Velho, levada por Meirinha, uma colega de trabalho, logo após o nascimento de Cid e pouco depois de se separar de Evilásio.

Deixar que Tempo possua seu corpo, na dimensão onírica de sua existência, carrega significados que estão além de sua compreensão.

Em seguida, a encantada, uma senhora velha e pequena, encurvada, mãos quentes, tomou-a nos braços. Rita tinha escutado algumas vezes a história de seu nome. Passados os anos, compreendera que se chamava Rita por causa de Rita de Cássia, a santa católica. Sabia da história do sonho de sua mãe, da decisão de substituir Nereida por Rita. Agora vinha em seu sonho, e a anciã bem poderia ser Carmelita, se ainda estivesse viva, ou qualquer uma de suas mais velhas, acalentando sua aflição.

Não pensa em mais nada. Quer se sentir apenas acolhida, abraçada outra vez, seu coração junto a outro coração. Sentimentos que emanam energia, que atravessam sua história. É o fio do conhecimento, do sentimento, é o fio da vida a permitir-lhe fazer o caminho de volta.

“Onde está meu filho? Eu sei quem é você, Faraó, não é assim que a bandidagem te chama?”

“É o quê, sua vagabunda? Maluca! Quem você pensa que é para me acusar?”

“Ele é o policial que levou meu filho”, Rita fala alto para que as pessoas escutem seu lamento, entendam sua dor, não concluam que é uma mulher louca. "Levou meu filho e nunca mais deixou ele voltar para casa."

"Você está me confundindo com alguém da sua laia. Me deixe em paz ou você vai pagar pelo que está fazendo", ele diz, e torce ainda mais o braço de Rita, que tenta se desvencilhar.

Dois homens, um senhor de cabelo branco e outro mais jovem, acompanhado de uma mulher, aproximam-se para defendê-la. Falam alto, gesticulam, as vozes se misturam à voz de Rita. Uma senhora mais idosa grita, convocando a segurança do supermercado. Outras mulheres, indignadas, se insurgem contra a cena de um homem agredindo uma mulher. A acompanhante de Faraó tenta afastá-lo, puxa-o pelo braço, pede para deixarem o local.

"Você não tem filho? Você deve ter filho e faria o mesmo que eu faço: iria procurá-lo até o fim da sua vida."

"Eu tenho filhos, mas não são bandidos. Você não me conhece, vagabunda! Está me confundindo com alguém."

"Não estou te trocando por ninguém. Eu te reconheceria no quinto dos infernos, infeliz! Você tirou de mim o meu filho, minha carne, minha alma. Devolva meu filho!"

Rita pensa na arma de Jorge carregada na pochete por mais de um ano sem que ela se desse conta. Se a tivesse em suas mãos é provável que agisse, transformando sua revolta em tragédia. Vingaria a morte do filho, seria condenada pela justiça e passaria um tempo na prisão. Mas pressente que aquilo terminaria por matá-la também, o ódio corroendo seus afetos, apagando o brilho de seus olhos, seu sorriso, o corpo rígido incapaz de se mover ao som da música. Não traria Cid de volta nem lhe devolveria à sua convivência, aos desentendimentos, ao contentamento de vê-lo crescer íntegro, de continuar a jornada iniciada muito antes da vida de Rita.

Ela então se percebe de joelhos, livre da investida de Faraó, uma funcionária do atacado oferecendo-lhe água. Examina seu entorno, ele não está mais lá. Quem sabe tenha saído envergonhado, planejando já os detalhes de sua morte. Quem sabe reflita sobre a dor que porventura tenha causado a esta mãe.

Ela já não se sente tão só, e desperta em alguns o interesse por sua história. A dádiva das palavras de conforto incapazes de curar sua ferida, mas convertendo-se em bálsamo, contribuindo para mantê-la de pé. Horas depois, pensará: poderia ter sido da mesma maneira quando Cid foi abordado pelo grupo de policiais. Alguém poderia tê-lo defendido, protegido, para impedir a injustiça. Mas o tempo segue em frente, não volta jamais. O que retorna são as memórias, incapazes de modificar o passado.

15

Quando Rita Preta se desfez dos cadernos de Cainho, durante os preparativos para a viagem, deixou o filho transtornado. Uma tragédia se abateu sobre a família e tudo havia se convertido numa dor permanente e sem alívio. A vida de todos parecia dar voltas em torno do mesmo ponto, influenciando decisões, interferindo na maneira como reagiam aos desafios cotidianos. A resposta de Cainho à falta de cuidado da mãe com seus escritos não dizia respeito apenas ao acontecido. Foi o estopim para que externasse mágoas havia muito contidas, tomado pela comoção, sem ter tido a oportunidade nem a maturidade necessária para elaborar uma reflexão mais profunda sobre aquele período difícil. Anos mais tarde, ele compreenderia o desaparecimento de Cid não como uma fatalidade ou mero fruto do acaso. Entendeu que aquela violência não poderia ter acontecido a qualquer pessoa. O ato que retirou seu irmão do convívio de todos não foi obra do acaso nem foi executado pelas mãos de uma única pessoa. Havia muitas mãos e ações por trás daquele evento, atravessando tempos e lugares por vezes desconhecidos.

Tudo o que Cainho havia escrito até aquela altura tinha sido destruído num piscar de olhos. Se os cadernos aparecessem subitamente, tanto tempo depois, ele iria corar de vergonha pelo simplismo do que havia depositado neles. Escrever naquele tempo não passava de exercício de distração de um adolescente que encontrou na leitura uma válvula de escape para suportar a rudeza de seus dias — e num lar, como o da grande maioria de seus iguais, cercado pelas necessidades mais urgentes da família e da comunidade. Sem saber do que se tratava, Rita Preta descartou os cadernos como lixo em meio ao turbilhão que viveu nos primeiros meses após o desaparecimento de Cid. Seu gesto amplificou a confusão de sentimentos vivida por Cainho: por tudo que estava acontecendo, pelas dificuldades, pela violência generalizada, pelo que julgava ser falta de sensibilidade da mãe com o mundo desse filho em particular.

Rita não recordava, mas tudo começou muito antes de Cid desaparecer. Depois de um dia difícil e enquanto limpava o suor da testa — tinha acabado de trocar o botijão de gás comprado horas antes —, ela olhou para Cainho e disse: "Minha vida daria um livro". Não havia lamento, muito menos orgulho, em sua constatação. Ela externava sua visão de mundo de maneira simples, disposta a fazer com que o filho, distraído por vidas tão distantes, compreendesse que livros também poderiam ser feitos de histórias como a sua. Rita Preta já havia perguntado a Cainho sobre suas leituras, demonstrado também curiosidade sobre o que "rabiscava", para usar suas palavras, nas páginas dos cadernos guardados no roupeiro sem portas. Todas as vezes que tocava no tema, Cainho se mostrava envergonhado para revelar seus escritos, dizendo que eram coisas sem importância, interrompendo a conversa sem dar espaço a mais perguntas.

Naqueles anos, Cainho escrevia sem direção, apenas pela satisfação de criar, tentando dar um sentido aos acontecimentos da vida. Àquela altura, ler era se permitir expandir saberes e sentimentos, reconhecendo experiências em comum com o que era lido; era extravasar para depois reunir o que havia se espalhado além de sua imaginação convertida em palavras, registros da história e de seu tempo.

Foi Rita Preta, antes de jogar fora os cadernos, que despertou a consciência do filho para a falsa insignificância de sua vida de mulher, mãe de três filhos homens, se equilibrando em meio aos desafios de conduzir uma família na periferia de uma grande cidade. Sem fazê-lo de forma deliberada, Rita deu seu testemunho: qualquer vida poderia ter um sentido notável, não apenas as privilegiadas por livros e enciclopédias, por escritores e historiadores. Quando disse que sua própria vida poderia ser convertida num romance como os que ela sabia existirem, ou numa personagem das novelas que assistia, Cainho riu, sufocando seu desdém. Filhos tendem a se sentir superiores aos pais, ainda mais se estudam e os ultrapassam em escolaridade — embora não fosse o caso. Cainho não tinha visto nenhuma dignidade nas histórias da vida deles. Qual interesse as pessoas teriam na vida de uma mulher solteira, funcionária de um supermercado, apreciadora de músicas românticas, que chegava às duas últimas semanas do mês sem dinheiro, que morava de aluguel num bairro sem saneamento, em meio a vizinhos que enfrentavam as mesmas dificuldades — além da rotatividade de namorados da mãe, considerada vergonhosa pelos filhos? Cainho desprezou as reflexões, mas ao mesmo tempo começou a tomar nota dos eventos cotidianos, combinando-os com a própria imaginação. Percebendo seu interesse, Rita costumava contar os acontecimentos correntes, embora nem sempre se mostrasse disposta a saciar sua curiosidade. A partir daí, Cainho reelaborou suas notas dando um sentido de história, sempre tentando omitir o que o envergonhava.

Depois do rapto de Cid, enquanto a casa se movimentava com os esforços sobretudo de Rita para encontrá-lo, ele revisitou os cadernos, em meio à longa espera, procurando referências sobre o irmão mais velho. Descobriu que não havia quase nada. Durante a infância, eles tinham sido próximos, mesmo com uma pequena diferença de idade. À medida que cresceram, foram se distanciando, conforme os interesses tomavam outros caminhos. Enquanto Cainho se tornou mais tímido e solitário, direcionando sua energia para a escola e a leitura, Cid se afastou do mundo dos estudos, alimentando o sonho de se tornar jogador de futebol. Com o tempo, e sem poder participar das escolas de times esportivos, Cid voltou seu interesse para a música que fazia a cabeça dos adolescentes. Assim, os filhos se afastaram. Cid não se importava com a violência explícita das letras, a vulgarização dos encontros, do sexo, tudo o que Cainho, talvez por uma educação conservadora por parte da mesma mãe, abominava. Eles dividiam o quarto e brigavam pelo direito ao silêncio, por poder permanecer com a luz acesa ou escutar música em volume alto. Nas disputas, o irmão mais novo acompanhava as escolhas do mais velho, e a mãe precisava arbitrar os conflitos para restabelecer a harmonia na casa.

Quando Cainho colocou os óculos no rosto pela primeira vez diante do espelho, imaginou como seria poder olhar novamente para o rosto de seu irmão. Se perguntou se ele teria a face magra, marcada, tatuada ou envelhecida. Se usaria óculos como os seus ou teria brinco na orelha. Se seria belo ou maltratado pelas dificuldades. Buscou por imagens que pudessem oferecer um vislumbre de como seria esse rosto pelo qual estava fadado a procurar para sempre. Ocorreram-lhe as remotas lembranças do pai desse irmão. Três irmãos, filhos de pais diferentes, cada homem com sua tez de pele, seu porte físico e personalidade própria. Talvez Cainho tenha visto o primeiro companheiro de sua mãe duas vezes, mas não achava que o irmão se parecesse com o pai. Evilásio era um homem de baixa estatura, magro, com uma barriga que denunciava sua idade. Nas últimas vezes em que o viu, seu irmão era um jovem alto, esguio, um corpo que não era de um homem, mas também não era de uma criança recém-chegada à adolescência.

Só então Cainho se dá conta de que conhecia o pai do irmão, mas não conhecia seu próprio genitor. Nunca tinha visto uma fotografia ou ouvira a mãe falar de forma mais detida sobre ele, nem que fosse para se queixar. Cainho não foi fruto de um romance de verão ou de um amor não correspondido. Foi concebido numa transa, uma noitada, uma confraternização depois do expediente de trabalho. Desconhecia seu rosto, não carregava seu nome, o pai era uma ausência, ainda mais sentida quando Rita Preta se uniu ao companheiro seguinte, pai de Juca, homem que cobriu o filho caçula de atenção e afeto nos primeiros anos, mas foi incapaz de compartilhar o mesmo sentimento com os dois mais velhos.

Cainho escreve sobre essa lacuna, depois abandona o texto. Em seguida, planeja registrar a vida do irmão, mas teme não conhecê-lo o suficiente para avançar, dar corpo ao seu texto, trazer à luz sua história. Se pergunta como escrever sobre eventos não testemunhados, sobre os quais não há documentos, fotografias, depoimentos. Como professor, sabe que a história de seus antepassados foi destruída muitas vezes de todas as maneiras. Não ter um passado é como não ter um pai. Não ter uma história é como narrar a vida de um irmão que não conhece. Nesse embate com o vazio da folha em branco, se volta para a criação.

Imaginar pode lhe restituir o que foi soterrado pelas circunstâncias.

Certo dia, depois de o vento vindo do oceano ter dissipado nuvens e temporal, Rita Preta decide retornar ao "cemitério de carros". A pá de cal sobre seu relacionamento com Jorge foi lançada justamente naquele dia em que ele a acompanhou na visita ao lugar onde a sandália calçada por Cid seria encontrada na posse de um casal de lavradores que acampavam na estreita faixa de terra entre a cerca de uma propriedade e o asfalto fraturado pelas cargas vindas do oeste. Dessa vez, não houve carona de Jorge. Ela havia superado o receio de se deslocar sobre duas rodas graças aos passeios que fez na garupa de Edgar, o mesmo que forneceu os nomes dos carrascos de seu filho. Então, contrata um serviço de mototáxi de ida e volta, pois não conseguirá voltar para casa se não houver alguém à sua espera.

Rita desce da motocicleta e se afasta do condutor. Embrenha-se no mato alto, território abandonado, diferente de quando pôs os pés ali pela primeira vez. Se guia pela memória, buscando as frágeis referências. Procura pela terra — que está por toda parte —, pelas cinzas, pela mácula da fogueira sobre o solo vermelho-escuro. Sussurra o nome de Cid e tem na boca as palavras "amor", "saudade", "meu filho", "perdão". Perdão por não tê-lo protegido da violência que o país destina à sua gente. Os arbustos se agitam, o vento continua a soprar, mesmo distante do oceano. Rita anda com pressa, o filho a espera no horizonte, uma revelação, como se por fim tivesse chegado o momento de tê-lo em seus braços. Caminha, se desorienta, avança sobre os atalhos, quer encontrar a paisagem de carros velhos, depenados, enferrujados, e talvez uma velha figueira ou gameleira na bifurcação de uma trilha. O sussurro sobe de tom, se torna voz audível, se faz grito. Lembra que nunca deixou de chamar por seu nome, mesmo no mais silencioso dos dias. Tropeça numa raiz de árvore retorcida. É ferida por um objeto cortante. Fica de joelhos, em posição de súplica.

"Meu filho. Estou aqui. Levante-se e venha, porque ando exausta de te procurar e não encontrar."

O vento se desloca com mais intensidade. Rita quer escutar para além do ar em movimento. Ouve o farfalhar das folhas e a matéria vegetal percorrendo o chão. Põe-se em estado de atenção para ouvir o rumor dos animais. Caminha e pisoteia o solo com força, procurando indícios de covas, em busca do cheiro inconfundível da morte. Arranca os galhos dos arbustos obstruindo as veredas; desbasta a capoeira crescida e fere as mãos, deixando-as em carne viva. Sente a violência que a habita atravessar seu corpo, eriçar seus pelos, afoguear sua face. Olhos vivos de dor e de sangue. A terra, motivo de cobiça e de luta; a terra enlouquecendo Carmelita, que despeja sal nela para torná-la infértil; a terra pela qual tantos caíram e sobre a qual poucos triunfaram.

A terra é o manto a recobrir teu amado.

Vai encontrá-lo e retirar a terra-sudário que o reveste para embalá-lo em seus braços, cumprir seu destino de mãe. Suas mãos são as garras de uma fera cavando o chão desabitado, cobiçado, torrões-farrapos rasgados para descobrir o que precisa ser encontrado. Se seu filho está mesmo neste lugar, ele não existe mais como o conhece. Tornou-se terra e é por essa fração de lembrança que continua a cavar, e é contra a mesma terra que se põe a batalhar.

A terra devorou seu filho com a fome dos ímpios.

Cada ato da tragédia de Rita Preta se encontra escrito como o testamento dos desterrados.

O barro úmido está entranhado sob suas unhas. Seu sangue se mistura ao solo arrancado. Rita maldiz a história, o tempo, rejeita sua sorte. Verga-se sobre o chão e ameaça o país.

"Ou meu filho, ou não terás paz."

Suas mãos param de se mover, e o corpo desaba sobre a cavidade aberta.

Seu coração agoniza, fatigado.

Mazé

Quando o carteiro se aproximou da caixa postal para depositar as correspondências, Mazé o fitou com olhos de súplica. Informou-lhe, para surpresa do homem e sem explicações adicionais, que ele não sabia o que acontecia naquela casa. A maneira desesperada e confusa da abordagem era seu pedido de socorro: aquele local não era um endereço de trabalho, mas um cativeiro onde ela era explorada e mantida com os passos vigiados, numa rotina de humilhações e castigos, além de ter a comida racionada e de não ser remunerada. Era 1983, mas ela havia perdido a noção dos dias, e continuava impedida de enviar notícias para casa. O carteiro não sabia como reagir, e prometeu procurar por ajuda. Mas Mazé disse que não havia tempo, que era preciso resgatá-la naquele exato instante. Eles voltarão em pouco tempo, falou, e convenceu-o a escalar o portão de ferro, estava fraca demais para passar ao outro lado. Era preciso alguém para auxiliá-la, para ajudá-la a transpor as pontas de lanças que poderiam dividi-la ao meio.

Naquele dia, o carteiro não deu continuidade ao seu trabalho e conduziu a mulher até a casa da mãe dos filhos dele, de quem havia se separado havia um par de anos. A outra estranhou o inusitado pedido, mas teve compaixão ao ver o estado deplorável de Mazé. Ela perdera alguns dentes e tinha uma grande mancha púrpura nas costas. O cabelo era cortado próximo à raiz. Estava esquálida, o corpo quase não se sustentava de pé e a pele tinha um tom acinzentado. Quando viu o pai dos filhos atravessar a porta com Mazé, a mulher se pôs em alerta. Perguntou se ele havia feito algum mal àquela criatura. Ela é sua responsabilidade, disse, mas o carteiro contou em que condições a encontrara. A ex-mulher poderia ter pensado que era mentira, se sua própria mãe não tivesse sido mantida em condições semelhantes numa casa de família antes de os filhos nascerem, no início dos anos 1950.

Não demorou uma semana para Mazé se restabelecer e externar sua vontade de retornar à fazenda. Lá estavam sua mãe e seus filhos. Eles devem achar que eu os abandonei, revelou, sem, no entanto, contar que houve momentos, quando ainda vivia na fazenda, em que pensou em abandoná-los para ter uma vida nova. Já fazia alguns anos não tinha notícias da família e era provável que não tivessem informações suas. Mazé recebeu doações de roupas e sapatos. Viu a comunidade daquele local chamado "invasão" reunir uma pequena quantia para que ela comprasse uma passagem de volta para casa. Mazé embarcou no ônibus em direção ao oeste. Permaneceu acordada durante toda a viagem, sem conseguir fechar os olhos. Custava a acreditar em sua liberdade, e em breve estaria de volta à casa de onde nunca deveria ter saído.

Não era de seu conhecimento, nem passava por sua cabeça, mas há exatos cento e cinquenta anos, ou seja, dois anos antes da Revolta dos Malês, uma de suas trisavós por parte da linhagem materna havia fugido de seu cativeiro em Salvador, casa de um senhor de engenho decadente. Essa mulher percorreu o mesmo trajeto de Mazé a pé, impedida que estava de montar animal ou embarcar em qualquer carroça. Findada a romaria, sessenta dias depois de cometer um crime, fruto de sua revolta e da vontade de ser livre, ela era pouco mais que uma maltrapilha. Ao olhar pela janela, Mazé não poderia imaginar a travessia dessa mulher — e, mesmo que quisesse, não seria possível ver suas pegadas, embora transportasse no próprio corpo frações dessa memória interminável.

Mazé por fim chegou à fazenda, abrigo para onde sonhou retornar todos os dias de seu cativeiro. Encontrou a porteira trancada com correntes e cadeados. Precisou atravessar a cerca afastando o arame farpado. Em três anos e meio, tudo havia mudado. Caminhou até a casa de paredes rachadas e, a princípio, a encontrou vazia. Estranhou os cristais brancos, minúsculos, espalhados pelo chão, contrastando com a terra marrom-clara e arenosa. Não havia sinal dos filhos nem da mãe.

Encontrou Carmelita horas depois, abatida, debaixo de um juazeiro. Havia perdido a capacidade de enxergar e só pôde reconhecer a filha pela voz. Tocou seu rosto, buscando suas formas, como se precisasse ter certeza de quem era. Mazé perguntou pelos filhos. A mãe continuou em silêncio e apontou adiante. O rio, o rio não era mais o mesmo — e talvez tenha sido a última coisa a constatar. Estava estreito, a vazão da água havia diminuído a ponto de torná-lo um córrego. O rio, o rio. Olhou de volta para a mãe e os olhos de Carmelita estavam secos. Sacudiu a velha, perguntando o que tinha acontecido. Ela não podia responder. Entendeu que tentava comunicar o destino das crianças: água, correnteza, a fração do que era.

Mazé se dobrou sobre o chão, como a filha se vergaria vinte e nove anos depois pelo mesmo motivo. Abriu a boca como se fosse soltar o grito, maldito, preso, mas nenhum som pôde ser ouvido. A menina e os gêmeos, de uma vez. Se perguntou por que as crianças e não ela, se já havia descido ao inferno na casa dos cobradores de impostos, presa e explorada. Deus poderia tê-la levado no lugar dos filhos. A menina havia sido nomeada Rita por causa do sonho com a encantada, na véspera de dar à luz; os meninos receberam os nomes dos santos gêmeos por serem mabaças. Mazé projetou neles seus sonhos, assim como Carmelita projetou os seus sobre ela: a vontade de transpor a miséria, o desejo de uma vida digna, abandonar de uma vez por todas a servidão. Idealizou em sua descendência os ideais de seus antepassados. Semearia entre eles as realizações que não seria capaz de contemplar. O rio os levou, e levou também o que haveria de vir.

Carmelita observou-a estática, parecia no limite entre o mundo dos vivos e o dos mortos. Talvez por isso não tenha desfeito o mal-entendido em relação à neta. Faltava muito pouco para seu fim, considerava ter dado um destino melhor a Rita. Mazé não poderia fazer nada pela menina, sem terra, sem trabalho, sem casa.

A filha se recostou no tronco do juazeiro junto à mãe. Viram o sol se pôr e nascer outra vez. Precisavam do tempo para curar suas dores. Em silêncio, ela devolveu a velha à rede de casa e zelou pelo que precisava ser cuidado. Manteve as janelas cerradas. Habitaram a escuridão, contemplando a nesga de luz que atravessava o telhado mal-ajambrado e as madeiras das janelas carcomidas. Quando, por fim, Carmelita não acordou mais e as moscas invadiram a casa para cumprir sua natureza, Mazé abriu uma cova no terreno salgado e enterrou a mãe. Depois se perguntou o que faria. Conhecia o rumor da venda da fazenda. Se assim fosse, deveria sair da casa. Mas estava cansada e desamparada, precisava ficar até que a mandassem embora. Explorava as redondezas como a mãe quando chegou por ali depois de ter deixado Caxangá. Encontrava raízes esquecidas e frutas da época, que cresciam nos quintais abandonados. Aos poucos, ganhou consciência de que não poderia permanecer muito tempo isolada, se alimentando do que a terra dava, sem acreditar no rio correndo como um filete de água. Resolveu procurar os herdeiros de seu Alcides. Se era verdade a história contada pelos vizinhos — e reprimida por Carmelita com rigor, sem negar ou confirmar o boato —, de que era filha bastarda do senhor das terras, gerada quando sua mãe serviu à casa como empregada, iria recordar seu direito à reparação para poder seguir com seu destino. No começo, evitaria tocar no assunto. Diria que estava ali apenas para negociar a saída da fazenda, recusada pela mãe. Se Carmelita não fosse turrona, poderia ter lhe deixado uma casa para viver seus anos, assim como receberam os vizinhos nos terrenos distantes da cidade.

Mazé caminhou duas léguas até encontrar uma carroça para levá-la à cidade. Haveria de descobrir onde moravam. Não foi fácil, mas difícil mesmo foi dizer quem era e o que esperava. Alcides, o filho, a mediu de cima a baixo. Passou pela cabeça do homem que começaria tudo outra vez. Achou que a fazenda estaria vaga quando a velha assombração desse seu último suspiro. Você sabe que sua mãe enlouqueceu, ele disse, e salgou o terreno para nos prejudicar. Mazé engoliu em seco, não podia se indispor com quem poderia salvá-la. Contou de seu desamparo na cidade e seu sofrimento ao descobrir o destino dos três filhos. "Três?", o homem perguntou, arregalando os olhos. Até onde eu sei, o rio levou os gêmeos, a menina foi levada para trabalhar na capital.

Ela sentiu as pernas e as mãos tremerem, e o coração se alvoroçou feito um pássaro na alvorada. Quem a levou?, quis saber. Não sei, o homem respondeu, concluindo em seu pensamento que, se tivesse mais informações, daria a Mazé, para que esquecesse a terra da fazenda e ficasse entretida na busca pela menina. A fazenda foi vendida, voltou à conversa, e mesmo que você quisesse viver por lá precisaria de um trator para retirar o sal que Carmelita espalhou pelo solo.

Minha mãe tinha um acordo com o velho Alcides para ficar, Mazé devolveu, criando coragem para confrontá-lo. Nunca foi segredo para os vizinhos que ele era meu pai, tanto que, sem poder me registrar para não aumentar o desgosto da sua mãe, me batizou. Mentira, mentira, mentira, o homem replicou, história para boi dormir, gente fofoqueira. E se você veio aqui para desonrar a memória do meu pai e da minha mãe, pode tomar seu rumo.

Eu não quero o dinheiro de vocês, Mazé disse, o sol em seu rosto depois de se revelar por trás da nuvem. Só quero ajuda para ir atrás da minha filha, se é verdade que está viva, e a casa em que minha mãe se negou a morar no terreno da cidade. Preciso de um lugar para viver. O homem riu. Não te devo nada, disse, a senhora nem morava aqui quando aconteceu o acerto com os moradores. Não tem direito a nada. Mas e se a mãe tivesse aceitado, eu não teria direito?, perguntou. Eu não posso te ajudar, o homem retrucou.

Então, ela não disse mais nada. Voltou para a fazenda por se sentir exausta, embora sua cabeça estivesse tomada por uma profusão de pensamentos. Meu Deus, será que Rita está mesmo viva?, perguntava. Como farei para encontrar minha filha? Meu Deus, refletiu, se fui concebida mesmo pelo velho Alcides, aquele homem é meu irmão e nas nossas veias corre o sangue da família, mas ele não consegue se compadecer do meu desamparo.

Passou parte da noite em claro, pensando no que faria. Não poderia permanecer para correr o risco de ser despejada. Também não queria retornar para cidade depois de tudo o que passou. Mas precisava encontrar Rita a qualquer custo, e para isso domaria seus medos. Mazé adormeceu. Acordou sobressaltada com um estrondo. Se levantou da rede, a porta estava aberta, o sereno da madrugada a fez cruzar os braços para se proteger da friagem. A porta parecia arrombada.

Ao tentar fechá-la, foi imobilizada por alguém de tal forma que não conseguia ver o rosto de seu agressor. Gritou e seu berro ecoou sem destino, incapaz pela distância de chegar a qualquer pessoa, porque a fazenda era um deserto. Mazé lutou para se desvencilhar, ainda sem ter se recuperado por completo dos anos de maus-tratos. Mas foi arrastada para fora de casa, atirada à terra. E antes que conseguisse se levantar, recebeu um golpe forte na cabeça.

Naqueles breves minutos, antes de seu último suspiro, olhou para o mundo de uma maneira como nunca tinha visto. A terra, a cerca, a árvore, a casa, o céu, o rio — o rio quase seco — estavam tingidos de vermelho.

Então, tudo fez sentido.

Os cadernos de Cainho

I

Você se dirige à porta. Encontra seu irmão e não o cumprimenta. Moleque chato, quase diz. Faz algum tempo que se estranham e brigam pelo território diminuto do quarto. Você parece apressado, quer aproveitar o resto do dia, precisa ir à casa de Daiane falar sobre o que tem ocupado seus pensamentos. Somente hoje esteve lá duas vezes. Da primeira, ficou retraído, envergonhado, não se aproximou. Fitou a casa de longe esperando a oportunidade de vê-la na janela ou atendendo a porta para alguém. Não aconteceu. A mãe da garota tinha descoberto o namoro, os avanços, estava furiosa com os dois. Havia caído um temporal pela manhã quando ainda estava na escola, e as ruas do bairro restavam repletas de poças d'água, bueiros obstruídos, lixo espalhado por toda parte. Mas o sol insiste em aparecer, tem disputado com as nuvens o espaço do céu. "De quem é o céu?" — "A quem pertence o céu?", modifica depois —, a frase vem à luz quando caminha se desviando dos obstáculos. Admite que o verso pode parar na canção que está compondo.

Você se pergunta o que está acontecendo com sua cabeça; só consegue pensar na beleza, nela, nas descobertas, nas transas iniciadas há algum tempo. Quando a mãe de Daiane não estava em casa, ela facilitava sua entrada pela janela do quarto. Era preciso esperar o fluxo de pessoas na rua diminuir, olhar para os lados e ter certeza de que não eram vigiados. Atravessar as grades do portão, avançar por um corredor tão estreito, impossível passar sem esbarrar na parede da casa ou no muro.

Saltar a janela e ficar em silêncio ou cochichando afetos, rindo baixo, se estranhando e se entregando, repetindo a cada dez minutos que se amam mais e sempre. Desde a descoberta do romance pela mãe, vocês não se encontram. Então a torrente de hormônios e neurotransmissores do sexo e dessa abstração chamada paixão inunda seu corpo, flui pela corrente sanguínea, tornando-o disposto a enfrentar riscos. Essa é a terceira tentativa, mas nos dias anteriores não foi diferente. Nunca faz o mesmo percurso. Anda por vielas e becos, sobe e desce ladeiras, contorna o bairro, encontra os colegas da escola.

Escola, "a prisão": tem perdido o interesse pelos estudos. Passar quatro horas sentado, atento aos conteúdos escritos e apagados no quadro, professores entediados reclamando da falta de material, do salário minguado, das salas de aulas abarrotadas, das cadeiras quebradas, do desinteresse quase geral dos alunos. Gosta dos intervalos, dos períodos que antecedem e sucedem as aulas, quando pode encontrar os amigos e falar palavrões sem medo, falar dos cigarros fumados, das bebidas experimentadas, das transas, das descobertas do corpo. Podem fazer troça de si e dos outros, principalmente dos professores, os antagonistas cruéis, incapazes de compreender suas necessidades. Aquele mundo novo é instigante, libertário, anarquista por excelência, porque toda autoridade é questionada, a começar pela casa, pela mãe apegada a liderar e governar, a não compartilhar o poder, então é preciso se impor, num duelo de forças.

No entanto, você está arrependido de tê-la ofendido e enfrentado, embora não queira admitir. Não pode voltar a baixar a guarda, não quer mais a vida de antes, a mãe decidindo cada um de seus passos: com quem poderia andar, brincar, o que poderia ver ou não na TV e na internet. Se ela souber que você tem uma vida sexual ativa e tem feito descobertas, vai querer impor limites, fazer discursos moralizantes — você não tem idade, é preciso usar camisinha, e os estudos? Estar mal com a mãe o deixa mal também. Sente mágoa por ela ser autoritária, às vezes a descreve como negligente — no fundo sente ciúmes dos homens com quem a mãe se relaciona —, repele qualquer sensação de domínio que ela queira te transmitir. É orgulhoso demais para pedir desculpas e sabe que ela tem amor-próprio e autoconfiança na mesma medida. Certamente, toda essa querela ficará por isso mesmo. Não tardará a surgir a necessidade de que vocês se falem outra vez, sem precisar conversar, esmiuçar e resolver as diferenças e agressões que infligiram um ao outro. Assim permanecerão, como se nada tivesse acontecido, até a próxima e frequente indisposição se abater sobre mãe e filho, e tudo poderia sair pior que da última vez.

Mas você não quer se ocupar das mágoas compartilhadas com a mãe. Em seu corpo urge a saudade de sua garota. Faz algum tempo que não a toca, não sente seu cheiro, e isso te torna vulnerável, mais avesso ao mundo e às pessoas. Resta a você recriar os momentos com ela em sua imaginação, na hora do banho ou quando se encontra sozinho em casa, manipulando seu sexo para simular o mesmo prazer sentido ao lado dela. Precisa que te devolvam o bem-estar daquelas horas, sua companhia; nem sua mãe nem a dela podem dispor da vida de vocês dois, impedindo que se queiram bem. Por isso está agitado, aflito, sem saber reagir ao que te atravessa, uma corrente veloz e perigosa, erodindo as margens, criando outros caminhos.

Seus pensamentos seguiram sua marcha, desordenados, e quando você percebeu já estava descendo a rua inclinada, na direção da casa de sua amada, colorido desbotado, na margem do asfalto corroído pela chuva. Você se aproxima e decide permanecer, sem chamar a atenção, atrás de um poste, olhando de tempos em tempos para a casa, enquanto envia mensagens de texto no celular, na esperança de que Daiane as veja.

A rua está silenciosa, mas ainda assim você ouve ruídos de um rádio sintonizado nas últimas notícias. Três minutos se passaram desde que você se pôs atrás do poste, e nesse exato instante veículos em alta velocidade adentram a via. Os pneus cantam com as freadas bruscas. Você ergue a cabeça da tela do celular e vê as viaturas da ronda especial, sem entender por que os policiais vêm em sua direção. Antes de enfiar o celular no bolso, um deles o arranca de sua mão com truculência. Não há chance para que olhe para os lados e busque por ajuda. As palavras "vagabundo", "vai morrer, pivete" e "bandido" ricocheteiam em seu corpo. Tudo o que você consegue dizer é que não fez nada, mas antes de concluir recebe um tapa forte na nuca, e por isso cai de joelhos. Dois policiais cuidam de algemá-lo enquanto está encurvado sobre o chão. A camiseta do uniforme escolar cai sobre o meio-fio. Um terceiro homem levanta a outra camiseta vestida por você e a transforma num capuz para impedir que veja os próximos passos dele.

Antes de te levantar, um quarto policial segue as instruções de um tenente de óculos escuros, pondo os joelhos sobre suas costas.

Você não consegue respirar, tenta falar, e sem te darem ouvidos te lançam no interior do camburão. Batem com força a porta traseira de um dos veículos. O ambiente está envolto em penumbra.

Pontos de luz orbitam à sua volta antes que você feche os olhos outra vez.

A porta do porão se fechou com um estrondo, e o cheiro fétido se entranhou nas narinas de Irúgbìn. Ele sentiu como se tivesse comido excrementos, a fedentina era insuportável e parecia penetrar a boca semiaberta pela sede persistente até chegar ao seu interior. Não conseguiu conter o vômito, embora tudo que houvesse em seu estômago fosse água, um pouco de papa de inhame e a própria saliva. Quando ergueu a cabeça depois de verter tudo no piso imundo, pontos de luz orbitaram em seu entorno, e na escuridão pôde sentir o conforto de reconhecer um céu estrelado, mesmo que as estrelas fossem chamadas de ilusão. Seu corpo estava tomado pelo mesmo miasma vindo da embarcação e era sentido desde o Forte, onde havia passado as últimas semanas. "Esse cheiro não vem mais da embarcação", Irúgbìn se permitiu pensar num momento de lucidez em meio à loucura à qual o haviam lançado, "agora não é só o cheiro dos outros, é o meu também." Ele não conseguia mais distinguir os contornos dos corpos, não havia luz suficiente no ambiente. Então, o pavor atravessou seus pensamentos: o que via e sentia era muito pior de tudo o que vivera até então.

Irúgbìn viajou debilitado, sentia-se doente e tinha quase certeza de que não chegaria ao destino. Suas alucinações eram feitas de memórias e nelas revia sua aldeia incendiada, a longa caminhada pela savana, atravessando rios cheios e secos, até chegar ao Forte e poder ver o mar. No caminho, Irúgbìn marchou com homens, mulheres e crianças sem saber para onde iriam. Encontrou outros corpos cobertos de larvas e insetos que se desfaziam longe de seus parentes e de sua gente, sem direito aos ritos dos funerais. Suas almas estavam condenadas a vagar sem sossego, e isso provocaria a ira de seus deuses. Ele sentiu grande fome. Viveu o terror dos pesadelos sem precisar fechar os olhos e dormir. Após semanas, Irúgbìn foi comprado sem grandes dificuldades porque resistiu bem à caminhada. Havia emagrecido, mas tinha um esqueleto robusto, poderia ser bem alimentado até ficar disposto para o trabalho.

Depois que seu destino foi decidido, marcaram-no com ferrete em brasa. Essa dor o atravessou por inteiro e fez Irúgbìn morder a própria boca, deixar que seu grito chegasse à ponta da língua, mas retornasse para seu coração, alimentando-o de energia para o que viria pela frente. Irúgbìn não permitiria aos estranhos conhecerem suas fraquezas.

Antes de embarcar, quando o fizeram dar voltas ao redor da árvore do esquecimento, temeu perder o fôlego, seu sopro de vida, porque a memória era a raiz que o fincava no chão, que o fazia se lembrar de quem era, de onde viera, era o registro dos dias que se sucediam e se moviam para longe, como folhas ao vento. Quem Irúgbìn seria se não se recordasse dos mais velhos, se não guardasse o conhecimento de seus passos, se esquecesse de toda a sabedoria da semeadura e da colheita, das raízes e das folhas, da construção das moradas, da estiagem e das chuvas, das fases da lua e da sucessão dos dias?, ele se perguntou. Ele deu nove voltas em torno do baobá enquanto sua memória viajava por seus anos, recordar para não esquecer, recordar para não esquecer, seus passos não eram firmes, sabotaria a magia. Para onde iria?, Irúgbìn se perguntou, mas já não importava, porque o navio havia partido. Se não morresse de doença ou de tristeza pelo caminho, chegaria ao destino com seu tesouro.

Levaram-no então do Forte até uma embarcação menor para que depois seguisse até o navio. Enquanto se deslocava pelo mar, olhava para quatro outras embarcações e suas velas amareladas que não estavam içadas. Dentre elas, bandeiras com significados desconhecidos para ele, mas que indicavam onde aportaria, onde viveria uma outra vida, uma outra vez.

Irúgbìn sobreviveria à viagem. Seria vendido mais duas vezes, trabalharia nas plantações de cana ao redor do Convento de Santo Antônio do Paraguaçu, antes de se declarar livre ao se entranhar nas matas além dos engenhos. Ele parte para uma terra distante, e só foi sozinho porque desconhecia o destino de dois filhos concebidos no cativeiro. Irúgbìn perdeu seu nome — chamavam-no de José —, e não guardaria por muito tempo a lembrança dos dias tristes. Mas recordaria sempre da viagem sem suas vestes, sem poder carregar cauris, sem poder se despedir dos parentes. No oco de seu corpo carregou o fundamento, o que tinha de mais precioso, histórias de vida e liberdade, passagens belas que jamais puderam ser destruídas.

2

Você tenta se desvencilhar das algemas, ao mesmo tempo que acomoda melhor seu corpo. Começa a sentir uma cãibra violenta na panturrilha direita. Morde a boca nesse momento, mas quando se livra da dor, grita que é inocente, que não fez nada. Repete algumas vezes antes que um dos policiais, sentado no banco de trás, e por isso, sem poder ser visto, golpeie com uma arma de fogo ou um cassetete o gradil que os separa, tentando ultrapassar sua voz com outro "cala boca, porra, você vai morrer". Você sente medo. Chega a imaginar que a mãe de Daiane, quando te viu do outro lado da rua, chamou a polícia, como prometera, por você ter feito "mal" à filha dela.

Você sente os solavancos das lombadas das ruas. Se choca contra as paredes do veículo em alta velocidade, as sirenes não estão ligadas. Sua boca está seca e o desespero é crescente, mas você não desiste, continua a buscar energia para pensar em como poderia sensibilizar os policiais que te levam para um destino incerto — estão me levando para a delegacia?, se pergunta, e pensa que sua mãe ficará ainda mais furiosa se precisar tirá-lo de lá. "O que você fez?", perguntará com sua expressão inquisidora, ao saber que entrou inúmeras vezes na casa de Daiane sem a permissão da mãe — embora você não considere o episódio tão grave a ponto de precisar ser tratado como bandido. Então, diz de onde está, inalando o cheiro de mofo e carpete molhado, guardados, onde outros acusados e apreendidos deixaram saliva, urina e lágrimas, "eu não ia entrar na casa, estava só esperando na calçada por um sinal da menina". Sua voz é abafada pelo ruído do motor do carro e do tráfego intenso. A nesga de luz que entra através do vigia vem do céu, ultrapassa a camisa que venda seu rosto e está para se apagar quando você supõe que é o auge do crepúsculo.

O ar-condicionado refrigera a lataria do carro e você começa a sentir frio. Sente-se desprotegido, tem o corpo à mostra, está ferido. Sua mãe não te deixaria ir para qualquer passeio vestido como se anda no bairro — embora ainda esteja calçando sandálias —, com receio de que fosse vítima de preconceito. Rita age como qualquer mãe com um filho de sua idade. O medo, combinado com o frio, faz sua mandíbula tremer, as pontas dos dedos das mãos e dos pés se enregelam. Sem conseguir chamar a atenção dos policiais, você se encolhe para se aquecer e espantar o frio num dia de sol, o que o deixa ainda mais ansioso. A partir de então é tomado por náusea, como se navegasse por mares revoltos. "Não quero vomitar", repete incessantemente, enquanto mantém os olhos fechados sob a venda improvisada.

Você pensa em sua mãe e em como seria bom tê-la por perto para te livrar da armadilha pregada pelo destino.

Rita Preta atravessa a portaria do supermercado onde ocorre a revista dos funcionários. Olha para o céu, examina as nuvens, considera provável que a chuva tenha cessado, pelo menos até chegar em casa. Vem-lhe à mente outra vez a discussão com o filho, mas ela se repreende; sente-se cansada para sequer pensar no assunto. Não quer estragar sua noite com Jorge. Pediu para encontrá-lo justamente por se sentir necessitada de cuidados depois da desavença. Dá muito de seu tempo, de sua energia, de seus afetos para a criação dos filhos, uma tarefa solitária, e gostaria de ser compreendida em seu desamparo: por ser a responsável por todas as coisas, por toda a vida familiar. Espera pelo ônibus para casa e torce para que não venha com a lotação completa.

O ônibus se desloca com vagar e o corpo de Rita se move junto com os passageiros de pé, as mãos nas barras de segurança. A cada parada, mais pessoas embarcam, quase ninguém desce do veículo. O balanço provoca uma leve tontura. Ela tem a impressão de ver flashes de luz orbitando à sua volta, como pequenas estrelas. Deve ser a fome, pensa, mas ao mesmo tempo se vê atravessada por uma angústia difícil de explicar. A alguns quilômetros de onde está, a viatura se desloca em direção à região norte da península, enquanto o ônibus segue no sentido sul. Cid está no "chiqueirinho" da viatura, aspirando o cheiro de fluidos impregnados no piso. Está assustado, os pensamentos desorientados, planejando como se salvar daquela situação. Ele passa a pensar na mãe com urgência, sente-se desprotegido, deseja que ela o ajude a se libertar daquela arapuca. A mãe pensa no filho, nas dificuldades que têm encontrado naquela fase da vida, e com sinceridade espera por uma solução, um ajuste transitório.

O medo faz Cid ficar em posição fetal. Ele não pode se levantar nem esticar as pernas, está tomado pelo desconforto, então se encolhe como se estivesse no ventre de Rita outra vez. Ela sente uma pequena comichão próxima ao umbigo e no mesmo instante suas ideias se iluminam e atravessam seus pensamentos: a imagem de uma gata rajada e seus sete filhotes de muitas cores no telhado de casa, arisca, entre miados e rosnados para que não se aproximassem de suas crias. Rita estava grávida de seu primogênito, não dormia à noite com a movimentação dos animais, retirando as telhas do lugar, favorecendo a formação de goteiras nos dias de chuva. Foi preciso esperá-los crescer e desmamarem para removê-los e entregá-los a doações na própria vizinhança.

A gravidez passa pelas lembranças de Rita enquanto seu próprio caminho é alterado, não pelo acaso, mas por uma história que atravessa o tempo, a correnteza de um rio levando a vida, a memória da perda a invadindo durante o temporal da manhã. Pudesse percorrer os dias, os anos, os séculos no sentido contrário — o passado — e conhecer a vida dos que a antecederam, vislumbraria os momentos de separação e violência — terra, corpo e alma —, e não chamaria o que visse de coincidência, mas de marcas e repetições de uma guerra combatida com as armas da resiliência e da revolta em contraposição à exploração e à segregação.

Um dos policiais te desembarca do veículo e te lança contra o chão de terra batida, com a intenção de te ferir, amedrontar e desestimular qualquer reação. Você não pode identificar onde se encontra — e com certeza não é a delegacia —, mas tudo o que pode entrever por trás do tecido de sua camiseta sobre seus olhos são fragmentos de uma paisagem mergulhada no lusco-fusco. Mesmo vendado precisa ficar de cabeça baixa, avisam, não deve tentar ver seus algozes. Como fazer para não tropeçar e continuar de pé? Como fazer para escapar daquela marcha de violência, sem saber onde ela vai dar? Em meio à tensão, você tenta escutar o ambiente: a brisa tocando as folhas, o trissar dos morcegos, as botas dos policiais pisando o chão de barro e lama, e depois, o atrito com as folhas úmidas da chuva da manhã. Sente o cheiro da terra molhada, como se minutos antes uma nuvem tivesse passado lançando gotículas tão pequenas e frias quanto as do orvalho. Tenta escutar sobretudo a conversa, e na impossibilidade de compreender o que dizem, as palavras. Mas as vozes escapam, são passageiras, carregadas pelo vento. O medo te tortura, e de repente um dos policiais ordena que você caminhe. Está se afastando da viatura, o coração acelera, orbitam na escuridão do tecido mais pontos de luz, estrelas, vaga-lumes.

“Agora você vai dizer onde ele está, Playmobil.” A voz grave de um dos homens diz enquanto outros risos se fazem ouvir em meio à inquietação.

“Não sei de nada. Eu só estava na rua para tentar falar com uma colega da escola.”

“Seu fodido de merda”, uma mão o golpeia com violência pelas costas, “vai continuar escondendo o jogo? Se você disser onde está aquele *freio de camburão*, vamos te liberar sem dois dedinhos, mas ainda vivo.”

Risos se seguem, expressões do escárnio e do desprezo. O pavor tenta te levar ao chão, mas você resiste; seus olhos umedecem e pela primeira vez, desde a surpresa da abordagem, sente vontade de chorar. Então se permite deixar correr as lágrimas, precisa contar que foi confundido com alguém desconhecido.

“Pra cima de mim, aviãozinho? Você já escapou uma vez, mas dessa vez não escapa, não”, um dos policiais diz, “olha aqui, Cara Gorda. Daqui a pouco vai se mijar de medo.”

O nó da camiseta está cada vez mais frouxo, então você supõe que a qualquer hora pode cair. Um muco espesso sai de seu nariz junto às lágrimas. Você não pode dar nada do que eles querem, tenta dizer, mas eles estão ensandecidos e compartilham algo entre si que você não conseguirá saber. Escuta o ruído de um nariz aspirando — o ar úmido? o cheiro da terra? Não imagina que é um narcótico apreendido numa abordagem dias atrás —, e se debate com o pensamento de que, se eles não acreditarem em suas palavras, irão te torturar, como dizem.

A camiseta convertida em venda cai aos seus pés sem que eles percebam. Os policiais estão entretidos com algo sobre o capô do veículo. Uma lanterna portátil e os faróis da viatura iluminam a face de dois, embora você não se detenha, pois quer apenas escapar daquele local; um terceiro agente está oculto a partir do ponto onde você se encontra. Na abordagem eram mais policiais, embora não fosse possível saber quantos, mas agora sabe que está nas mãos de três agentes. Então, é preciso ser rápido e você decide num átimo evadir, mesmo com as mãos presas por algemas, mesmo com as pernas vacilantes, mesmo com a mente tentando assimilar a barbárie e o coração reagindo à adrenalina liberada por seu corpo para salvar a vida em risco. Existe uma chama em seu peito e é preciso alimentá-la para que não se apague.

Então decide correr. Suprime o tempo entre a última letra da palavra e o ato de pôr seus pés em movimento.

Você corre e desconhece seu destino.

3

Já andávamos pela mata havia alguns dias. Um de nós levantou a possibilidade de que estivéssemos distantes o suficiente para dormir com tranquilidade. Mas, em seguida, ouvimos latidos de cães e aceitamos que a perseguição continuava. Alguns se levantaram da cama de folhas, onde nos revezamos para repousar nas últimas horas; outro recolheu o embornal com a imagem de são Benedito e deslizou, sorrateiro, pela terra úmida, minimizando qualquer ruído que pudesse indicar onde estávamos. De vez em quando, parávamos, examinávamos as folhas e recebíamos a ordem do mais velho para macerar as de cheiro, as de rezas e banhos, e esfregá-las em nosso corpo para confundir os cães. Não era a primeira, nem a segunda, nem a terceira vez que alguns de nós escapávamos de uma fazenda, para outros seria a última, ou do contrário encontrariam um jeito de incendiar as plantações, as casas, as famílias dos senhores, a cidade, para ferir de morte qualquer ser vivo que atravessasse nosso caminho para nos ameaçar.

Longe do capataz, durante a colheita, enquanto retirávamos os flocos de algodão dos capulhos, alguns voltaram a falar de um quilombo ao norte, lugar de reunião dos irmãos fugitivos. Cada um contava o que recordava, esperando a reação dos demais para saber se seria dessa vez ou não. Enquanto não havia decisão, planejávamos, traçávamos rotas, considerávamos as chances da possível fuga. Até que decidimos fugir de novo; viajaríamos à procura do povoado, mesmo sabendo que talvez nem todos tivessem por objetivo permanecer por lá; uns se adaptariam, outros não aceitariam mais submissão e qualquer restrição, depois de nascer e crescer cativo de senhor. Éramos dezesseis, mas se somássemos os que não haviam se dobrado à servidão desde o início dos tempos, e os que viriam a escapar da má sorte após nossa fuga, uma legião. Para que abandonássemos o cativeiro, foi preciso contar com o apoio das mucamas e da cuca, que resistiram todas as outras vezes, mas, por fim, consentiram. Usaram seus conhecimentos para manipular ervas e serpentes, adoecer os capatazes com a comida farta que corrompia os intestinos e o fígado. Para fugir dessa vez, seria preciso mais, deixar evidente que não valeria a pena trazê-los de volta para perverter os cativos das fazendas das redondezas, criando descontentamento, ameaçando a integridade de seus senhores. O estrago teria de ser grande. Levamos pequenos objetos de valor, dentre os quais as joias da sinhá para trocar por suprimento, se fosse necessário, durante a caminhada — e seria? —, embora não soubéssemos como fazê-lo; num comércio qualquer, todos desconfiariam de um crioulo com joias para trocar, chamariam a Guarda Real, e nos dias seguintes seríamos devolvidos à fazenda; alguns seriam castigados com açoite; o escolhido como líder pelos fazendeiros seria morto para servir de lição e nos desencorajar a tentar repetir o feito.

Por isso, não podíamos perder aquela chance. De dia nos escondíamos longe da estrada, vigiando a mata, alguns permaneciam em vigília para avisar caso os capitães-do-mato despontassem, outros se entregavam ao sono. À noite caminhávamos seguindo as constelações, acompanhando o voo das corujas, os rastros das raposas, das onças, e, vez ou outra, do alto de uma árvore, um urutau deixava seus olhos à mostra, sem nos assombrar. Muitos temem a escuridão, mas nós aprendemos a benquerer a noite, porque somente em seu manto escuro caminhávamos livres, avançávamos passo a passo até chegar ao nosso destino. Nos alimentávamos do pouco suprimento que conseguimos carregar — milho, farinha de pau e pão da terra —, e do rio retirávamos o peixe e bebíamos água fresca.

Caminhávamos, embora estivéssemos cada vez mais cansados e famintos. Nos movíamos com demora, e, depois de dias de calmaria, onde as ameaças eram apenas os animais seguindo o curso da vida, os capitães-do-mato pareciam ter desistido de nos capturar — isso não, isso nunca, disseram alguns —, e nos dividimos em bandos de quatro, caminhando na mesma direção, mas também separados, nos comunicando através de sinais para que nem mesmo Deus pudesse nos ouvir.

Talvez chegássemos ao nosso destino depois de amanhã, na próxima semana ou no fim do mês. Talvez tivéssemos tomado um caminho diferente, o que terminou por adiar nossa chegada. Talvez tenhamos nos distraído e trilhado outras sendas, e isso exigisse de nós mais sorte para pôr nossos pés na terra prometida. Talvez a terra fosse um sonho e estivéssemos condenados a viajar como os pássaros, às vezes livres, às vezes enjaulados, sonhando com o amanhã, com o chão, com a liberdade, esperando que os filhos de nossos filhos possam chegar aonde não podemos ir.

Quando você foi retirado da viatura e lançado ao chão por um dos policiais, notou que estava sem o outro pé do par de sandálias — o primeiro tinha se perdido no "chiqueirinho". Mas, ao correr e fugir, sente a sola dos pés sobre a terra, pisando pedriscos, folhas úmidas, gravetos. Se pisasse num chão onde houvesse uma promessa de esperança, a sensação seria diferente, mas tudo que consegue sentir é um grande incômodo. Nesse instante, não teme as cobras ou os insetos, não quer pensar nos pés feridos, quer apenas sair daquele lugar estranho, sem iluminação, abandonado pelos homens, povoado por outros seres. Corre em grande velocidade e, no percurso, desce por uma inclinação, se aproxima das águas — um minadouro?, um açude?, um rio? — e sente os pés enlameados. Você ainda não pode gritar por ajuda, por mais desolador que tudo pareça, não quer atrair seus carrascos para que te capturem outra vez. Então, encontra seu caminho de forma instintiva e tenta ultrapassar os trechos de mato rasteiro ou crescido, mas não a ponto de impedir seu avanço. Agora sabe como é difícil correr com as mãos presas, sem poder movê-las para atravessar o ar, equilibrar o corpo, retirar os obstáculos do caminho. Por não tê-las ao seu dispor se desequilibra duas vezes, mas não chega a cair pela força incomum de suas pernas jovens, acostumadas com os jogos de futebol, trêmulas, é verdade, mas ainda assim conseguindo te levar além do que seus perseguidores imaginam.

Algo brilha no horizonte, rompe a escuridão, indica a presença de alguém, talvez possa encontrar ajuda. Ao se aproximar, percebe que se trata de um barraco de madeira e folha de zinco, com uma lâmpada solitária, uma ligação clandestina vinda da rede elétrica alinhada à estrada. Nesse momento de grande expectativa, as luzes das lanternas emitem um clarão que rompe o conforto da escuridão. Você escuta os gritos dos homens se aproximando, sons guturais, carregados de nãos. Eles vociferam "parado aí", "parado aí", mas você corre em direção à luz, não pensa em se desviar em busca de atalhos, duvida da própria força e sorte. Se avançar, cumprirão o prometido, irão te alcançar, embora tenha corrido em disparada. Mas não poderia sustentar a mesma velocidade, e a terceira queda poderia ser a definitiva. Naquele casebre entrevê um vulto humano, e na frente de uma testemunha eles teriam de ter ainda mais astúcia para continuar com a tortura e o que pretendiam fazer.

Efetuam disparos.

Enquanto os projéteis seguem seus trajetos e os estampidos atroam na velocidade do som, sua voz enuncia o pedido de socorro, outro som, tentando ecoar na mesma velocidade. Até que você cai de joelhos e uma mulher surge à porta.

Os policiais te alcançam, a mulher parece atônita, sem saber como reagir. Você grita, pede ajuda, mas se considera rendido. Agora são eles que gritam na direção dela (que não se identifica), dizendo se tratar de um bandido. Ordenam que ela se recolha no casebre. Ela está boquiaberta, e logo um homem, também sem se identificar, surge por trás com expressões firmes para despertá-la do torpor. Ele a leva para o interior da casa e fecha a porta empenada com força, como se a peça precisasse de uma energia descomunal para ser fechada.

O casal de lavradores se pergunta quem eles são diante da força evocada pelas autoridades, com insígnias, veículos, armas para executar as leis. Eles nada podem, ainda que fosse possível salvar o jovem de joelhos à sua porta, um jovem, humano, procurando por uma alma compassiva capaz de se importar com sua vida desprezada, rejeitada como as suas, destinada a obedecer aos que têm poder, destituída de sua dignidade e que encontrou naquela morada precária a chance de sobreviver.

Eurides precisa acreditar que está protegida num barraco que voará pelos ares caso ocorra um vendaval. Desse lugar vulnerável, simulacro de abrigo, ouve mais gritos, agressões, pensa em espreitar pelas emendas de madeira e metal das paredes, mas logo em seguida desiste. É pequena e frágil, é quase ninguém perto dos homens que se apresentaram segundos atrás como autoridades. Tudo a fazer é esperar a sucessão dos minutos e das horas, do dia e da noite, dos anos e dos séculos que avançam para poder esquecer sua incapacidade de reagir.

Escolhem o silêncio, a falsa proteção, até que a violência se volte contra eles mesmos — e sabem que isso pode ocorrer a qualquer momento —, embora não possam esquecer o que testemunharam.

Você é arrastado pelos punhos algemados e a pele de suas pernas e costas está ferida pelo atrito com o solo e com a vegetação. A cada grito seu, um novo golpe seguido de outros gritos dos policiais. Até que, por fim, você morde os próprios lábios para sufocar a vontade de expor sua miséria, a injustiça de cada ato, porque se permanecer calado talvez desistam de você e te devolvam à sua família.

Quando se aproximam da viatura, te jogam no chão para se livrar do peso.

Quando um deles dispara a arma — siderado pelo poder de vida e morte do metal em suas mãos —, um projétil te atinge.

4

Naquela manhã, Roque despertou com o impacto das gotas de chuva no vidro da janela. A cabeça doía e de imediato considerou que era uma consequência da noite anterior, quando se excedeu no álcool. Ele abriu a gaveta da mesa de cabeceira e retirou um analgésico. Engoliu com o resto de água encontrada num copo do outro lado do quarto, à esquerda de sua mulher. Precisaria se apresentar na corporação no turno da tarde. Por isso, gostaria de descansar um pouco mais. Voltou para a cama, mas o sono não veio. Retirou o telefone do carregador e passou a deslizar o dedo na tela para se inteirar das mensagens e das notícias.

Encontrou uma mensagem de texto da mãe, com erros ortográficos, pedindo para que lhe telefonasse quando despertasse. Não deu muita importância, talvez por já saber do que se tratava: a habitual bobagem dos sonhos. Desde que o filho ingressou na Polícia Militar, ela parece desassossegada, teme pelo pior e sua mente é invadida por pesadelos, nos quais ele é ferido ou morto em confronto. Era possível, sim, mas considerava haver um certo exagero na obsessão da mãe. A inquietação dela lhe despertava episódios de ansiedade. Na caixa de e-mails, Roque encontrou uma quantidade grande de mensagens disparadas por empresas. Logo depois, desistiu de conferir, não havia nada importante. Passou para as notícias, e leu apenas um breve texto sobre a eliminação da seleção brasileira de futebol dos Jogos Pan-Americanos. A internet estava mais lenta que o habitual — deveria ser a chuva —, e isso o faz desistir de continuar com a leitura.

Roque se levantou para fazer café, talvez a bebida aliviasse sua dor de cabeça. Enquanto o preparava, ligou a televisão para se inteirar do noticiário. Não demorou muito para a filha mais nova aparecer arrastando o cobertor, os cabelos desarrumados. Se aproxima do pai para pedir colo e dizer que sente fome. Ele desvia os olhos do aparelho, coloca-a sentada sobre a perna direita para dizer, com uma expressão grave, que era muito cedo, ela deveria dormir mais um pouco. Mas a menina finge que não escuta e se põe a assistir o noticiário, um programa policial com sirenes giroflex, entrevistas com acusados e especialistas, e uma voz fora de cena contando o passo a passo dos crimes.

No entanto, Roque se esqueceu do que estava assistindo para se concentrar na filha. Perguntou pelo dia anterior e prometeu levá-la à escola. Seguiram juntos até a cozinha do pequeno apartamento para preparar um achocolatado. Ela contou sobre o que estava aprendendo na escola, as palavras que já sabe escrever, cantou uma canção de roda, pediu uma boneca de presente, e os dois riram juntos do pedaço de pão que a menina deixou cair. Os olhos dos dois se encheram de lágrimas. Os dela pelo riso; os dele, Roque não poderia dizer, embora saiba que há uma cota de nostalgia e comoção. Para se conter, ele se voltou outra vez para a bancada e pôs mais café na caneca.

O bem-estar das primeiras horas da manhã, apesar da dor de cabeça a acompanhá-lo por boa parte do dia, contrasta com o disparo feito no começo da noite e que atingiu o pé de Cid.

Ângelo tinha vestido a farda quando lembrou que em breve completaria um ano da morte do pai. O tempo foi curando a ferida que no início parecia não cicatrizar. Apesar do longo período da doença, ele se sentiu desorientado com sua posterior ausência. Chegou a ir a sessões com o psicólogo da corporação. Então achou tudo um pouco estúpido, de uma estupidez perigosa porque ia escavando memórias difíceis que depois o acompanhavam por longos períodos. Decidiu interromper as sessões para manter o controle sobre seus dias.

Sua personalidade intransigente o levara à posição de homem temido. Criou e cultuou a própria imagem de poder, imagem geralmente não destinada às pessoas de sua origem. Quando prestou concurso para policial, o fez por necessidade de ter um trabalho que o afastasse da miséria da infância e do destino de seu pai; o fez para garantir a pensão do filho, além de lhe permitir uma remuneração que algum dia considerou digna; o fez também por ser uma profissão que lhe conferia poder diante da hostilidade destinada pelo mundo às pessoas de sua cor.

Depois da morte do pai, prima Virginia conversou sobre as dificuldades enfrentadas por ele quando vivia na roça. "Quando meu primo Ângelo, seu pai, saiu de lá, você ainda era muito pequeno. Com certeza, você não se lembra da história do pedacinho de terra onde sua família vivia. Do nada, apareceu um homem se dizendo dono, havia falsificado o documento com a ajuda do cartório. Seu pai tinha comprado o lote com o suor do trabalho, queria uma vida diferente dos pais, meus tios, que carregaram os filhos de fazenda em fazenda à procura de trabalho. Essa história da terra o transformou no homem amargurado que você conheceu." De fato, Ângelo, o filho, não sabia dos detalhes. O pai nunca contou o que aconteceu aos filhos. Se recusava a falar sobre o passado, e sua mãe, enquanto viveu, tampouco. Ao perder a terra, seu pai viveu sem conseguir um trabalho digno para proporcionar à família algo além da sobrevida.

O filho sabia apenas o que os outros contavam: um conhecido trouxera o pai para a capital para trabalhar no canteiro de obras do Centro Administrativo; a família se instalara num casebre na comunidade de Alagados: viveram os primeiros anos numa casa de madeirite sustentada por palafitas, oscilando com o movimento das águas — a maré —, sobre o mangue poluído da baía.

Depois da morte da mãe, coube ao pai cuidar dos filhos ao mesmo tempo que trabalhou até a exaustão para garantir o básico. Exerceu as funções de pedreiro, pintor de parede, estivador. Trabalhou também como coletor da limpeza pública até ficar desempregado outra vez. Criou os quatro filhos de forma severa, com castigos físicos — preparava-os para a vida, dizia, e essa era sua maneira de contornar as dificuldades e não se desviar do caminho. Ângelo, o primogênito, era o mais cobrado, e coube a ele cuidar dos irmãos menores enquanto o pai estava fora. Nessa batalha na arena da cidade grande, Ângelo, o pai, se afogou no álcool para se aliviar das pressões.

Afastar-se da vida de grandes privações se tornou um objetivo a ser perseguido a qualquer custo, e criou no filho o desejo por riqueza — Faraó —, que sua atividade como agente policial não poderia lhe proporcionar. Se separou da primeira mulher, uma professora e ativista do movimento negro, para se casar com outra de valores opostos. O poder que emanava de sua arma, de sua farda, de sua patente o corrompeu, e sua ação como agente público não se distinguia mais dos ilícitos praticados. Não conseguia enxergar as pessoas com suas origens como semelhantes. Assim como o pai escondeu suas derrotas, Ângelo afastou com violência qualquer memória da miséria. Eliminar os que o espelhavam foi a maneira encontrada de vingar a tragédia de seu pai, que também era a sua.

Faraó estava furioso com a fuga de Cid, mas se surpreendeu quando Roque disparou contra o jovem. Ao ordenar a abordagem, machucou e assustou, mas até ali o objetivo era enviar uma mensagem para Brinquedo de que precisava cumprir o prometido. Agora, seus planos tomaram outro rumo.

Era quase meio-dia quando Cara Gorda deixou sua casa num conjunto habitacional popular muito próximo ao local onde Cid morava e circulava ao ser abordado. Era uma habitação simples, assentada sobre uma passagem estreita e inclinada, com calçamento de concreto, chamada de caminho, e apenas números a identificavam. Como está localizada num vale, a assimetria do terreno faz com que a água da chuva se acumule na varanda frontal e no quintal de cimento. Mais cedo, com a forte chuva, Cara Gorda foi acordado pela mulher porque a água tinha invadido a casa. Ele precisou retirar o volume acumulado com baldes, além de remover as folhas sobre o ralo que impediam o escoamento. O evento transformou seu começo de manhã numa verdadeira agonia; seguiu-se uma discussão acalorada com palavrões e ofensas entre o casal, de modo que, ao sair de casa, ele carregava a certeza de que o dia havia começado muito mal.

O caos daquela manhã refletia o caos de sua vida. Ele não podia confessar a ninguém, mas deixar a raiva extravasar durante a abordagem era uma forma de equilibrar a tensão permanente. Cara Gorda não media esforços para ferir o "indivíduo", tingir seu cassetete de sangue e rir das expressões de horror no rosto dos acusados. Foi ele que se antecipou ao avistar o jovem a certa distância, identificando-o como Playmobil, mesmo sem ter certeza de quem era. Foi ele também que bateu com o cassetete na grade do camburão enquanto transportavam Cid para o ermo. Cara Gorda distraiu Roque e Faraó sobre o capô do veículo, o que possibilitou a fuga e toda a sequência de perseguição até o casebre de madeirite e metal do casal de lavradores. Como se deslocava com lentidão, sem conseguir correr por causa do sobrepeso, gritou algumas vezes para o fugitivo se render. Ele sentiu o ódio afoguear sua face, e o ameaçou dizendo que não teria vida fácil. Queria se antecipar na sessão de tortura, mas se viu tão surpreso quanto Faraó com o disparo feito por Roque, que em geral era o mais comedido.

Ao ser atingido no pé, o grito de Cid, um som profundo, atravessou em ondas o ar. O movimento brusco por causa da corrida e do impacto do projétil fez com que o documento de identidade guardado em seu bolso caísse. Num reflexo espontâneo, Cara Gorda pegou-o depois de perguntar a Roque que "porra" ele havia feito. Ele não conseguiu ler, precisava da ajuda de lentes, mas se recusava a usar óculos. Pela mesma razão ele não dirigia viaturas, mas sempre conseguia despistar o real motivo. Por isso deu o documento para que Faraó lesse.

"Ele não é Israel, porra! Que caralho vocês fizeram?", perguntou aos dois, que se mostraram atônitos.

A voz de Cid atroou sem cessar, mesmo quando deixou de emitir sons; um grito atávico, liberado há séculos.

Continuaria a ecoar até o tempo por vir.

5

Você decide não olhar para o pé alvejado. Tem a consciência de que está sozinho e ferido, por isso decide se agarrar à esperança da revelação de seu documento de identidade. O documento tão bem guardado. Poderia esquecer o celular, os calçados, a camisa, mas não o documento de identidade. Sua mãe sempre dizia a você e aos seus irmãos que podiam esquecer tudo, menos o documento com o registro geral, a filiação, a digital, para afirmar quem eram. Como eles não o pediram a você? Como você não havia dito que o portava? Agora, você tem fé que será libertado. Você precisa se fortalecer para os próximos atos desse embate, e se concentrar na dor do corpo pode drenar toda a sua disposição para escapar dali com vida. Os homens discutem a responsabilidade de cada procedimento da abordagem: Faraó lança a culpa sobre Cara Gorda pela identificação do jovem, que por sua vez joga a responsabilidade do disparo sobre Roque. Eles parecem preocupados com as consequências dos erros e sobre como justificariam a retirada de um adolescente da comunidade onde mora; as revelações sobre ilícitos haviam te tornado uma testemunha, e o tiro que atingiu seu pé direito era uma grave violação, implicando prováveis consequências para os três.

Seus olhos atentos acompanham a movimentação à sua volta, apesar da dor lancinante no pé. É quando, de repente, a discussão cessa. Um dos policiais caminha em sua direção, com passos firmes — "agora eles vão me libertar" — e se posiciona atrás de seu corpo. Você sente sua presença, como se fosse liberá-lo das algemas, mas sua nuca queima antes de conseguir escutar um estampido, enquanto os sentidos do corpo se esvaem na velocidade da respiração.

Naquele mesmo instante, o semáforo se abre para o ônibus que transporta Rita Preta para casa, e o deslocamento do veículo favorece a brisa que refresca o ambiente quente. Ela está exausta pelo dia, e não consegue afastar o véu da melancolia sobre sua face. Juca muda o canal da televisão e se fixa no comercial do tênis que deseja ter; de minuto em minuto ele tem a impressão de que a porta se abrirá e você entrará num rompante para disputar o controle com ele; Jorge se despede da mulher, e ela desconfia que ele encontrará a amante naquela noite. Sente-se resignada, não quer saber sobre o caso, repete o ditado replicado pela mãe: "O que os olhos não veem, o coração não sente"; Fátima sai da casa dos patrões, cansada, humilhada, com a certeza de que perdeu a condução para a estação de transbordo; Vera troca a fralda do filho, que se encontra deitado sobre o colchão. As mãos do jovem parecem retorcidas como galhos de uma árvore antiga, e seus olhos boiam quietos no rosto de complexa expressão, a boca aberta, a saliva escorrendo abundante. Ela jura ver amor naquelas expressões de delicada manifestação, mas está em conflito consigo mesma, com sua covardia, com seu silêncio tão letal quanto um projétil a ferir um semelhante; Cainho habita os mil mundos que formam seus pensamentos, sem se dar conta de que você se tornará uma memória incorpórea a atravessar o tempo até o último de seus dias.

Uma coruja se levanta do chão ao ouvir o estampido e atravessa o rio de uma margem a outra, pousando sobre a terra. Está atenta à movimentação das presas, tem filhotes para alimentar. Um botão de hibisco branco, alongado, maduro, parece pronto para se expandir na manhã seguinte, as pétalas projetando uma singela corola, embora não haja ninguém para atravessar o canteiro e contemplar sua beleza antes de murchar. Uma ninhada de gatos é deixada numa caixa de papelão próxima à caçamba de lixo. Seis gatinhos de cores distintas: branco, amarelo, preto e tigrados, todos juntos e abandonados. Quando a gata-mãe retornar da caça, vai se desesperar e procurar por seus filhotes sem jamais encontrá-los. No edifício onde Fátima trabalha, uma mulher anuncia ao marido que está grávida do primeiro filho, mostrando o teste comprado na farmácia. Ele parece atônito, mas logo desperta da apatia e a abraça, sem a certeza de que é o que realmente deseja. Uma criança nasce no hospital onde você nasceu. É um bebê de pele clara, a mãe parece preocupada quando o vê nos braços da obstetra, embora não revele que sua aflição advém do ciúme do marido. No mesmo quarteirão do hospital, um homem que enfrenta longa agonia para de respirar, e sua irmã lhe fecha os olhos com grande tristeza e certo alívio.

Todos esses pequenos gestos e muitos outros de um mundo vivo acontecem enquanto o ar deixa seus pulmões pela última vez e as esferas de luzes que o acompanham desde a abordagem se tornam mais densas. Você sente suas mãos se libertarem, e de seu pé não emana mais dor, embora um fio etéreo ainda continue a ligá-lo àquele corpo. É neste momento que uma profusão de memórias passam a ser vividas, como se tudo estivesse acontecendo nesta exata fração de tempo.

Você sente os espasmos do orgasmo enquanto sua pele roça a pele da jovem em quem projeta sua paixão. Aquela sensação de bem-estar o conforta e você poderia se demorar nesse quadro, não fosse o som do rap se fixando em seu íntimo, as palavras se organizando em sua mente, imprimindo um significado às suas perguntas. Você fecha os olhos e as notas vibram ao chegarem ao seu ouvido, mas também movimentam este outro corpo, aguçam seus sentidos, te fazem desejar e criar.

Completar uma frase, encontrar a palavra certa é como se conectar à outra pessoa com um beijo envolvente, dos que não podem terminar. A palavra certa, o beijo, é como um lance mágico, uma bola se movimentando através de um drible, o corpo bronzeado debaixo da estrela mais brilhante, a euforia expressada em sua agitação, na agitação dos que estão à sua volta compartilhando a emoção do jogo. Chegar ao gol lhe confere a ilusão de poder ir além do corpo, além do homem, se tornar um deus em sua imortalidade, e talvez por isso tenha desejado fazer do esporte sua profissão.

As memórias se sucedem plenas, e a você só é permitido contemplar com brevidade e vagar. Sempre ao contrário — do fim para o começo —, como a flor murcha à sua frente que tornará a ser exuberante, depois um singelo botão, uma semente, a flor mais antiga que a originou, da geração anterior. Está no conforto de sua casa, e sente paz porque estão ao seu lado seus irmãos, cada um em seu mundo, e sua mãe, assistindo à novela da temporada. Estão reconciliados e chove, embora estejam protegidos pelo telhado por onde a água escorre fertilizando a terra. Estão sentindo o calor emanando das paredes, protegendo-os dos ventos, enquanto o frescor da cerâmica do chão toca seus pés descalços. Pergunta à sua mãe por seu passado, e ela conta o possível, as coisas resolvidas e as que não a machucam. Conhecer essas memórias é chegar às suas origens e compreender: a vida, de uma maneira bela, não se finda, segue sendo contada, passa adiante, se fixa em seu íntimo e nos de muitos outros. Sua vida é a continuação de muitas outras vidas, algumas das quais jamais irá conhecer, mas que mesmo assim se encontram inscritas na memória de seu corpo, nos códigos genéticos, nos traços remotos a nos constituírem humanos, nas paisagens que habitamos — as árvores plantadas e as retiradas; as construções revelando as camadas de tempo de uma cidade; a terra arada, revolvida, exaurida, de onde vem o metal, o minério, de onde vem o alimento a nos manter de pé; a terra e o asfalto onde correm o sangue, mas também onde brota a vida. Sua presença continuará em muitas outras, mesmo que você não habite a terra por um tempo maior do que o que te foi concedido.

Então você é apenas um menino crescendo, e que põe o ouvido no ventre de sua mãe grávida, sentada no chão depois de uma manhã de trabalho. Você ri descontrolado quando o bebê Juca se movimenta na barriga e o pezinho diminuto chuta sua cabeça como se fosse uma bola de futebol. Você se percebe sozinho numa feira livre e começa a chorar porque se soltou da mão de sua mãe e está perdido. Do lugar em que está, da altura em que você olha, não consegue alcançá-la. Quando sua mãe te encontra, minutos depois, você apenas chora e ela o abraça com força, talvez tenha sentido medo de te perder para sempre, e aquele gesto dura longos segundos, minutos, horas, atravessa os anos, é sentido agora e muito provavelmente será lembrado por alguém no futuro, será escrito com sensibilidade, confortará as ausências dos que permanecerem.

Você é amamentado e os pensamentos de sua mãe voam distantes. Talvez esteja pensando na sorte, no amor, nos que já não pode encontrar, nos obstáculos a serem transpostos, e também naqueles que não poderão ser superados. Você suga o seio, faminto, e enquanto tem a pequena boca na aréola é atravessado pela energia do corpo que te alimenta. Doses de dores, afetos, disposição e medo são engolidos com o leite. Durante o ato, vocês se tornam um único corpo vibrando juntos, compartilhando a vida, e entre vocês nenhuma palavra será capaz de exprimir ou revelar o que sentem, por mais que se procure.

Então você retorna ao ventre. Está envolto pelo tecido dos sonhos, ligado à mãe pelo cordão umbilical, que os une desde um tempo primordial. Vocês habitam o corpo de Mazé, que por sua vez esteve no corpo de Carmelita, de Donana e de todos os antepassados. Você habita o centro da terra, o núcleo do planeta, habita um corpo, e nesse canto estará para sempre protegido. Você se torna cada vez menor, é a semente, é o átomo concentrando toda a existência e, talvez, se expanda uma outra vez para dar vida a todo o universo que cabe num único ser.

6

A escuridão não te assusta, pelo contrário, te conforta. Então você se move pela vegetação, sente-se livre, um pouco desorientado, é verdade, mas confiante por perceber que se desloca por uma outra dimensão. Você consegue ver o brilho de uma fogueira e as chamas consomem seu corpo antigo, mas uma força o segura, não te permite se aproximar. A dor está prestes a se avizinhar de seu centro quando uma presença renova seu ânimo e as esferas de luz retornam para te acompanhar, envolvendo-o outra vez, espelhando imagens de um tempo interminável vivido por você antes do ventre de sua mãe, antes do começo, antes de muitos outros antes.

Você está entre a menina, que será sua mãe, e os gêmeos. Eles brincam na margem de um rio límpido, tranquilo, refletindo a luz de um dia ensolarado. Estão sobre a terra que sustenta suas vidas, e para onde mira há outros seres se movimentando livres — os pássaros, os peixes, as cabras e o gado, as borboletas e os louva-a-deus, as folhas ao vento. Ela desenha no chão, com um graveto, tudo o que ama. Desenha você muitos anos antes de seu nascimento, e a composição daqueles traços confere graça ao que quer representar.

Quando se move para a casa de paredes rachadas encontra a avó, Mazé, deitada sobre a rede, com uma menina que suga seu seio. Ela canta uma canção de ninar de olhos fechados, a voz suave, está serena, as janelas abertas para arejar o ambiente, e, da porta de um dos cômodos, uma mulher em silêncio contempla a cena com expressões rígidas, vibrando inteira de afeto sem encontrar maneiras de se expressar. Essa mulher é Carmelita, a bisavó, e ela regressa a um lugar misterioso tentando alcançar um tempo antigo, desconhecido por você, por sua mãe. Apenas a segue por uma paisagem de força e beleza, grandes formações rochosas ladeando os caminhos, rios que desaguarão em outros rios até a baía. Chegam à terra de casas com paredes de barro. Um lugar chamado Água Negra.

A sala da casa se faz de barracão. Dançam os encantados Velho Nagô e Mineiro, Nadador e Sete Serras. Os filhos do curador batem palmas, bebem, comem, se movimentam, celebram. Mantêm-se firmes, fazem dos pés raízes e do balanço do corpo encontram energia para atravessar as dores e as aflições do presente. Santa Rita Pescadeira volteia como um rio, lança sua rede para levar consigo os tormentos de sua gente. Você escuta os pontos, o rufar dos atabaques, é arrebatado pelas cores dos tecidos e vê o velho Zeca Chapéu Grande se iluminar para confortar seu povo. Tudo é encantaria. Riem, e riem os deuses, e os sons de cantos e gritos preenchem o espaço. Expressam a vida — chega-se ao mundo sem nada, sem vestes, sem bens, carregando apenas o choro, a fome, o afeto, os gestos. Quando nos alcançaram tínhamos apenas os saberes sobre o mundo — o ciclo das chuvas; o ciclo da terra; os dons; a criação; histórias contadas por gerações — de um lado a outro do mar. Atravessaram terra e mar privados das posses, das referências, contornaram nove vezes a árvore do esquecimento para perder a casa, perder a família, perder o chão, sustentando-os de pé. Carregaram um mundo inteiro dentro de seus corpos para recriá-lo sempre que necessário.

Assim foi possível viver e reviver muitas vezes.

Você deixa a encantaria e segue a senda imemorial que se abre aos seus pés, na escuridão e nos montes, nas matas e nos vales, no ar e nas águas, até encontrar Aninha, depois chamada de Donana, a quinta geração, a matriarca, célula originária, ainda que antes dela tenham vivido muitos outros. Pequena e de pés descalços, ela conduz o arado pela primeira vez, mas os vincos não se formam para a semeadura, a terra rija pela estiagem. De seu corpo flui o suor, abundante, encontra o solo, mas é insuficiente para amaciar seu fardo. Ela continua a arrastar o instrumento, e o atrito sobre o solo quase pedregoso eriça seus pelos, fazendo-a ranger os dentes. O medo de manusear o arado se dissipa, o coração se enche de vontade. Então, ela arrasta com mais força e a lâmina encontra a terra, mas também encontra pequenas rochas, faíscas surgem e se extinguem.

Ela deita sementes para morrerem ou brotarem.

Ela semeia sonhos na esperança de ver germinar sobrevivência.

Errante na estrada para a mina de diamante segue o avô de Aninha, Bené. Abre os olhos e cospe a terra que tem na boca. Está nu e sabe que seu destino é a morte, agora que descobriram as pequenas pedras de diamantes guardadas no cós de sua calça puída. Antes de conseguir se levantar, dois capatazes o arrastam pelos braços na trilha pedregosa, o peito aberto em feridas, o sangue misturado à terra. Ele já não teme nem geme, sua dignidade está em não se curvar ao jugo imposto. Que se cumpra seu destino. No caminho de volta para a mina, os capatazes se preparam para a punição pública de Bené quando um grupo de homens livres de tocaia surge para resgatá-lo. Segue-se uma batalha de sangue, e esse homem admirável, livre, será levado a um quilombo distante, cuidado e curado de suas chagas. Viverá apartado em definitivo das mães de seus filhos, constituirá outra família, envelhecerá, morrerá, mas sua presença perdurará em reminiscências por toda a sua existência e além.

Não apenas a memória de Bené é uma história sem palavras, um tecido sem nome te acompanha sem que reflita de que é feito, mas a de todos os que vieram antes. Dos que foram encorajados aos que se amedrontaram, dos que conciliaram aos que se rebelaram, dos que precisaram ser solitários aos que guiaram comunidades. Sua vida é uma composição única e irreproduzível de frações de muitas outras. Ainda que não consiga conceber, você carrega todas as memórias, toda a terra, toda a atmosfera, todos os sentimentos, todos os tempos da vida humana.

As estrelas emitem brilho e som, te conduzem ao futuro do subjuntivo, à hipótese de uma vida não concretizada. Você conhecerá como seria se não tivessem interrompido seus pensamentos, seu corpo, seu caminhar, o amor, seu fluxo sanguíneo. A história da humanidade, a história do continente, a história do país onde nasceu e viveu à margem atravessam sua respiração e encontram o vento, já não podem mais se distinguir. Ainda assim você contempla o fio da história que não se extingue por inteiro, pois se transforma em palavras — e as palavras passam a ser seu solo, seu território, sua alma. Por elas será possível reviver muitas vezes, em especial quando seus passos tocarem o coração dos que se deixarem levar por sua história, dos que se permitirem conhecer seus pensamentos e sentimentos. Enquanto o que estiver escrito exigir do outro, dos semelhantes e dos diferentes, tempo e disposição para viver uma outra vida — sua própria vida —, e for possível comunicar o que os une, você já não será o mesmo — nem você nem quem vivê-lo através das palavras. Só então você terá tocado o que vive.

Você está num estúdio modesto e improvisado cheirando a mofo e a urina, deve ser do velho cão que te recebeu no portão e continua transitando pela área externa da casa. Teu coração está acelerado, suas mãos suam enquanto o técnico ajusta a altura do microfone, e durante o teste pergunta se você consegue ouvir o som saindo do fone de ouvido. Você solta a voz para a gravação, sem, no entanto, sentir confiança no que ouve. Sai do estúdio repleto de perguntas: se teria talento para a música, se o que você criou teria algum valor, se tudo não seria uma ilusão. Nos meses seguintes, a gravação de "Coroação" não sai de seu círculo de conhecidos. Você não divide a decepção com sua mãe e seus irmãos. Deixa esse sonho cair no esquecimento, prepara-se para que outros propósitos ocupem seus pensamentos.

A transição entre o fim da adolescência e o início da vida adulta é de mudanças. Antes mesmo de concluir o ciclo secundário, começa a trabalhar num mercado do bairro, e com o salário ajuda nas despesas de casa, leva a nova namorada para um passeio na praia, projeta o porvir. Você se apaixona e se desapaixona com ardor e desapego, e se aprofunda nos sentidos e nos prazeres do corpo. Muda de emprego como se muda de calçado em busca de oportunidades e não compreende o motivo do regozijo de sua mãe quando seu irmão do meio ingressa na universidade. Ela celebra, e lança sobre você o fardo da instabilidade e da falta de oportunidade, mas você ignora. Decididamente não nasceu para se debruçar sobre os livros. A vida pode ser mais que um monte de teorias, críticas, egos, e, por mais tolo que pareça, há mais sabedoria na experiência dos anos que nos títulos e posições ostentados por muitos.

Você se casa — assina um documento de união estável — e aluga uma casa no fim de sua cidade. Se maravilha com o nascimento do primeiro filho. Depois, do segundo. O terceiro se revela uma filha e você se reconhece rendido, é incapaz de explicar esse laço invisível feito de apego e senso de dever, gratidão e cuidado. Você se transforma com os anos, assim como a convivência com os filhos; quer que tenham uma boa educação, um futuro, espelha os desejos de sua velha mãe. Procura por boas escolas públicas onde possam ter o melhor, replica dona Rita nos conselhos e nos gestos.

Nessa vida que não se concretiza, recaem sobre você as implicações da dissolução de sua união; a separação dos filhos; vocês não habitarão a mesma casa, embora continuem a conviver na mesma cidade, compartilhando interesses e afetos. Um novo amor se avizinha e você deseja que este seja para toda a vida. Talvez venha mais um filho, uma casa melhor, talvez um novo emprego e um cachorro que te obrigue a caminhar para abandonar em definitivo o sedentarismo.

Quando a velhice chegar, terá o suficiente: uma pequena casa com quintal para desfrutar do repouso depois dos anos de trabalho. Celebrará o ingresso de seus filhos na universidade — assim como sua mãe fez com seus irmãos —, e não esconderá sua emoção quando segurar cada um de seus seis netos pela primeira vez.

Encurvado, irá se sentar num banco à beira-mar para refletir sobre a história que seu neto mais velho contou à mesa do almoço de domingo, entre risos e protestos, dos que vieram da outra margem do oceano, de terras onde jamais porá seus pés, e que viverá como tantos outros sem saber verdadeiramente o significado de tudo o que se conta. Pensará nos que ficaram pelo caminho, nos que sofreram para viver dia após dia, nos que cantaram e dançaram para afastar o destino, nos que se ergueram para defender o considerado justo. Pensará em tudo e em todos, e lamentará não ter parado para meditar há mais tempo, ter se aberto para esse passado quando jovem, para poder sentir a mesma emoção sentida agora.

Saber da jornada dos que vieram antes, a essa altura, torna sua vida imensa.

Você se torna um ponto de luz, como os muitos outros que correm à sua volta. Então o ponto deixa de brilhar, escurece, até se tornar memória.

7

Ele fecha o caderno sem pautas, embora as palavras continuem a fluir com seus pensamentos. Há treze anos, os primeiros foram jogados fora por uma mãe desesperada, se preparando para escapar com a família das ameaças contra sua integridade e a de seus filhos. Ele passou a noite em claro, e por isso se sentou à mesa para escrever, organizar os sentimentos, refletir sobre o evento que mudou o curso da vida de todos. Conseguiu retornar ao que escrevia, com a diferença proporcionada por sua formação, por suas leituras — a experiência dada pelos anos — nos últimos meses. Quando chega da jornada de trabalho à noite — dois turnos ensinando história em duas escolas públicas — escreve, livre, sobre sua mãe, seu irmão, sobre a história de uma família interrompida. Não sabe se essas linhas serão ou não concluídas — talvez quando os restos de seu irmão forem encontrados e os responsáveis punidos —, não pode prever se haverá ou não um ponto-final. Enquanto o esperado não vem, ele apenas escreve para dar algum sentido aos dias, mas escreve, sobretudo, pelo direito à memória, uma luta travada contra o esquecimento. Escreve para a imaginação criar e recriar o que lhe foi usurpado, para que as palavras possam lhe restituir a dignidade de se ter uma história.

Carlos Luís — sempre Cainho para sua mãe — coloca o caderno numa gaveta junto aos outros quatro, e se prepara para deixar a casa. Hoje é o dia do julgamento dos policiais acusados pelo sequestro e desaparecimento de Cid. Sabe, pelos ruídos e pelas luzes acendidas e apagadas durante a madrugada, que Rita Preta também não dormiu. Ele se desloca pela pequena casa à sua procura até encontrá-la na frente de um espelho, olhando com cuidado e apreensão para a própria imagem.

Rita veste uma blusa de renda — sobre uma camiseta com a fotografia de Cid — e calça branca, e fixa um torso branco em volta da cabeça. Os anos se passaram, mas ela não se queixa de ter engordado ainda mais, nem por se sentir mais lenta, tampouco por não ser tão cortejada como no passado. Sua pele parece menos escura pela falta de sol, e as rugas desenham linhas sutis em volta dos olhos e da boca. Cada mudança em seu corpo indica o tempo de um infindo drama, mas Rita Preta não se ressente de nenhuma dessas marcas. Pelo contrário, exibe-as como valores indistintos de sua vida.

Dessa vez, ela não tingiu o cabelo um pouco grisalho, quiçá por ter a intenção de usar o ojá envolto na cabeça pedindo proteção para seu ori ao sagrado — o tempo a aproximou da fé dos mais velhos; ou por querer evocar a história de resiliência da gente de axé; ou ainda para disseminar com seu corpo o desejo de paz numa cidade conflagrada. Diante da própria imagem, ela se mira sem condescendência. Não é um dia qualquer, e é provável que tenha se comovido nas horas de espera. Mas ainda assim é capaz de se refazer, transmitir firmeza, demonstrar altivez. Rita Preta comunica, com seus gestos e sua postura resoluta, com sua busca incansável, tudo o que a violência não foi nem seria capaz de arruinar.

Cainho contempla a mãe, pede sua bênção, sem perguntar como se sente. Apenas diz: é hora de saírem para o júri.

"Juca está arrumado?"

"Sim. Está arrumado e com fone no ouvido."

Rita se certifica de que há comida e água no comedouro para os gatos: os quatro visíveis e o outro escondido em algum canto da casa. Afaga o branco, que devolve o gesto com seu olhar azul e estrábico. Depois muda o gato amarelo e a gata tigrada de lugar para que não briguem em sua ausência. Encosta a cabeça na da mais dócil, sua mimosinha. Desiste de procurar pelo malhado — estará em cima do telhado? — para não correr o risco de se atrasar.

Durante os anos passados e os vindouros, a falta de um ritual para simbolizar o desaparecimento do filho contribuiu para o longo luto de Rita Preta. O prolongamento de seu sentimento se deve à ausência do corpo, do conhecimento de seus últimos instantes — se foi acossado pelo medo ou poupado do calvário —, da carência de palavras para redimir qualquer conflito não resolvido entre eles. Existe um vazio incômodo que ela quase nunca saberá definir.

O vazio é um vão para sempre iluminado, aflitivo, desprovido de memória e beleza. Mas cresce a hera sobre a parede, se contorce para se adaptar às limitações do ambiente. Sobe até o teto, e no chão se acumulam folhas secas e uma camada de poeira cada vez mais espessa. Restos de insetos perdidos de seus caminhos jazem por toda parte. O vazio parece incontornável, mas se modifica, ganha outras formas, continua a evocar o abandono, embora não possa mais repelir o que vive.

Durante os últimos anos, Rita continuou a circular por eventos e protestos de mães reclamando por seus filhos mortos e desaparecidos, reclamando a mesma ausência, por delegacias e tribunais, pela corregedoria de polícia. Enfrentou dias de grande desânimo, como se travasse uma luta vã contra as instituições, contra os que duvidavam da integridade e inocência de seu filho; em outros, atravessou a cidade com confiança, redescobriu a fé entorpecida pelo sofrimento, segurou as mãos das mulheres que tentavam expressar suas dores, encontrou conforto no conhecimento, nos debates e discursos ouvidos com atenção. Compreendeu com limitações o sentido do passado em seu presente, no das mulheres ao seu lado, mas não se apega à ideia de que a história tenha total poder sobre seu destino. É preciso ter disposição para o pranto, ela acredita, para cobrar as autoridades, repetir palavras duras, ir para o embate, sonhar com um futuro mais justo, ainda que não possa alcançá-lo.

Durante os últimos treze anos, Rita Preta se desesperou, adoeceu; por dias se recusou a se levantar da cama e a sair de casa. A dor vinha em ondas, de tempos em tempos, se abatia sobre seu corpo e seu espírito como uma febre. Dias nublados, efemérides, fotografias, o cheiro de uma fruta, qualquer imagem ou sensação poderia trazer à superfície uma melancolia tão antiga quanto os suplícios de seus mais remotos antepassados. Nesses momentos, ela não existe; tudo que a torna mulher transborda e seu interior é uma gruta desabitada, onde os mais sutis movimentos atroam como o ruflar dos morcegos.

Muitas mulheres a procuraram nesses dias e seguraram suas mãos para conclamá-la à vida. Se puseram ao seu lado mais para dizer do que para escutar, já que Rita resistia a falar sobre seus sentimentos. Então, elas narravam histórias com sentido ou não para o momento — com seriedade e humor —, no intuito de resgatar Rita da tristeza prolongada. Contavam da vida com seus ex-maridos ou namorados, falavam da relação com os filhos, dos empregos quase sempre exploratórios, ou de sua falta, exceto quando administravam seus próprios afazeres. Trocavam receitas, queixavam-se da carestia dos alimentos, da energia, do transporte, da falta de sentido da política. Evitavam conversas sobre violência — mesmo que estivesse à espreita de suas casas e de seus destinos — ou sobre morte e doença, a não ser quando absolutamente inevitável. Eram vizinhas novas e antigas, como Fátima, de todos os lugares por onde passou, ex-colegas de trabalho, clientes fiéis ou novas das refeições produzidas por muito tempo, de sua habilidade em podologia, mães do movimento e projeto social, mulheres do axé, católicas e espíritas confortando-a com sua presença.

Quando conseguiam retirar Rita da apatia, arrancavam o compromisso de que as acompanhassem num aniversário, um caruru para Cosme e Damião ofertado como promessa por alguém que conseguiu a casa própria ou tivera há anos filhos gêmeos, ou um almoço de domingo — a feijoada, o churrasco e a cerveja — quase sempre terminando em samba. A diversão que reinava nesses eventos a deixava num primeiro momento deslocada. Mas depois o canto, a dança, o bem-estar estampado na face dos convivas iluminavam seu coração, a retiravam de seu profundo — da melancolia antiga e atemporal —, permitindo-lhe sentir contentamento e disposição. Às vezes se entregava ao riso espontâneo, provava um pouco da bebida, arriscava alguma canção que celebrava a vida de pessoas como ela, e deixava o corpo se mover com timidez.

Esses breves encontros renovavam seu ânimo para as batalhas cotidianas: trabalhar para ganhar o necessário para a vida, guiar seus filhos por bons caminhos, manter alguma integridade diante da desesperança. Acreditar num mundo mais justo, que talvez não desponte pleno nesta geração ou na seguinte, mas que algum dia desabrochará, assim como tudo o que é semeado. Um mundo que não se pareça com o sonho dos alienados, mas que possa mais unir do que dividir. Não havia sido diferente antes, e todos, em certa medida, devem ter cantado, dançado e louvado em encontros como os que frequentava, com arte e criações — lamentos e suspiros —, com gestos que não deixavam o mais frágil caído, e ofertas para partilharem juntos as dificuldades.

Tudo isso lhe conferia um certo consolo.

Antes de Rita Preta chegar ao moderno tribunal, ela contempla catadores colhendo os frutos das jaqueiras nas áreas verdes em volta dos edifícios públicos, amontoando-os em carrinhos de mão para transportá-los até as feiras. Sua imaginação aguçada preenche a cena com cheiro e gosto, e a faz recordar de todas as suas gravidezes marcadas pelo desejo de comer jaca. Se não estivesse na menopausa, se vivesse num mundo onde sua vida e a dos filhos não estivessem em risco, se disporia a gestar de novo só para sentir esse querer vital, apreciando aromas e sabores. Depois, o perfume se dissolve em suas lembranças e ela pensa nos catadores, desterrados, migrantes, retirantes, colhendo os frutos que crescem a esmo e correndo riscos de ser acusados de invasão da propriedade alheia. Ela pensa nos vagantes — e na vagante que ela própria é — em busca de terra e morada, privados do chão das ruas e das casas, do chão para pisar e viver, para trabalhar e colher, para repousar e morrer — para se tornar terra outra vez.

A terra é mãe, ela roga em seus pensamentos, e todo mundo merece ser cuidado como filho.

Rita entra no tribunal ao lado dos filhos e encontra o promotor e Duda à sua espera. Olhará para um grupo de homens bem-vestidos à sua frente. Lá estarão os acusados. Não tem certeza de estar preparada para o encontro, mas confia em sua própria história para enfrentar o que virá.

8

Quando Rita Preta vê a movimentação ao redor do grupo de homens e seus advogados, sente a mesma energia de eletricidade e arrepios atravessar seu corpo. Duda se afasta, depois o promotor do caso, para em seguida voltarem com a notícia de que o júri havia sido suspenso por um tribunal superior. O que isso significa?, ela pergunta, e escuta do advogado: o pedido da Defensoria Pública do Estado de julgamento dos acusados pela justiça militar foi acolhido parcialmente, e o júri estava adiado até uma decisão contrária.

Passam por seus pensamentos passos e caminhos, mudanças e ausências enfrentadas, os riscos, o assassinato de Kelly — nunca elucidado — ao seu lado, falsas denúncias, noites maldormidas, a fuga e os anos em busca de resposta. Passa por seus pensamentos que tudo fora em vão. Adiaram o julgamento por um longo tempo, e durante esse período viu seus filhos crescerem e se formarem, viu presidentes caírem e outros ocuparem seus lugares, viu a cidade acelerar desigual e desordenada, uma pandemia, jovens desaparecem. Conseguiram adiar mais uma vez. Suas palavras não podem expressar sua revolta, e a pergunta que persiste é se haverá reparação.

Enquanto todos gesticulam e conversam, entre os dois grupos, um dos acusados, Roque, se afasta em direção a um amplo salão no centro do edifício, como se precisasse falar ao telefone. Rita tem a mente no que os advogados falam, mas seus olhos acompanham o outro grupo, embora exista uma distância segura entre todos. Ela se afasta dizendo que precisa ir ao banheiro, mas no fundo precisa seguir o homem a quem nunca se dirigiu antes. Foram eles que interromperam a vida de Cid, e, além de retirá-lo da família, privaram todos de viver o luto, quando decidiram eliminar as provas, ocultar o corpo, apagar qualquer vestígio de sua existência.

Ela o alcança antes que ele consiga telefonar para quem quer seja, e o olha pela primeira vez. Está indignada, mas não o odeia. Quer justiça, mas não será a justiceira. Não foram poucos os dias em que desejou a morte dos que lhe privaram da paz e do afeto e tentaram demovê-la da ideia de reclamar o corpo de seu primogênito com mais violência. Quis saber onde moravam, se tinham família, e fez o que pôde para descobrir. Se imaginou esperando pai e filhos na porta de uma escola para ajustar as contas com todo o ódio alimentado desordenadamente. Sonhou com o dia em que aprenderia a dirigir um caminhão não mais para ver o mundo daquela perspectiva, mas para lançar o veículo sobre os que mudaram o curso de sua vida, de seus pensamentos, dos que escreveram com desdém sua tragédia. Seu ódio se converteu numa represa extensa e profunda, a adoeceu, envenenou seus olhos e o coração, a ponto de não mais se emocionar com a notícia de um nascimento, com a solução de um problema, com a beleza das folhas verdes, brancas e brilhantes de sua comigo-ninguém-pode, com os hibiscos brancos, e com os quero-queros repetindo com seu canto as sílabas de seu nome. Quando se tornou incapaz de celebrar com os filhos suas conquistas, de sentir prazer no trabalho dividido com Fátima, de se entusiasmar pelas pessoas, como havia sido em todos os tempos, percebeu que precisava mudar de rota. Aquele caminho a afastava da razão e embotava tudo o que poderia fazê-la se sentir apaixonada pelo mundo outra vez, paixão latente, quase nunca refletida, mas a aflorar quando a vida a tocava com luz e escuridão infinitas. Então o tempo e o conhecimento, os movimentos com outras mães, irmãs e mulheres — cada uma com sua própria história — a ajudaram a expandir a leitura de sua própria tragédia além do rancor. É com esse espírito que Rita Preta se aproxima de Roque, e quando ele percebe se mostra acuado e envergonhado diante de sua presença.

"Eu não te odeio, mas abomino o que você fez. Eu já desejei devolver o mesmo que vocês fizeram a mim. Me vingar poderia ser minha justiça, sem precisar esperar que essa justiça aqui", a mão se levanta em direção ao vão, "olhe para mim e para meu filho como gente digna. Eu precisei conversar muito, escutar quem passou por essa dor para entender que o que aconteceu é algo maior. Isso não te livra da culpa nem da responsabilidade de pagar pelo que fez."

"Eu sou inocente."

"Se não consegue admitir que fez, é porque até você condena o que fez", Rita continua. A afirmação de Roque não tem nenhum valor para ela. "Há treze anos eu procuro pelo meu filho. Se ainda existe um coração no seu peito, e eu acho que tem, afinal você deve amar suas filhas, não prive uma mãe de enterrar o próprio filho, de lhe prestar as homenagens, de guardá-lo para sempre num lugar seguro onde possa descansar e ser visitado. Não gostaria de morrer e saber que ele ficará abandonado. Sabe por quê? Eu passei muitas dificuldades para criá-lo sem pai, trabalhando feito uma condenada, mas nunca passou pela minha cabeça abandonar um filho. Por isso não posso desistir da justiça, não posso esquecer, não me importa quanto dele ainda exista. Preciso levar Alcides para o lugar que eu e seus irmãos escolhemos para ele. Por isso encontre um jeito de me dizer onde ele está."

Roque desiste de se defender, emudece, olha para o chão, está com o telefone nas mãos. Fátima aparece — havia acabado de chegar ao tribunal —, se aproxima de Rita, percebe-a diferente, firme, já não treme, nem mesmo se mostra abalada. Fátima a conduz de volta ao grupo, sem perguntar por que ela estava ali, na frente daquele homem, embora o tenha reconhecido como um dos acusados. "Me disseram que você estava no banheiro, fui te procurar. Justiça desgraçada", repete algumas vezes, "mas isso não vai ficar assim, Rita!"

Quando o grupo se dispersa para deixar o tribunal, Rita Preta é abordada por uma mulher de cabelos curtos e rosto familiar. Ela a chama pelo nome — dona Rita, que demora alguns segundos para encontrar na memória de onde a conhecia. "Nos falamos algumas vezes, a senhora esteve na minha casa. Sou Daiane", ela diz, "eu morava na vila quando aconteceu... com Cid."

Então Rita se recorda da jovem, a primeira e única namorada de seu filho.

Elas estão frente a frente, paradas no estacionamento. Daiane deve ser uma mulher de quase trinta anos e é inevitável Rita não pensar no filho, se estaria com a barriga saliente, se teria tatuagens, se estaria mais alto do que já era, se seria mais corpulento. Daiane inicia a conversa dizendo que procurou por Rita na antiga casa da vila alguns anos atrás — quando retornou da longa temporada passada na terra natal de sua mãe —, sem encontrá-la e nem mesmo obter qualquer informação sobre seu novo endereço. Acompanhava as notícias sobre o caso Cid, queria demonstrar a Rita sua solidariedade, sentia muito pelo acontecido. Era incapaz de imaginar a dor de perder um filho, ainda mais ele, seu colega de turma — ainda se constrange de revelar em público que namoraram por um curto tempo —, querido, cordial, com uma imaginação vibrante.

Rita está abalada e por isso não deseja prolongar a conversa. Pergunta a Daiane sobre a mãe, mais por cordialidade do que por um real interesse, afinal, ela não se esqueceu das palavras hostis e injustas proferidas no último encontro.

"Está bem. Do mesmo jeito. Eu voltei para Salvador faz alguns anos, e ela ficou no interior mais um pouco, mas não aguentou, voltou, e agora foi embora de vez para o interior."

Juca se aproxima da mãe em sinal de que era preciso seguir. Rita se despede com um toque de mão, e Daiane a segura com força, os olhos brilham com intensidade. Ela se desvencilha com alguma dificuldade para embarcar com os filhos num carro. Não olha para trás por orgulho, mas se tivesse se voltado veria a mulher na mesma posição, acompanhando o carro se afastar até desaparecer no horizonte.

Todos percorrem o caminho em silêncio, tomados pela decepção da suspensão do julgamento, que só é interrompido por Rita quando conta que falou com Daiane antes de entrar no carro. Ninguém parece guardar memória, a não ser Cainho, que sinaliza uma vaga lembrança, mas a conversa termina assim como começou, sem que deem alguma importância ao reencontro. Somente Rita se deixa levar pela imaginação e se fixa no que restou das expressões da jovem: os olhos vivos e úmidos, a boca tensa, a respiração acelerada e o peito pronto para botar para fora palavras de significados incertos.

Há três anos, Rita Preta deixou o negócio das marmitas apenas com Fátima, já era insuficiente para as duas, e fez um curso técnico de podologia para trabalhar de maneira autônoma. Agora veste seu jaleco branco com o próprio nome bordado, e confere o material de trabalho na bolsa antes de sair de casa e cumprir sua jornada diária de atendimentos. É quando batem na porta. Ela estranha que seja uma batida e não o toque da campainha do lado de fora, antes do portão, o que significa que estava aberto e a casa, sem segurança. Ela abre a porta com a bolsa de materiais na mão, precisa se apressar para não chegar atrasada ao primeiro atendimento.

Rita é abordada assim que abre a porta. Não vê nada à sua frente, grita e deixa a bolsa cair aos seus pés. É encapuzada e arrastada para um veículo parado na porta. É aconselhada por uma voz grave a não gritar, e ela pergunta para onde está sendo levada. Nesse momento os pensamentos retornam ao relato de Vera, a história do sequestro contada ao infinito, e deduz: são os malfeitores impunes de seu filho prontos para lhe dar o mesmo destino.

9

Talvez a aflição tenha feito Rita Preta perder os sentidos, e por isso não guarda lembrança do trajeto nem do veículo, muito menos das pessoas que a conduziam para aquele terreno baldio. Apenas a escuridão confortável de seu capuz e o sentimento de que não há mais nada a temer. Ela desperta, se levanta do chão de terra, retira o véu que recobre sua visão, tem a impressão de já ter estado naquele lugar. Uma manhã de luz, céu azul, sol aquecendo as copas das árvores; ao mesmo tempo corre uma brisa e seus sons, e, quando não corre, tudo é silêncio.

Rita está sozinha, não há sinais do carro nem de ninguém que indique como havia chegado até aquele lugar. Ela se põe a caminhar por uma trilha povoada de seres onde encontra alguns animais: cães sarnentos abanando a cauda em sinal de excitação, um carcará sobrevoando a estrada, uma serpente livre se movimentando em forma de sanfona, um urubu deixando a terra em revoada, alguns gatos saltando e desaparecendo na mata. Resta-lhe percorrer o caminho, encontrar a saída, voltar para casa.

As árvores rareiam e o caminho dá numa clareira. Há um pequeno monte de terra ao lado de uma cova, recém-aberta, e mais terra viva, fresca, se acumulando em volta. Cavaram o solo para receber Rita Preta, embora não veja ninguém por perto para completar a tarefa. Esperam que se deite na fenda aberta para escrever seu epílogo? Ela se aproxima e vê um lençol manchado, encardido, recobrindo alguém.

Trouxeram-na para encontrar Cid. Ele esteve ali por todo tempo, deitado, dormindo, findo, sepultado sob a terra, devorado por ela, mas também protegido. Naquele canto do mundo ninguém poderia lhe fazer mal, ninguém poderia ameaçar ou julgar seus caminhos. Naquela fração, seu filho permanecia humano, a terra o recobria como envolvia qualquer outro ser. Seu clamor ao malfeitor no tribunal surtira efeito, levaram-na até a terra dos mortos para devolver o que o tempo não seria mais capaz de esconder.

Na beira da cova, Rita se põe de joelhos. Como saber se quem estava sob o tecido decomposto era o procurado, o amado, aquele por quem havia esperado todos os dias de sua vida durante anos? Ela então levanta o tecido, mas ele logo se desfaz no ar. Esperava encontrar uma ossada, mas vê o corpo íntegro de seu filho, como se estivesse apenas dormindo.

Então ela não consegue mais conter a emoção, está pacificada, seu estado de graça tem o dom de despertá-lo para a vida uma outra vez.

É quando Cid abre os olhos.

E Rita acorda de seu sonho.

"Você escreveu minha história?", Rita pergunta a Cainho enquanto serve o café da manhã.

"Eu escrevi uma história, não sei se é a sua. Se a senhora ler, talvez ache que sim, veja semelhanças, mas talvez não se reconheça também."

"E vai virar um livro?"

"Não vai virar livro. Por enquanto, não. Eu sou professor de história, moramos na Bahia, não conheço editores. Quem vai querer ler uma história de gente como nós? As pessoas querem se distrair, querem ler relatos de amor e sucesso, sobre suas classes, querem ler histórias de transformação."

"Então por que você escreveu essa história?"

“Não sei, minha mãe. Era o que eu precisava escrever, é diferente de escrever como um escritor.” Cainho põe mais um pedaço de pão na boca, toma um gole de café. “As histórias me interessam. Como não há maneira de conhecer muitas delas, as de nossos avós ou as dos que ficaram pelo caminho”, pensa no irmão, “por exemplo, imaginar e escrever é um jeito de conhecê-las também. Pelo menos vivem na minha imaginação. Diminui a saudade.”

“Mas eu vou gostar se você um dia virar escritor. Se eu puder pegar e cheirar um livro seu. Não sei se vou ler, mas vou contar para todo mundo ‘foi meu filho que escreveu’.”

Cainho sorri encabulado.

“Meu filho, eu quero muito que você realize seus sonhos. Seus sonhos são meus sonhos. São os sonhos da minha mãe, da minha avó, da minha bisavó. Eu acho que elas nem sonhavam coisas grandes, queriam só o melhor para os filhos e os netos, pediam em suas preces todos os dias por isso. Você é nosso sonho.”

Cainho desvia os olhos da mãe, sente vergonha de ser o centro das atenções.

“Quando sonho com seu irmão é como se eu escrevesse uma história também. Minha avó e minha mãe diziam que os sonhos eram revelações de Deus ou ilusão do diabo. Mas na minha cabeça são coisas dos meus pensamentos, são palavras como as que você escreve”, Rita diz, enquanto recolhe a louça da mesa. “Às vezes os sonhos me deixam desnorteada. Outras vezes me fazem bem. O último sonho que eu tive com Cid — e olhe, fazia muito tempo que eu não sonhava com seu irmão — me deixou confortada. É como se ele me dissesse que está em paz. Mas eu só terei paz quando acontecer esse julgamento e os culpados cumprirem suas sentenças.”

Juca levará a namorada para o almoço de domingo pela primeira vez. Rita se sente desajeitada para recebê-la. Veste-se com a melhor roupa e arruma a mesa com a louça que ganhou no último Dia das Mães. Não é uma moça do bairro, é alguém da universidade, conhecida de seu filho. Rita não se sente à vontade para conversar sem se preocupar. Não quer passar uma má impressão, errar a pronúncia das palavras, falar alguma bobagem. O tempo passou e, graças aos filhos, a renda da casa aumentou, já não viviam tantos apertos para pagar o aluguel ou as contas de luz e água. Mas suas origens permaneciam as mesmas, assim como permaneciam as mesmas as limitações e a sensação de estar deslocada todas as vezes que era confrontada com o novo. Por isso, quando a moça deixa a casa com Juca, ela se sente aliviada e pensa no convite para ir à seresta à noite. Até então não havia decidido ir, mas ao pensar na música, na animação, na celebração do salão, em dançar outra vez, resolve aceitar o convite de Adão.

Rita Preta não costuma atender clientes muito distante de sua residência, mas ela comprou uma lavadora de roupa à prestação depois que a última parou de funcionar. O conserto havia sido orçado num valor correspondente à metade de uma nova, então era melhor comprar outra. Se orgulha de ser ela, e não os filhos, quem vai pagar pelo bem, mas em contrapartida precisa trabalhar um pouco mais. Por isso se desloca num ônibus velho e barulhento da Cidade Baixa à Cidade Alta. Viaja sentada do lado direito para observar o mar, as pessoas caminhando na orla, expostas ao sol, se banhando nas águas do Atlântico. Rita está com a maleta de trabalho no colo e deixa os pensamentos vagarem, enquanto segura a mochila com livros de um estudante.

Quando desce do veículo, se embrenha nas ruas apinhadas de casas e sobrados da Boca do Rio. Precisa caminhar por calçadas estreitas, e entre carros com o som em alto volume e motocicletas, quando a calçada desaparece. Se tivesse aportado na cidade neste exato instante, estaria atordoada. Mas Rita caminha com desenvoltura, atenção, se desviando dos perigos. Depois de tantos anos havia se tornado uma cria da cidade.

Procura pelo nome da cliente no celular — Bela —, confirma o endereço, toca a campainha da casa.

Se surpreende quando Daiane atende a porta.

"Entre, dona Rita."

Rita ri, desajeitada. Não esperava encontrar Daiane naquela manhã. Agora se aflige se terá de cuidar do pé da mãe dela, aquela que a tratou com grosseria anos atrás quando esteve em sua casa.

"A senhora aceita um café? Água?"

"Água, sim. Hoje está quente. Calor desde cedo."

"Verdade! Vou ligar o ventilador."

Rita enxuga o suor do rosto com uma toalhinha que tem na maleta. Olha em volta. Vê uma mesa espelhada no centro da sala, quadros com motivações bíblicas nas paredes. Uma televisão desligada. Mesmo com o sol a pino, a sala não é bem iluminada, quem a construiu não considerou ou não pôde dispor de janelas e ordenar a construção para aproveitar melhor a luz.

Daiane entrega o copo com água, Rita bebe de um só gole. Pergunta a si mesma onde estará a cliente. Pergunta a Daiane se o tratamento é para ela mesma ou para a mãe.

"Não. É minha filha. Ela é adolescente, mas está com a unha encravada."

"Menos mal", Rita pensa e pergunta onde pode se instalar e organizar o material que vai utilizar. Daiane indica a mesa, afasta a cadeira para que possa se sentar. Deixa a sala para chamar a filha.

Rita Preta ainda está arrumando numa bandeja de metal os alicates de unha, espátula, tesoura, cureta, esterilizados, e a lixa elétrica, quando a menina se aproxima e a cumprimenta. Ela ergue a cabeça para responder. Mas deixa de lado suas impressões, se permite divagar sobre aquela presença, repara na jovem, deixa sua boca levemente entreaberta.

“Bela. Dona Rita.” Daiane está contida na apresentação.

Rita reconhece os olhos, os traços do rosto, o corpo esguio, a maneira de se portar. Bela se senta à sua frente, põe um dos pés sobre uma toalha limpa numa pequena almofada no colo da outra. A menina parece tímida, e Rita tenta disfarçar as mãos trêmulas, pede mais um pouco d’água. Seu coração se apressa, se move num ritmo de descoberta, de forte emoção, enquanto ela tenta cuidar do pé — é o pé de seu filho sobre seu colo uma outra vez. Suspira, passa por sua cabeça que não conseguirá concluir o atendimento quando resolve olhar outra vez para Daiane, junto à porta. Ela enxuga uma lágrima, acena com a cabeça, afirma, sim, Rita não enlouqueceu, não está enganada, sua razão não a traiu, não se trata de uma alucinação. A menina responde apenas sim e não, sem olhar à sua frente. Rita observa o pé esquerdo no seu colo. É a filha de Cid; é a neta de Rita Preta.

Rita redobra o cuidado, pergunta a todo momento se dói, interrompe o corte da unha para trocar de instrumento, mas não sem antes olhar para a moça cabisbaixa e contemplar a vida que emana de seu corpo, inteira, plena, carregando uma memória que não morre, a memória de todos os tempos passados que atravessa o presente, para continuar a sonhar com o que ainda não vivemos, o tempo vindouro.

Então Rita se dispõe a travar uma conversa como se fossem velhas conhecidas. Conta de onde veio, das brincadeiras na roça, da beleza de um rio correndo em seu horizonte, da mãe e da avó, que se foram tão cedo deste mundo. Conta da viagem para a baía, de quando viu o mar pela primeira vez, do medo que a fez correr para longe das ondas. Conta dos três filhos e de como os criou com sua luta diária. Conta e massageia os pés da moça com ternura, os pés que caminharão sobre a terra e levarão os passos de seu jovem pai desaparecido, da avó à sua frente, de todos os que caminharam para que ela pudesse existir.

"Eu não conheci meu pai, mas minha mãe me mostrou uma foto dele."

Bela mostra os pés para a mãe. Está satisfeita com o cuidado da senhora falante, a senhora admirada com sua presença. O tempo corre e os leva cada vez para mais longe, e em breve essa menina será uma mulher e se confrontará com a vida e todos os seus desafios. Sentirá tristeza e alegria, afeição e raiva, medo e coragem. Vai tropeçar algumas vezes, mas vai parar e corrigir seu andar, mudar de rota, persistir quando achar necessário. Vai caminhar com a mesma energia de sua mãe, de suas avós, de todos os que viveram histórias de dor e desapego, mas também de beleza e bem-querer.

Bela se despede com um abraço, e Daiane estende a mão a Rita Preta para pagar pelo trabalho, mas ela recusa, sente-se ofendida. Aperta o dinheiro na mão da mãe, pede que o use para algo que a jovem precise. Elas têm os olhos marejados, se acolhem, se abraçam com grande afeição. Rita não ousa perguntar por que ela esperou tanto tempo para revelar que Cid a deixara grávida, que havia concebido uma filha. Cada um sabe da sua dor, ela entende, e intui que Daiane foi levada embora pela mãe para serem poupadas do julgamento alheio sobre uma gravidez precoce, sobretudo a gravidez de um pai destituído de sua humanidade.

"Meu Deus", Rita deixa sua voz ecoar, "parece que eu esperei por esse momento a vida inteira."

Ela se dirige à praia, na altura da foz do rio. Enquanto caminha, se pergunta se não foram momentos como o que acaba de viver, depois de grande tormenta, a permitirem que muitos se reerguessem de suas perdas, de suas mortes, do próprio fim, e continuassem a se levantar quando tudo parecia terminado?

Se não foi o sol iluminando a terra, a noite sucedendo o dia, se não foram os nascimentos renovando as esperanças perdidas, aliviando a dor sentida pelos que partiram?

Rita Preta olha para o oceano à sua frente. Contempla a linha do horizonte e é como se admirasse além.

"Viver pode ser maravilhoso", precisa acreditar. E o mar canta com o movimento das águas, e esse canto a inunda de sensações; por um momento, deseja apenas escutar esse som vibrando em sintonia com seu coração.

© Itamar Vieira Junior, 2025

Todos os direitos desta edição reservados à Todavia.

Grafia atualizada segundo o Acordo Ortográfico da Língua Portuguesa de 1990, que entrou em vigor no Brasil em 2009.

Esta é uma obra de ficção. Embora inspirada na vida real, qualquer semelhança com nomes, pessoas ou fatos terá sido mera coincidência.

capa
Elisa v. Randow
ilustração de capa
Aline Bispo
composição
Jussara Fino
preparação
Silvia Massimini Felix
revisão
Jane Pessoa
Ana Alvares

1ª reimpressão, 2025

Dados Internacionais de Catalogação na Publicação (CIP)

Vieira Junior, Itamar (1979-)
Coração sem medo / Itamar Vieira Junior. — 1. ed. —
São Paulo : Todavia, 2025.

ISBN 978-65-5692-878-4

1. Literatura brasileira. 2. Romance. I. Título.

CDD B869.3

Índice para catálogo sistemático:
1. Literatura brasileira : Romance B869.3

Bruna Heller — Bibliotecária — CRB 10/2348

todavia
Rua Fidalga, 826
05432.000 São Paulo SP
T. 55 11 3094 0500
www.todavialivros.com.br

fonte
Register*
papel
Pólen natural 70 g/m²
impressão
Ipsis

FSC
www.fsc.org
MISTO
Papel | Apoiando
o manejo florestal
responsável
FSC® C011095